Agatha Raisin y la quiche letal

M. C. Beaton (Glasgow, 1936-Gloucester, 2019) es el seudónimo que utilizó Marion Chesney, prolífica escritora escocesa con una reconocida trayectoria en el género histórico y romántico, para publicar sus novelas de detectives y misterio, entre las que destacan las sagas dedicadas a Hamish Macbeth y Agatha Raisin. De esta última, formada por más de treinta libros, se han vendido más de diez millones de ejemplares en más de quince países, y su exitosa versión televisiva, de la que se está rodando la quinta temporada en Inglaterra, se estrenó en España en 2021.

M. C. BEATON

Agatha Raisin y la quiche letal

Traducción de
Vicente Campos González

DEBOLS!LLO

Papel certificado por el Forest Stewardship Council®

MIXTO
Papel | Apoyando la
silvicultura responsable
FSC® C117695

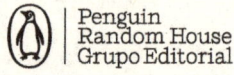

Penguin
Random House
Grupo Editorial

Título original: *Agatha Raisin and the Quiche of Death*

Primera edición en Debolsillo: julio de 2024
Segunda reimpresión: noviembre de 2024

© 1992, M. C. Beaton
The moral right of the author has been asserted
© 2021, 2024, Penguin Random House Grupo Editorial, S.A.U.
Travessera de Gràcia, 47-49. 08021 Barcelona
© 2021, Vicente Campos González, por la traducción
Imagen de la cubierta: © Alice Tait

Printed in Spain – Impreso en España

ISBN: 978-84-663-7621-1
Depósito legal: B-9.193-2024

Impreso en Liber Digital, S. L.
Casarrubuelos (Madrid)

P 3 7 6 2 1 1

Para Patrick Heininger, su esposa, Caroline,
y sus hijos, Benjamin y Olivia,
de Bourton-on-the-Water,
con afecto

1

Agatha Raisin esperaba sentada a la mesa recién recogida de su despacho de South Molton Street, en el barrio londinense de Mayfair. Por los murmullos y el tintineo de vasos que llegaba de la oficina dedujo que sus empleados estaban listos para despedirla.

Era el día de su jubilación anticipada. Agatha había creado su propia agencia de relaciones públicas y trabajado duro todos estos años para hacerla prosperar. Había recorrido un largo camino y dejado muy atrás sus orígenes de clase obrera en Birmingham. Había sobrevivido a un matrimonio desgraciado, se había divorciado y lo había superado, con el espíritu maltrecho pero resuelta a salir adelante. Y todo ese esfuerzo había tenido un único fin: cumplir el sueño de vivir en un cottage en los Cotswolds.

Esta región del corazón de las Midlands quizá sea uno de los pocos paisajes hermosos creados por la mano del hombre: pueblos pintorescos, casas de dorada piedra caliza, jardines de ensueño, pastizales, senderos serpenteantes e iglesias centenarias. Agatha había visitado los Cotswolds de niña, durante unas cortas y mágicas vacaciones de verano. Sus padres habían salido de allí despotricando y lamentando no haber ido, como siempre, a uno de esos complejos turísticos de la cadena Butlins. Agatha, sin embargo, había encontrado en los Cotswolds todo lo que deseaba en la vida: belleza, tranquilidad y seguridad, y ya entonces se prometió a sí misma, aun siendo apenas una niña, que algún día viviría en una de aquellas preciosas casitas de campo, en un pueblo tranquilo, lejos del ruido y los malos olores de la ciudad.

En todos estos años en Londres Agatha nunca había vuelto a los Cotswolds, siempre quiso conservar su sueño intacto, hasta que hace muy poco por fin compró la casita de sus sueños. Era una lástima que el pueblo se llamara Carsely y no Chipping Campden o Aston Magna o Lower Slaughter o cualquier otro de aquellos enigmáticos topónimos de la zona, pensaba Agatha, pero la casa era perfecta, y el pueblo no aparecía en la ruta de las guías turísticas, así que se libraba de las tiendas de artesanía, los salones de té y los autocares de turistas a diario.

Agatha tenía cincuenta y tres años, pelo castaño, facciones cuadradas, complexión fornida, y un acento de Mayfair tan marcado como cabía esperar, salvo en los momentos de emoción o nervios, en que se le escapaba el viejo tono nasal del Birmingham de su juventud. A pesar de dedicarse a las relaciones públicas, un sector donde conviene tener cierto encanto, Agatha carecía de él por completo. Ella conseguía resultados siendo una especie de poli bueno y poli malo a la vez, alternando estrategias de acoso y engatusamiento en nombre de sus clientes, y los periodistas a menudo les daban cobertura sólo para quitársela de encima. También era una experta chantajista emocional, y cualquier insensato que aceptara uno de sus regalos o invitaciones a comer acababa sufriendo una persecución implacable y descarada hasta devolvérselo en especies.

Era popular entre sus empleados puesto que éstos conformaban un grupo pusilánime y frívolo, el tipo de gente que forja leyendas sobre cualquiera que les infunde miedo. La describían como «todo un carácter», y como todos los así descritos son expertos en opinar sin filtros, Agatha no tenía verdaderos amigos. Su vida social siempre había estado relacionada con el trabajo.

Agatha se levantó para unirse a la fiesta y la invadió una ligera sensación de vértigo, algo que nunca acostumbraba a pasarle. Ante ella se extendía una larga secuencia de días en blanco: sin obligaciones, sin ruido ni alboroto. ¿Sabría sobrellevarlo?

Se apartó la idea de la cabeza y cruzó el Rubicón para entrar en la sala de la oficina y despedirse.

—¡Aquí viene! —gritó Roy, uno de sus ayudantes—. Aggie, hemos preparado un ponche de champán muy especial. Una auténtica bomba.

Agatha aceptó un vaso de ponche. Su secretaria, Lulu, se le acercó y le dio un paquete envuelto en papel de regalo mientras los demás se arremolinaban a su alrededor con más regalos. Agatha tenía un nudo en la garganta y una vocecita repitiendo en su cabeza: «¿Qué has hecho? Pero ¿qué has hecho?» Un perfume, de Lulu; un par de braguitas con abertura en medio, de Roy, claro; un libro de jardinería, un jarrón, y así sucesivamente.

—¡Que hable! —gritó Roy.

—Gracias a todos —dijo Agatha con brusquedad—. No me voy a China, ¿sabéis? Podéis venir a visitarme. Vuestros nuevos jefes, Pedmans, se han comprometido a no cambiar nada, así que supongo que las cosas seguirán más o menos como siempre para vosotros. Gracias por los regalos. Los guardaré con cariño, excepto el tuyo, Roy. Dudo que a mi edad vaya a encontrarles alguna utilidad.

—Uno nunca sabe lo que le depara la suerte —dijo Roy—. A lo mejor algún granjero calenturiento te persigue entre la maleza.

Agatha bebió más ponche, comió sándwiches de salmón ahumado, y luego, cargada con los regalos, que Lulu le había metido en dos bolsas de la compra, bajó las escaleras de Raisin Comunicaciones por última vez.

En Bond Street, apartó de un codazo a un hombre de negocios delgado y nervioso que acababa de parar un taxi y le soltó con todo el descaro: «Yo lo he visto primero.»

Pidió al taxista que la llevara a Paddington Station.

Cogió el tren de las 15.30 h a Oxford y se dejó caer en el asiento del rincón de un vagón de primera clase. Todo estaba preparado y esperándola en los Cotswolds. Un interiorista había «remodelado» el cottage; su coche la esperaba en la estación de Moreton-in-Marsh para el corto trayecto hasta Carsely; una empresa de mudanzas había trasladado todas sus pertenencias desde su piso de Londres, que ya había vendido. Estaba libre. Podía relajarse. Ya no tenía que aguantar el temperamento de ninguna estrella del pop, ni lanzar al mercado ninguna pretenciosa marca de alta costura. Lo único que tenía que hacer a partir de ese momento era complacerse a sí misma.

Agatha se quedó adormilada y se despertó sobresaltada con el anuncio del jefe de tren: «¡Oxford, esto es Oxford! ¡Llegada a término!»

No era la primera vez que Agatha se preguntaba por el uso de la expresión «llegar a término» en los ferrocarriles. Como si el tren estuviera a punto de saltar por los aires. ¿Por qué no decían simplemente «última parada»? Miró la pantalla de horarios, una especie de televisor mugriento colgado en el andén 2 donde se leía que el tren a Charlbury, Kingham, Moreton-in-Marsh y todas las demás estaciones hasta Hereford ya estaba en el andén 3. Cargada con las bolsas, cruzó el paso elevado. El día era frío y gris. La euforia que le había producido verse liberada del trabajo y el ponche de Roy empezaban a evaporarse.

El tren salió lentamente de la estación. A un lado asomaban unas barcazas y al otro una serie interminable de parcelas descuidadas, seguidas de una lúgubre extensión de campos anegados por la lluvia. Agatha sintió una punzada de desilusión.

Esto es absurdo, pensó. Tengo lo que siempre he querido. Estoy cansada, nada más.

El tren se detuvo en algún punto de las afueras de Charlbury: se fue deslizando hasta pararse del todo y se quedó allí, tan tranquilo, como suelen hacer los ferrocarriles británicos de forma inexplicable. Los pasajeros seguían sentados con estoicismo, oyendo los gemidos del viento que azotaba cada vez más fuerte los campos desolados. ¿Por qué nos comportamos como un rebaño de ovejas?, se preguntó Agatha. ¿Por qué somos tan cobardes y conformistas los británicos? ¿Por qué nadie llama a gritos al revisor y le pide explicaciones? Otros, menos sumisos, no lo permitirían. Se planteó ir a buscar al revisor ella misma, pero entonces se acordó de que ya no tenía prisa por llegar a ninguna parte. Sacó el ejemplar de *The Evening Standard* que había comprado en la estación y se dispuso a leerlo.

Al cabo de veinte minutos, con un crujido, el tren cobró vida lentamente. Otros veinte minutos después de la parada de Charlbury, entró en la pequeña estación de Moreton-in-Marsh. Agatha se apeó. Su coche seguía donde lo había dejado. Se había pasado los últimos minutos del viaje sufriendo por si se lo habían robado.

Era día de mercado en Moreton-in-Marsh, y el ánimo de Agatha empezó a revivir mientras conducía despacio por delante de los puestos. Allí se vendía de todo, desde pescado hasta ropa interior. El mercado se celebraba los martes. Tenía que recordarlo. Su Saab nuevo dejó atrás Moreton ronroneando y luego pasó por Bourton-on-the-Hill. Ya casi estaba en casa. ¡En casa! Por fin.

Salió de la A-44 y emprendió el lento descenso hasta el pueblo de Carsely, enclavado en un pliegue de los montes Cotswolds.

Era un pueblo pequeño y muy bonito, incluso para los estándares de los Cotswolds. Había dos largas hileras de casas y tiendas de piedra dorada y cálida; algunas eran bajas y con techos de paja, otras más altas y con tejados de pizarra. Había un pub llamado Red Lion en una punta y una iglesia en la otra. Unas pocas calles se dispersaban desde la principal, donde las casas se inclinaban unas sobre otras como si buscaran apoyo en la vejez. Los jardines resplandecían con flores de cerezo, forsitias y narcisos. Había una mercería de las de antes, una oficina de correos-colmado, una carnicería y una tienda que no parecía vender más que flores secas y que casi nunca estaba abierta. En las afueras del pueblo y ocultas a la vista por una colina, se habían construido unas casas de protección oficial, y entre éstas y el pueblo estaban la comisaría, una escuela de primaria y la biblioteca.

La casa de Agatha se alzaba solitaria en uno de los extremos de las dispersas calles laterales. Parecía uno de esos cottages de los calendarios que tanto le gustaban de niña. Era baja, con tejado de paja —paja nueva, de los juncos de Norfolk—, ventanas batientes y piedra dorada de los Cotswolds. Tenía un pequeño jardín delante y otro largo y estrecho en la parte de atrás, pero, a diferencia de casi todos los vecinos de la zona, el anterior propietario no era aficionado a la jardinería, así que allí no había más que hierba y unos arbustos deprimentes, de esa especie tan resistente que crece en los parques públicos.

Dentro, un cubículo diminuto y oscuro hacía las veces de recibidor. El salón quedaba a la derecha, el comedor, a la izquierda. La cocina, al fondo, era grande y cuadrada, gracias a una reforma reciente. En la planta de arriba había dos dormitorios de techo bajo y un baño. Todas las estancias tenían vigas vistas.

Agatha había dado libertad al decorador de interiores. Todo había quedado como esperaba pero... Agatha se detuvo en la puerta del salón. Tresillo con fundas de lino Sanderson, mesita con sobre de cristal, parrilla de estilo medieval y herraduras en la chimenea, jarras de peltre y las típicas jarritas con forma de cabeza humana colgadas de las vigas, aperos en las paredes... Pero parecía un decorado. Entró en la cocina y encendió la calefacción central. La fabulosa empresa de mudanzas incluso le había guardado la ropa en el armario del dormitorio y le había colocado los libros en las estanterías, así que no tenía mucho que hacer. Inspeccionó el comedor. Mesa grande, con su reluciente superficie resistente al calor. Sillas victorianas, un cuadro eduardiano de un niño con levita en un jardín luminoso, un aparador con bandejas azules y blancas, otra chimenea eléctrica con un fuego de leños falsos y un carrito de bebidas. En la planta de arriba, los dormitorios eran pura Laura Ashley. Le daba la impresión de estar en la casa de otro, en el hogar de un desconocido sin personalidad, o en un cottage de vacaciones caro.

En fin, no tenía nada para cenar. Tras una vida de restaurantes y comida para llevar, Agatha había decidido aprender a cocinar, y ahí estaban todos sus nuevos libros de cocina en una resplandeciente hilera de un estante de la cocina.

Cogió el bolso y salió. Era hora de investigar las pocas tiendas del pueblo. Muchas, le había explicado el agente inmobiliario, habían cerrado y se habían transformado en exclusivas residencias. Los del pueblo echaban la culpa a los forasteros, pero el verdadero responsable del daño había sido el coche, pues ellos mismos preferían ir a comprar a los supermercados de Stratford o Evesham en lugar de hacerlo a un precio más alto en el pueblo. Aquí casi todo el mundo tenía algún tipo de vehículo.

A punto de llegar a la calle principal, Agatha se cruzó con un anciano. El hombre se tocó la gorra y le soltó un alegre «buenas tardes». Ya en la calle principal, todos los que pasaban la saludaban de un modo u otro, con un distraído «hola» o un «menudo tiempecito». Agatha volvía a sentirse animada. Después de Londres, donde no conocía ni a sus vecinos, esos gestos de amabilidad suponían un cambio muy agradable.

Tras echar un vistazo al escaparate de la carnicería, decidió que sus prácticas culinarias podían esperar unos días más, así que fue al colmado y compró un curri Vindaloo «muy picante» para el microondas y una lata de arroz. En la tienda también la recibieron con suma amabilidad. En la puerta había una caja con libros de segunda mano. Agatha siempre había leído libros «instructivos», la mayoría de no ficción, pero vio un ejemplar maltrecho de *Lo que el viento se llevó* y lo compró sin pensárselo un segundo.

Ya en casa, encontró junto a la chimenea un cesto de leña artificial, pequeños trozos circulares de serrín compactado. Amontonó unos cuantos en la parrilla, los prendió y en nada tuvo un fuego crepitando. Quitó el tapete de ganchillo que el decorador había colocado con monería sobre la pantalla del televisor, y lo encendió. Había una guerra, para variar, y le estaban dando la cobertura habitual; es decir, el presentador y el reportero mantenían una charla de lo más agradable: «Te paso la palabra, John. ¿Cuál es la situación ahora?», «Bueno, Peter...». Cuando apareció en pantalla el inevitable «experto» presente en el estudio, Agatha se preguntó por qué se tomaban la molestia de enviar a un reportero de guerra. Hacían lo mismo que en la guerra del Golfo, donde la mayor parte de la cobertura parecía consistir en un corresponsal delante de una palmera junto a algún hotel de Riad. Qué manera de malgastar el dinero. El periodista nunca tenía mucha información, y sin duda habría resultado más barato colocarlo delante de una palmera en un estudio de Londres.

Apagó la televisión y abrió *Lo que el viento se llevó*. Estaba deseando tragarse un poco de basura intelectual para celebrar su libertad, pero le sorprendió lo buena que era la novela, casi indecentemente legible, pensó Agatha, que hasta entonces sólo había leído el tipo de libros que se leen para impresionar a los demás. El fuego crepitaba, y Agatha leyó hasta que los gruñidos del estómago la llevaron a meter el curri en el microondas. Esto sí que era vida.

Transcurrió una semana, una semana en la que Agatha, con su ímpetu habitual, se había dedicado a visitar todos los lugares de interés de la zona. Había estado en el Castillo de Warwick, en el lugar de nacimiento de Shakespeare, en el Palacio de Blenheim, y había visitado numerosos pueblos de los Cotswolds, siempre bajo un cielo plomizo, con viento y lluvia constantes, y todas las tardes había vuelto a su silenciosa casa y había leído a Agatha Christie, su último descubrimiento y lo único que le ayudaba a pasar el resto de la velada. Había ido al pub, el Red Lion, un local de techo bajo, pintoresco y alegre, cuyo dueño era afable y animado, y los parroquianos habían hablado con ella como siempre, con esa peculiar amabilidad que nunca iba más allá. Agatha habría sobrellevado mejor una animosidad suspicaz que esa acogida despreocupada que, de algún modo, la mantenía a raya. Nunca había sido muy buena haciendo amigos, pero, como no tardó en descubrir, los forasteros tenían algo que repelía a los del pueblo. No es que los rechazaran; en apariencia, les daban la bienvenida. Pero Agatha sabía que su presencia no provocaba ni la más mínima onda en el calmado estanque de la vida del pueblo. Nadie la invitó a tomar el té. Nadie le hizo ninguna pregunta, ni mostró un atisbo de curiosidad por ella. El vicario ni siquiera se le había acercado. En una novela de Agatha Christie, ya habría recibido la visita del vicario, y la de algún coronel retirado y su esposa, claro. Todas las conversaciones parecían limitarse a «buenos días» y «buenas tardes» o a hablar del tiempo.

Por primera vez en su vida, supo lo que era la soledad y se asustó.

Las ventanas de la cocina, en la parte de atrás de la casa, tenían vistas a los montes Cotswolds, que se alzaban al cielo apartándola del bullicio de la vida social y las tiendas, como si fuera una desconcertada criatura extraterrestre enclaustrada bajo el tejado de paja de su casa, al margen del mundo exterior. La vocecita que había susurrado «Pero ¿qué he hecho?» se convirtió en un grito desesperado.

Y entonces se echó a reír. Londres estaba sólo a una hora y media en tren, no a miles de kilómetros. Se pasaría por la ciudad al día siguiente, visitaría a sus antiguos empleados, comería en el Caprice, y luego tal vez se daría una vuelta por las librerías en busca de más material legible. Se había perdido el día de mercado de Moreton, pero ya iría otra semana.

Para acompañar su estado de ánimo, el día amaneció primaveral, con un sol brillante. El cerezo del jardín trasero, la única concesión a la belleza que le había parecido oportuna al anterior dueño de la casa, alzaba sus ramas cargadas de flores a un cielo azul claro. Agatha tomó su desayuno habitual: una taza de café solo, instantáneo, y dos cigarrillos con filtro.

Con la sensación de estar de vacaciones, condujo cuesta arriba por la tortuosa colina que salía del pueblo y luego descendió atravesando Bourton-on-the-Hill en dirección a Moreton-in-Marsh.

Llegó a Paddington Station, en Londres, inhaló grandes bocanadas de aire contaminado y sintió que revivía. En el taxi que la llevaba a South Molton Street, se dio cuenta de que en realidad no tenía ninguna anécdota divertida que contar a sus antiguos empleados. «Nuestra Aggie será la reina del pueblo en un abrir y cerrar de ojos», había dicho Roy. ¿Cómo iba a explicarles que nadie en Carsely sabía de la existencia de la inigualable Agatha Raisin?

Se bajó del taxi en Oxford Street y recorrió South Molton Street preguntándose qué sentiría al leer «Pedmans» donde antes estaba su nombre.

Se detuvo a los pies de la escalera que llevaba a su antigua oficina, encima de la tienda de ropa París. No había ningún rótulo, donde antes se leía RAISIN COMUNICACIÓN sólo quedaba un recuadro limpio.

Subió las escaleras. El silencio era sepulcral. Tanteó la puerta. Estaba cerrada con llave. Desconcertada, volvió a la calle y miró hacia arriba. Y allí, ocupando todo el largo de una de las ventanas, había un gran cartel de EN VENTA escrito con enormes letras rojas, seguidas del nombre de una inmobiliaria de prestigio.

Con expresión sombría, cogió un taxi a la City, a Cheapside, a la sede de Pedmans, y pidió ver al señor Wilson, el gerente. La recepcionista, con aspecto de aburrida y las uñas más largas que Agatha había visto en su vida, levantó el teléfono con desgana y habló con el susodicho.

—El señor Wilson está ocupado —dijo vocalizando mucho, y cogió la revista femenina que estaba leyendo cuando Agatha había llegado y repasó su horóscopo.

Agatha le quitó la revista de las manos y se inclinó por encima de la mesa.

—Mueve ese culo esmirriado y dile a ese picapleitos que voy a entrar.

La recepcionista la miró a los ojos, llenos de rabia, chilló y subió corriendo las escaleras. Al cabo de pocos minutos, que Agatha pasó leyendo su horóscopo —«Hoy puede ser el día más importante de tu vida, pero cuidado con tu temperamento»—, la recepcionista volvió tambaleándose sobre sus tacones de aguja y le susurró:

—El señor Wilson la recibirá ahora. Si es tan amable de seguirme...

—Conozco el camino —le espetó Agatha.

Su figura baja y fornida subió las escaleras, mientras sus zapatos de prudente tacón bajo resonaban contra los peldaños.

El señor Wilson se levantó para saludarla. Era un hombre pequeño y pulcro, de pelo ralo, gafas de montura dorada, manos fofas y sonrisa empalagosa, que más bien parecía un médico de Harley Street y no el director de una empresa de relaciones públicas.

—¿Por qué ha puesto mi oficina en venta? —preguntó Agatha.

El señor Wilson se alisó la coronilla.

—Señora Raisin, ya no es su oficina; nos vendió el negocio.

—Pero usted me dio su palabra de que mantendría al personal.

—Y la hemos cumplido. La mayoría prefirió la indemnización por despido improcedente. No necesitamos una oficina más. Todo el trabajo lo realizamos desde aquí.

—Permítame que le diga que no puede hacer eso.

—Permítame que le diga, señora Raisin, que puedo hacer lo que me venga en gana. Usted nos vendió la empresa, hasta el último tornillo. Ahora, si no le importa, estoy muy ocupado.

Se encogió en su silla mientras Agatha Raisin lo mandaba a un desagradable destino, a voz en grito y de forma muy gráfica, antes de cerrar de un portazo.

Agatha se quedó plantada en Cheapside, a punto de llorar.

—Señora Raisin... ¿Aggie?

Se dio la vuelta. Ahí estaba Roy. En lugar de los vaqueros, la camisa psicodélica y los pendientes dorados habituales, vestía un traje sobrio.

—Voy a matar a ese cabrón de Wilson —dijo Agatha—. Acabo de mandarlo a la...

Roy dejó escapar un chillido y se apartó un poco.

—Pues si no eres la «chica del mes», no deberían verme hablando contigo, querida. Además, tú le vendiste el chiringuito.

—¿Dónde está Lulu?

—Aceptó la indemnización y está tostando su cuerpecillo en la Costa Brava.

—¿Y Jane?

—Trabaja de relaciones públicas para Friends Scotch. ¿Te lo puedes creer? Una alcohólica trabajando para una marca de whisky. En un año se habrá fundido los beneficios de la compañía por el gaznate.

Agatha preguntó por los demás. Sólo Roy trabajaba para Pedmans.

—Es por los Trendies —le explicó (la banda de pop era un antiguo cliente de Agatha)—. A Josh, el líder, siempre le he caído muy bien, ya lo sabes. Así que Pedmans tuvo que mantenerme en el puesto para conservar al grupo. ¿Te gusta mi nueva imagen? —dijo, y dio una vuelta sobre sí mismo.

—No —le dijo Agatha con aspereza—, no te pega. Bueno, ¿por qué no me haces una visita este fin de semana?

Roy pareció esquivo.

—Me encantaría, querida, pero tengo montones de cosas que hacer. Wilson es un negrero. Tengo que marcharme.

Entró apresuradamente en el edificio y la dejó sola en la acera.

Agatha intentó parar un taxi, pero todos iban ocupados. Se acercó a pie a Bank Station, pero el metro no funcionaba y le dijeron que había huelga de transporte.

—¿Y cómo voy a ir hasta la otra punta de la ciudad? —gruñó Agatha.

—Pruebe con uno de los barcos del río —le sugirieron—. Vaya al muelle del puente de Londres.

Agatha fue renqueando hasta el puente mientras su rabia daba paso a una deprimente sensación de pérdida. En el muelle se topó con una especie de Dunquerque de yuppies. Estaba atestado de mujeres y hombres jóvenes aferrados a sus maletines con cara de angustia, mientras una flotilla de embarcaciones de recreo los iba sacando de allí.

Se puso al final de la cola, que avanzaba lentamente por el muelle flotante, y ya estaba medio mareada cuando por fin pudo subir a bordo de una vieja barcaza de vapor que habían recuperado para la ocasión. El bar estaba abierto. Se hizo con un gin-tonic bien cargado, se encaminó a popa y se sentó al sol en una de esas pequeñas sillas afelpadas de salón de baile que tienen los barcos de recreo del Támesis.

La embarcación abandonó el muelle y se deslizó por el río bajo un sol de justicia. Agatha tenía la impresión de que iba dejando atrás todo aquello a lo que había renunciado: la vida y Londres. El barco pasó por debajo de los puentes, en paralelo a los atascos de Embankment, y llegó al muelle de Charing Cross, donde Agatha desembarcó. Ya no tenía ganas de comer ni de ir de compras ni de nada, sólo de volver a casa, lamerse las heridas y pensar en su futuro.

Caminó hasta Trafalgar Square, luego siguió por el Mall, pasó por delante de Buckingham Palace, subió por Constitution Hill y el paso subterráneo, llegó a Hyde Park por la puerta de Decimus Burton y la casa del duque de Wellington, y atravesó el parque hacia Bayswater y Paddington.

Hasta ese día, pensó, siempre había avanzado con paso firme, siempre había sabido lo que quería. Había destacado en la escuela, pero sus padres hicieron que la dejara a los quince años, porque podía conseguir un buen trabajo en la fábrica de galletas local. Por aquel entonces, Agatha era una jovencita blancucha, delgada y de ademanes delicados. La rudeza de las mujeres con las que trabajaba en la fábrica la ponía de los nervios y el alcoholismo de sus padres la repugnaba, así que empezó a hacer horas extra, y ese dinero de más lo metía en una cartilla de ahorros para que sus padres no le echaran mano. Una noche decidió que ya había ahorrado lo suficiente y simplemente cogió su maleta y se marchó a Londres sin despedirse, escabulléndose de casa mientras sus padres se rendían al sopor etílico.

Al llegar a Londres, trabajó de camarera siete días a la semana para pagarse clases de taquigrafía y mecanografía. Pronto encontró empleo como secretaria en una empresa de relaciones públicas. Sin embargo, cuando apenas estaba empezando a conocer el negocio, se enamoró de Jimmy Raisin, un joven encantador de ojos azules y espesa mata de pelo negro. No parecía tener ningún empleo estable, pero Agatha creyó que lo único que Jimmy necesitaba para sentar la cabeza era el matrimonio. Al cabo de un mes de vida conyugal, ella acabó por reconocer que había huido del fuego para caer en las brasas. Su marido era un borracho. Aun así, aguantó a su lado dos años más, ejerciendo de sostén de la familia, soportando sus cada vez peores brotes de violencia alcohólica, hasta que una mañana, mientras él roncaba en la cama, sucio y sin afeitar, apiló un montón de folletos de Alcohólicos Anónimos sobre su pecho, hizo las maletas y se marchó.

Él sabía dónde ella trabajaba. Agatha creyó que iría a buscarla, aunque sólo fuera por el dinero, pero no lo hizo. Al cabo de un tiempo, se acercó a la sórdida habitación de Kilburn que habían compartido, pero Jimmy había desaparecido. Ella jamás había pedido el divorcio; siempre dio por sentado que él había muerto. Y nunca había tenido intención de casarse de nuevo. Con los años se fue curtiendo, se volvió más dura y más competente, cada vez más agresiva, hasta que esa jovencita delgada y tímida acabó desapareciendo bajo capas y capas de ambición. El trabajo se convirtió en su vida, vestía ropa cara y tenía los gustos que uno esperaría de una estrella emergente de las relaciones públicas. Con que se fijasen en ella y la envidiaran un poco, a Agatha ya le valía.

Al llegar a Paddington Station, después de la caminata, se sentía de mejor humor. Había elegido su nueva vida y haría que funcionara. Aquel pueblo iba a enterarse de quién era Agatha Raisin.

Cuando llegó a casa, entrada la tarde, cayó en la cuenta de que no había comido nada. Se acercó a Harvey's, la tienda que era a la vez oficina de correos. Cuando estaba hurgando en el congelador grande preguntándose si le apetecía otra vez curri, le llamó la atención un cartel clavado en la pared. GRAN CONCURSO DE QUICHES, se anunciaba en letras con florituras. Se celebraría el sábado en el salón de actos de la escuela. Había otros concursos, anunciados en letra más pequeña: de pastel de frutas, arreglos florales y cosas por el estilo. El de quiche lo juzgaría un tal señor Cummings-Browne. Agatha sacó un pollo korma del congelador y se dirigió al mostrador.

—¿Dónde vive el señor Cummings-Browne? —preguntó.

—Pues en Plumtrees Cottage, querida —dijo la mujer—. Al lado de la iglesia.

Los pensamientos de Agatha se dispararon mientras corría de vuelta a casa y metía el pollo korma en el microondas. ¿No era eso lo que importaba en los pueblos pequeños, ser la mejor en algo doméstico? Si ganaba el concurso de quiches, por fin la tomarían en serio. A lo mejor incluso le pedían que diera charlas sobre su don en las reuniones del Instituto de la Mujer y cosas por el estilo.

Se llevó aquella bazofia de cena de microondas al comedor y se sentó. Frunció el ceño, la mesa estaba cubierta de una fina película de polvo. Agatha aborrecía las tareas del hogar.

Tras el deplorable ágape, salió al jardín de la parte de atrás. El sol se había puesto, y un cielo verdoso claro se extendía más allá de las montañas, por encima de Carsely. Oyó algo moviéndose cerca y miró por encima del seto. Un estrecho caminito separaba su jardín del de la casa de al lado.

Su vecina, inclinada sobre un parterre, arrancaba malas hierbas a la luz del anochecer.

Era una mujer de rasgos angulosos y, pese al fresco que hacía a esa hora del día, llevaba uno de esos vestidos estampados que tanto les gustan a las esposas de los funcionarios destinados en el extranjero. Tenía la barbilla achatada y unos ojos bastante saltones, y llevaba el pelo recogido al estilo de los años cuarenta, con mechones cayéndole por la cara. Todo eso vio Agatha mientras la mujer se erguía.

—Buenas noches —saludó Agatha.

La mujer se dio la vuelta, entró en su casa y cerró la puerta.

Agatha se tomó ese desplante como un cambio de actitud digno de agradecer tras la ostentación de cordialidad de Carsely. Se parecía más al comportamiento al que estaba acostumbrada. Volvió a su casa, salió por la puerta principal y se encaminó a casa de la vecina. La casa se llamaba New Delhi, y llamó con la aldaba de latón.

En una ventana junto a la puerta, se agitó un poco la cortina, pero no hubo más señales de vida. Agatha volvió a llamar alegremente, esta vez más fuerte.

La puerta se abrió apenas una rendija y un ojo saltón la miró fijamente.

—Buenas noches —le dijo Agatha tendiéndole la mano—, soy su nueva vecina.

La puerta se abrió despacio. La mujer del vestido estampado aceptó con reticencia la mano de Agatha y le dio un apretón flojo.

—Me llamo Agatha Raisin —dijo Agatha—, ¿y usted es...?

—La señora Sheila Barr —le contestó la mujer—. Tiene que disculparme, señora... eh... Raisin, pero estoy muy ocupada en este momento.

—Oh, no le robaré mucho tiempo —dijo Agatha—. Verá, es que necesito una mujer de la limpieza.

La señora Barr emitió ese tipo de risa exasperante que suele describirse como «de superioridad».

—No encontrará a nadie en el pueblo. Es casi imposible conseguir a alguien que limpie. Yo tengo a la señora Simpson, de forma que puedo considerarme muy afortunada.

—A lo mejor podría trabajar unas horas para mí —sugirió Agatha.

La puerta empezó a cerrarse.

—Ah, no —respondió la señora Barr—, estoy segura de que no puede.

Y la puerta se cerró del todo.

Eso ya lo veremos, se dijo Agatha.

Tras pasar por su casa a coger el bolso, se plantó en el Red Lion y acomodó el trasero en un taburete de la barra.

—Buenas noches, señora Raisin —la saludó el dueño, Joe Fletcher—. Ha mejorado el día, ¿no le parece? Con un poco de suerte hasta tendremos buen tiempo.

A la mierda el tiempo, pensó Agatha, que estaba harta de hablar de eso. En voz alta lo que dijo fue:

—¿Sabe dónde vive la señora Simpson?

—En las viviendas de protección oficial, me parece. Me pregunta por la mujer de Bert Simpson, ¿no?

—No lo sé. Es empleada de hogar.

—Ah, entonces, es Doris Simpson, seguro. No recuerdo el número, pero está en Wakefield Terrace, la segunda casa, la de los gnomos.

Agatha se tomó un gin-tonic y luego se dirigió a las viviendas de protección oficial. No le costó encontrar Wakefield Terrace y la casa de los Simpson, porque su jardín estaba atestado de gnomos de plástico, no agrupados en torno a un estanque ni ubicados con la menor intención artística, sino dispersos al azar, sin más.

Le abrió la puerta la señora Simpson en persona. Parecía una vieja maestra de escuela más que una asistenta. Llevaba el pelo cano recogido en un moño, y detrás de las gafas se veían unos ojos de color gris claro.

Agatha le explicó qué la había llevado hasta allí. La señora Simpson negó con la cabeza.

—No veo cómo podría hacer más casas, de verdad. Limpio la de la señora Barr, su vecina, los martes, la de la señora Chomley los miércoles, y la de la señora Cummings-Browne los jueves, y los fines de semana trabajo en un supermercado en Evesham.

—¿Cuánto le paga la señora Barr? —le preguntó entonces Agatha.

—Tres libras la hora.

—Si trabaja para mí en lugar de para ella, le pagaré cuatro libras por hora.

—Será mejor que pase. ¡Bert! Bert, apaga la tele. Te presento a la señora Raisin; se ha quedado la casa de Budgen, en Lilac Lane.

Un hombre menudo y enjuto, de pelo ralo, apagó el gigantesco televisor que dominaba el salón, pequeño y ordenado.

—No sabía que se llamaba Lilac Lane —dijo Agatha—. No parece que en el pueblo se lleve mucho lo de poner placas con los nombres de las calles.

—Supongo que es porque hay muy pocas calles, querida —respondió Bert.

—Le traeré una taza de té, señora Raisin.

—Agatha, llámeme Agatha —dijo, y esbozó una sonrisa que cualquier periodista con el que hubiera tratado habría reconocido fácilmente. Agatha Raisin iba a por todas.

Cuando Doris Simpson se fue a la cocina, Agatha dijo:

—Quiero convencer a su mujer de que trabaje para mí en lugar de para la señora Barr. Le ofrezco cuatro libras la hora, una jornada completa, con la comida incluida, por supuesto.

—A mí me parece bien, pero tendrá que preguntárselo a Doris —dijo Bert—. Y no crea que no se alegraría de perder de vista la casa de esa señora Barr.

—¿Mucho trabajo?

—No es el trabajo —explicó Bert—, es la manera de ser de esa mujer. Sigue a Doris por toda la casa, como si la controlara.

—¿Es de Carsely?

—No, vino de fuera. Su marido murió hace tiempo. Trabajaba en algo del Foreign Office. Se instalaron aquí hará unos veinte años.

Agatha estaba tomando nota mental de que veinte años de residencia en Carsely no te daban derecho a la ciudadanía, por así decirlo, cuando la señora Simpson volvió al salón con la bandeja del té.

—La razón por la que quiero que deje a la señora Barr es ésta —dijo Agatha—: se me dan muy mal las tareas del hogar. He trabajado fuera de casa toda mi vida.

Creo que la gente como usted, Doris, vale su peso en oro. Pago buen salario porque creo que el trabajo de la limpieza es muy importante. También le pagaré las horas cuando esté enferma o de vacaciones.

—Eso suena mejor que bien —exclamó Bert—. ¿Te acuerdas de cuando te quitaron el apéndice, Doris? Ella ni se pasó por el hospital y ni se le ocurrió pagarte un penique.

—Eso es verdad —dijo Doris—. Pero es un dinero seguro. ¿Qué pasa si usted se marcha de aquí, Agatha?

—Ah, he venido para quedarme —aseguró Agatha.

—Muy bien, acepto —soltó Doris de repente—. Es más, llamaré ahora mismo a la señora Barr para quitármelo ya de encima.

Fue a la cocina a llamar por teléfono. Bert ladeó la cabeza y miró a Agatha con sus ojillos astutos.

—¿Sabe que se ha ganado una enemiga, verdad? —dijo.

—Bah —repuso Agatha Raisin—, ya se le pasará.

Media hora después, mientras rebuscaba la llave en el bolso, la señora Barr salió de su casa y se quedó mirando fija y turbiamente a Agatha.

Ésta le dedicó una gran sonrisa.

—Hace una noche espléndida —dijo.

Volvía a sentirse ella misma.

2

Plumtrees Cottage, donde vivían los Cummings-Browne, estaba enfrente de la iglesia y la casa del vicario, en una hilera de antiguas casas de piedra frente a una especie de plaza adoquinada con forma de diamante. Las casas no tenían jardín delantero, sólo una estrecha franja de tierra con unas pocas flores.

A la mañana siguiente, Agatha, con sus ojos pequeños y brillantes, identificó rápidamente a la mujer que respondió con retraso a la puerta como perteneciente a la misma especie de expatriados que la señora Barr. A pesar del fresco que hacía aquel día de primavera, la señora Cummings-Browne llevaba un vestido de verano estampado que dejaba al descubierto su piel bronceada de mediana edad. Tenía la voz aguda y autoritaria, los ojos azul claro y unos ademanes de «sargenta».

—Dígame, ¿en qué puedo ayudarla?

Agatha se presentó y dijo que quería participar en el concurso de quiches, pero que, como era nueva en el pueblo, no sabía cómo hacerlo.

—Soy la señora Cummings-Browne, y, bueno, lo único que tiene que hacer es leerse bien uno de los carteles. Están por todo el pueblo, ¿sabe? —dijo la mujer, y se rió con tanta condescendencia que a Agatha le entraron ganas de pegarle.

No obstante, se limitó a decir en tono suave:

—Como le decía, soy nueva aquí y me gustaría conocer a algunos vecinos. Tal vez a usted y a su marido les apetecería cenar conmigo esta noche. ¿Sirven cenas en el Red Lion?

La señora Cummings-Browne volvió a soltar aquella risa.

—Yo no piso el Red Lion ni muerta. Pero sí tienen buena comida en el Feathers, en Ancombe.

—¿Y dónde está Ancombe? —preguntó Agatha.

—A menos de cuatro kilómetros. Ya veo que no conoce muy bien la zona, ¿verdad? Conduciremos nosotros. Venga por aquí a las siete y media.

La puerta se cerró. Vaya, vaya, pensó Agatha. Ha sido fácil. Deben de ser un par de gorrones, lo que significa que mi quiche tiene posibilidades.

Volvió paseando por el pueblo, sonriendo y contestando de forma mecánica a los saludos y «buenos días» de los transeúntes con los que se cruzaba. Así que esa brillante y lustrosa manzana también tenía gusanos, se dijo Agatha. La mayoría de los vecinos eran de clase trabajadora y media baja, gente sumamente cortés y amigable. Excepto, por lo visto hasta el momento, la señora Barr y la señora Cummings-Browne, que con ese forzado aire de forasteras de clase alta se habían revelado como sumamente maleducadas. Una corriente con fragancia de flores de cerezo sopló a los pies de Agatha. Las casas doradas resplandecían al sol. La belleza no atrae sólo a bellas personas. Los forasteros seguramente habían comprado sus preciosas casas cuando los precios estaban bajos, y se habían resignado a convertirse en peces gordos de ese pequeño estanque. Pero, por lo que

Agatha había podido ver, eso ni impresionaba ni ami-
lanaba a los vecinos. A los forasteros no les quedaba más
remedio que pasárselo bien limitándose a despreciarse
entre ellos. Aun así, estaba convencida de que si ganaba
aquel concurso el pueblo entero se la tomaría en serio.

Esa noche, Agatha se sentó en el salón comedor de
techo bajo del Feathers, en Ancombe, y estudió con
disimulo a sus convidados. El señor Cummings-Browne
—«Bueno, en realidad, muy a pesar mío, soy el mayor
Cummings-Browne, pero no uso el título, jo, jo, jo»—
estaba tan bronceado como su esposa, pero su tono era
tan anaranjado que Agatha llegó a pensar que tal vez
fuese una crema. Tenía una cabeza puntiaguda y se estaba quedando calvo, sólo se veían unos pelos dispersos
peinados con esmero sobre la coronilla, además de unas
orejas de soplillo asimétricas. El señor Cummings-
Browne había servido en el ejército británico en Adén,
según contó. Eso, pensó Agatha, debía de haber sido
hacía bastante. Creía recordar que los británicos habían
salido de Adén en los años sesenta. Entonces el mayor
Cummings-Browne dejó caer que se había dedicado
«un poco a la cría de pollos», aunque prefirió hablar de
sus tiempos en el ejército, contando una historia difícil
de seguir sobre uno de sus asistentes y varias batallitas
con sus «colegas» del regimiento. Llevaba una chaqueta sport con coderas de cuero, una camisa verde oliva
y un pañuelo al cuello. Su mujer llevaba un vestido de
Laura Ashley que a Agatha le recordaba las colchas
de su casa.

Agatha pensó con aire sombrío que más valía que
su quiche ganara, porque sabía muy bien cuándo la ti-
maban, y eso era lo que estaban haciendo en el Feathers.
El dueño estaba en el lado equivocado de la barra, al
fondo del salón comedor, bebiendo con sus amigotes;

el menú era pretencioso y pavorosamente caro, y las hurañas camareras la sacaban de quicio. Como era de esperar, los Cummings-Browne habían elegido el segundo vino más caro de la carta, dos botellas. Agatha les dejó hablar casi todo el tiempo hasta que llegó el café y entonces fue al grano. Preguntó qué tipo de quiche solía ganar el premio. El señor Cummings-Browne dijo que acostumbraba a ser una quiche de jamón o de champiñones. Agatha afirmó con convencimiento que ella presentaría su preferida, una quiche de espinacas.

La señora Cummings-Browne se rió. Si vuelve a reírse así, le suelto una bofetada, pensó Agatha, más todavía cuando la mujer concluyó la risa diciendo que siempre ganaba la señora Cartwright. Agatha recordaría más adelante que el señor Cummings-Browne había guardado un extraño silencio cuando se mencionó el nombre de la señora Cartwright, pero, en ese momento, estaba lanzada. Su quiche, dijo Agatha, era famosa por su delicado sabor y la ligereza de la masa. Además, lo que hacía falta en el pueblo era un poco de espíritu competitivo. No era nada bueno para la moral colectiva que ganara la misma concursante un año sí y otro también. Agatha era buenísima cuando se trataba de insinuar un chantaje emocional sin llegar a decir nada preciso ni directo. Bromeó sin parar sobre lo espantosamente caro que era el restaurante mientras sus pequeños ojos castaños de oso enviaban un mensaje machacón: «Estáis en deuda conmigo por esta cena.»

Pero los periodistas, por norma, son el tipo de persona que ha nacido sintiéndose culpable. Saltaba a la vista que los Cartwright y los Browne estaban hechos de una pasta más dura. Cuando Agatha se disponía a pagar la cuenta —contando muy despacio los billetes en lugar de pagar con tarjeta para recalcar el precio—, sus invitados la forzaron a interrumpir el gesto pidiendo unos brandis cargados sin preguntar.

A pesar de todo lo que habían bebido, seguían pareciendo tan sobrios como al empezar la cena. Agatha les preguntó por los vecinos del pueblo. La señora Cummings-Browne dijo que eran bastante agradables, que ella y su marido hacían lo que podían para ayudarlos, y lo dijo con tono de señorona perdonavidas. Le pidieron que les hablara de sí misma, y Agatha respondió con brevedad. Nunca se había molestado en prepararse para el parloteo social. Sólo sabía vender un producto o preguntar a los demás sobre sí mismos para ablandarlos y, a su debido tiempo, vendérselo.

Salieron por fin a la noche tibia y oscura. El viento se había calmado, y en el aire flotaba la promesa del verano que se acercaba. El señor Cummings-Browne conducía despacio su Range Rover por los caminos verdes que llevaban de vuelta a Carsely. Un zorro cruzó la carretera por delante de los faros, las liebres se desperdigaban a toda prisa buscando refugio, y los cerezos, que empezaban a florecer, sembraban de estrellas los setos. La sensación de soledad volvió a adueñarse de Agatha. Era una noche para pasarla con amigos, en compañía agradable, no con gente como los Cummings-Browne. El marido aparcó delante de la puerta principal de su propia casa y le preguntó a Agatha:

—¿Sabrá volver a su casa desde aquí?

—No —respondió Agatha irritada—. Lo menos que podría hacer es acercarme.

—Va a perder la agilidad en las piernas si sigue así —replicó él con maldad, pero, tras dejar escapar un pequeño suspiro de impaciencia, la llevó a su casa.

Debo dejar alguna luz encendida, pensó Agatha, al mirar su casa a oscuras. Una luz sería acogedora. Antes de salir del coche, le pidió que le dijera exactamente qué debía hacer para participar en el concurso. Cuando se lo hubo explicado, se apeó, sin despedirse ni dar las buenas noches, y entró en su solitaria casa.

Al día siguiente, como le habían explicado, apuntó su nombre en el libro del concurso de quiches en el salón de actos de la escuela. Voces infantiles entonaban una canción tradicional en una de las aulas: «*To my hey down-down, to my ho down-down.*» Recorrió el salón de actos vacío con la mirada. Había mesas con caballetes pegadas a una pared y una tribuna al fondo. No era precisamente el escenario soñado para su ambiciosa hazaña.

Luego sacó el coche. Esta vez condujo sin parar hasta Londres, por más que odiara y temiera los peligros de las autopistas. Aparcó en la calle, en el World's End, de Chelsea, donde había vivido hasta hacía tan poco tiempo, y se alegró de no haber devuelto la tarjeta de aparcamiento para residentes.

Había caído un buen chaparrón. Qué bien olía Londres. Asfalto mojado, los gases del diésel y la gasolina, basura, café caliente, fruta y pescado... Esa mezcla de olores le recordaba su hogar.

Se dirigió a The Quicherie, una tienda de comida preparada especializada en quiches. Compró una de espinacas grande, la metió en el maletero del coche y luego fue al Caprice, donde pidió pastelitos de salmón y se relajó sentada entre su selecta clientela de ricos y famosos, esos que consideraba «su gente», obviando el detalle de que en realidad no conocía a ninguno de ellos. Después se acercó a Fenwick's, en Bond Street, para comprarse un vestido nuevo, no uno estampado (¡líbreme

Dios!), sino uno de lana de color rojo con el cuello blanco, muy elegante.

De vuelta en Carsely, ya con las luces del anochecer, entró en la cocina. Sacó la quiche del envoltorio de la tienda, puso su propia etiqueta recién impresa, «Quiche de espinacas, señora Raisin», y la envolvió con intencionada torpeza con papel de plástico transparente. La contempló con satisfacción. Sería la mejor. The Quicherie era famosa por sus quiches.

El viernes por la noche, la llevó al salón de actos de la escuela y se puso en una desordenada cola de mujeres cargadas con flores, mermeladas, pasteles, quiches y galletas. Las participantes en el concurso tenían que dejar sus productos en el salón de actos la noche anterior porque varias trabajaban los fines de semana. Como siempre, algunas la saludaron con los habituales: «Buenas noches», «Hoy hace un poco más de calor», «A lo mejor hasta tenemos sol». ¿Qué dirían ante una catástrofe de verdad, como un terremoto o un huracán?, se preguntó Agatha. A lo mejor un día se quedaban mudas, porque los caprichos del clima de los Cotswolds no daban para mucho, o eso creía Agatha.

Esa noche, al acostarse, se dio cuenta de que estaba bastante nerviosa y emocionada. ¡Qué ridiculez! No era más que un concurso de pueblo.

La mañana amaneció tempestuosa y fría. El viento arrancaba las últimas flores de cerezo de los jardines y arrojaba los pétalos sobre los vecinos que se iban congregando para entrar en el salón de actos de la escuela, como en una boda. La banda de música del pueblo, sorprendentemente buena, tocaba temas de *My Fair Lady*. La franja de edad de los músicos iba de los ocho a los ochenta. En el aire flotaba el olor dulzón de las flores y los arreglos florales; narcisos de todas las variedades emergían con orgullo de los delicados jarrones, listos para el concurso floral. Incluso se había dispuesto un salón de té en una sala anexa, con deliciosos sándwiches y pasteles caseros.

—Sin duda la señora Cartwright ganará el concurso de quiches —dijo una voz cerca de Agatha.

Agatha se dio la vuelta.

—¿Por qué está tan segura?

—Porque el juez es el señor Cummings-Browne —dijo la mujer, y se alejó para perderse entre los asistentes.

Lord Pendlebury, un caballero mayor y delgado que parecía un fantasma eduardiano y poseía varias fincas en la colina que dominaba el pueblo, sería el encargado de anunciar la ganadora del concurso de quiches, aunque el juez fuera el señor Cummings-Browne.

De la quiche de Agatha, como de las demás, se había cortado un trozo pequeño. Ella la miró con orgullo. Tres hurras por The Quicherie. La quiche de espinacas era sin duda la mejor de las que tenía delante. El detalle de que no la hubiera cocinado ella misma en absoluto le remordía la conciencia.

—La ganadora del Gran Concurso de Quiches es... —anunció con voz trémula lord Pendlebury.

Revolvió un montón de notas, las cogió, las ordenó, se sacó unos quevedos y miró otra vez con impotencia los papeles hasta que el señor Cummings-Browne le señaló la hoja correcta.

—Hay que ver. Sí, sí, sí —farfulló lord Pendlebury—. Ejem. La ganadora es... la señora Cartwright.

—Menudas víboras —murmuró Agatha.

Echando pestes, contempló cómo la señora Cartwright, una mujer con rasgos romaníes, subía al escenario para recibir el premio. Era un cheque.

—¿De cuánto es? —preguntó Agatha a la mujer que tenía al lado.

—De diez libras.

—¡Diez libras! —exclamó Agatha, que hasta ese momento ni siquiera había preguntado cuál era el premio y que ingenuamente había supuesto que consistiría en una copa de plata. Se había imaginado la copa, con su nombre grabado, en la repisa de la chimenea—. ¿Y cómo va a celebrarlo? ¿Cenando en el McDonald's?

—Lo que importa es el detalle —respondió con aire distraído la mujer—. Usted es la señora Raisin. Acaba de comprar la casa de Budgen. Soy la señora Bloxby, la esposa del vicario. ¿La veremos el domingo en la iglesia?

—¿Por qué de Budgen? —preguntó Agatha—. Le compré la casa al señor Alder.

—Siempre ha sido la casa de Budgen —explicó la mujer del vicario—. Hace quince años que murió, pero para los del pueblo siempre será la casa de Budgen. Era todo un personaje. Al menos esta noche no tiene que preocuparse por la cena, señora Raisin. Su quiche tiene un aspecto delicioso.

—Puede tirarla a la basura —le espetó Agatha—. La mía era la mejor. Este concurso está amañado.

La señora Bloxby miró a Agatha con expresión de triste reproche antes de alejarse.

Agatha sintió remordimientos. No debería haber echado pestes sobre el concurso ante la mujer del vicario. La señora Bloxby parecía agradable. Pero Agatha tan sólo estaba acostumbrada a mantener tres tipos de conversaciones: las que implicaban mandar a sus empleados, presionar a los medios para conseguir publicidad o mostrarse zalamera con los clientes. En algún rincón de su cerebro rebullía la vaga idea de que ella,

Agatha Raisin, no era precisamente un encanto de persona.

Esa noche se pasó por el Red Lion. Era ciertamente un pub bonito, pensó mientras miraba a su alrededor: techos bajos con vigas de madera, oscuro, lleno de humo, suelo de piedra, cuencos con flores de primavera, una chimenea llameante, sillas cómodas y mesas sólidas con la altura adecuada para comer y beber, no como esas dichosas modernas mesas de cóctel, que sólo llegan hasta las rodillas y te obligan a agacharte para comer. Había algunos hombres de pie en la barra. Le sonrieron, la saludaron con la cabeza y luego siguieron con sus charlas. Agatha se fijó en una pizarra en la que estaban escritos los platos que servían, pidió lasaña y patatas fritas a la guapa hija del dueño y se llevó su bebida a una mesa de un rincón. Se sentía como cuando era niña, anhelando formar parte de todas estas antiguas tradiciones de la vida rural de la campiña inglesa, fascinada por su belleza y esa atmósfera de seguridad, pero todavía como si lo mirase desde fuera y sintiéndose una extraña. Pero ¿acaso ella había formado alguna vez parte de algo, sin contar el efímero mundo de las relaciones públicas?, se preguntó Agatha. Si se desplomaba y moría en ese preciso momento, ahí, en el suelo de ese pub, ¿habría alguien que la lloraría? Sus padres habían muerto. Sólo Dios sabía dónde andaba su marido, aunque estaba claro que él no llevaría luto. Mierda, esta ginebra me está deprimiendo, se dijo irritada, así que pidió una copa de vino blanco para bajar la lasaña, que había sido calentada en el microondas y se pegaba con fuerza al fondo del plato.

Pero las patatas fritas estaban buenas. Después de todo, uno siempre tenía que agradecer las pequeñas cosas buenas de la vida.

La señora Cummings-Browne estaba preparándose para acudir a un ensayo de la obra *Un espíritu burlón*, de Noël Coward, en el salón parroquial. Lo estaba montando para el Club de Teatro de Carsely e intentaba en vano suavizar el acento de Gloucestershire de los actores.

—¿Por qué ninguno de ellos es capaz de adoptar un acento apropiado? —se quejó mientras cogía su bolso—. Suenan como si estuvieran limpiando cerdos, o lo que sea que hagan con los cerdos. Y hablando de cerdos, me traje a casa la quiche de esa espantosa señora Raisin. Se fue hecha una furia y dijo que la tiráramos. Pensé que te apetecería un poco para cenar. He dejado un par de trozos en la encimera de la cocina. Esta tarde he tomado un montón de té y pasteles. Con eso me basta.

—Me parece que yo tampoco cenaré nada —dijo el señor Cummings-Browne.

—Bueno, si cambias de opinión, mete la quiche en el microondas.

El señor Cummings-Browne se sirvió un whisky solo y encendió la televisión. Lamentaba que todavía no fueran las nueve, ya que eso descartaba cualquier posibilidad de ver desnudos frontales, pues los poderes fácticos pensaban, ingenuos ellos, que todos los niños estarían acostados a las nueve, hora tras la cual se permitía la emisión de pornografía, aunque a cualquiera que se atreviera a usar esa palabra se le consideraba un carroza incapaz de apreciar el verdadero arte. Así que puso un documental de naturaleza y se consoló viendo copular a los animales. Se tomó otro whisky y le entró hambre. Se acordó de la quiche. Había sido divertido ver la cara de Agatha Raisin en el concurso. ¿De verdad pretendía que la compensaran por la cena?

Menuda boba. La presencia de gente como Agatha Raisin, de estos yuppies de mediana edad, restaba categoría al pueblo. Fue a la cocina y metió dos trozos de quiche en el microondas, abrió una botella de burdeos y se sirvió una copa. Con la quiche y el vino en una bandeja, volvió a la sala de estar y se acomodó delante del televisor.

Dos horas más tarde, justo cuando estaba a punto de empezar la orgía en la película, empezó a arderle la boca como si la tuviera en llamas. Se encontraba fatal. Se cayó de la silla, se retorció por el suelo, sufrió convulsiones y vomitó de forma espantosa. Perdió la conciencia mientras intentaba alcanzar el teléfono y acabó despatarrado detrás del sofá.

La señora Cummings-Browne llegó a casa poco después de medianoche. No vio a su marido porque se había desplomado detrás del sofá, y tampoco se fijó en ninguno de los charcos de vómito porque sólo había una luz tenue. Murmuró irritada al ver que una lámpara y el televisor seguían encendidos. Los apagó.

A continuación subió a su dormitorio —hacía mucho que ya no lo compartía con su marido—, se desmaquilló, se desvistió y no tardó en quedarse dormida profundamente.

La señora Simpson llegó temprano la mañana siguiente, refunfuñando mientras recuperaba el aliento. Sus horarios de trabajo se habían visto alterados de forma radical. Primero, había hecho el cambio de casa con la señora Raisin, y luego la señora Cummings-Browne le había pedido que se pasara el domingo por la mañana porque se iban de vacaciones a la Toscana el lunes y Vera Cummings-Browne quería la casa limpia antes de marcharse. Si trabajaba rápido, todavía podría llegar a las diez a su empleo de los domingos en Evesham.

Entró con la llave que le dejaban debajo del felpudo, se preparó una taza de café, se la tomó en la cocina y luego se puso a trabajar, empezando por la misma cocina. Habría preferido comenzar por los dormitorios, pero sabía que los Cummings-Browne dormían hasta tarde. Si al terminar el salón no se habían levantado, no le quedaría más remedio que despertarlos. Acabó la cocina en un tiempo récord y entró en el salón, donde arrugó la nariz ante el olor avinagrado. Pasó por detrás del sofá para abrir la ventana y que entrara aire fresco, y su pie tropezó con el cadáver del señor Cummings-Browne. Tenía la cara desencajada y azulada. Yacía doblado sobre sí mismo. La señora Simpson retrocedió, tapándose la boca con ambas manos. Lo primero que pensó fue que la señora Cummings-Browne debía de estar fuera. El teléfono estaba en el antepecho de la ventana. Reuniendo todo su valor, se inclinó por encima del cadáver, llamó a emergencias y pidió que mandaran una ambulancia y a la policía. Entonces se encerró en la cocina a esperar que llegaran. Ni se le ocurrió comprobar si estaba muerto, ni salir a la calle a pedir ayuda. Se sentó a la mesa de la cocina y juntó las manos con fuerza, como si rezara, paralizada por la impresión.

El policía local fue el primero en llegar. El agente Fred Griggs era un hombre gordo y jovial, cuyas máximas tareas hasta el momento habían sido investigar el robo de un coche durante la temporada turística y poner multas a los conductores borrachos.

El agente estaba inclinándose sobre el cadáver cuando llegaron los de la ambulancia.

En medio de toda aquella conmoción, la señora Cummings-Browne bajó por las escaleras, ciñéndose con fuerza una bata guateada. Cuando le comunicaron que su marido había muerto, se aferró al poste del final de la escalera.

—Pero... no puede ser —dijo aturdida—. Ni siquiera estaba aquí cuando volví a casa. Tenía la presión alta. Debe de haber sido un ataque al corazón.

Fred Griggs, sin embargo, se había fijado en los charcos de vómito reseco y en el rostro azulado y crispado del cadáver.

—No podemos tocar nada —les dijo a los de la ambulancia—. Estoy casi seguro de que lo han envenenado.

Agatha Raisin fue a la iglesia ese domingo por la mañana. No recordaba haber pisado una nunca, pero tenía entendido que ir a misa era una de esas cosas que se hacían en los pueblos. El servicio era temprano, a las ocho y media, porque el vicario después debía ir a predicar a otras dos iglesias en las cercanías de Carsely.

Delante de la casa de los Cummings-Browne, vio el coche del agente Griggs y una ambulancia.

—Me pregunto qué habrá ocurrido —dijo la señora Bloxby—. El señor Griggs no ha contado nada. Espero que no le haya ocurrido nada malo al pobre señor Cummings-Browne.

—Pues yo espero que sí —contestó Agatha—, puestos a que pase algo malo, no se me ocurre nadie más oportuno.

Y se adentró con paso firme en la penumbra de la iglesia de Saint Jude, mientras la esposa del vicario la miraba fijamente. Agatha cogió un misal y un himnario, y se sentó en un banco del fondo. Llevaba su vestido nuevo rojo, y en la cabeza lucía un sombrero de paja de ala ancha negro decorado con amapolas. A medida que los feligreses fueron entrando, Agatha se dio cuenta de que se había pasado con el atuendo. Todos llevaban ropa informal.

Durante el primer himno, Agatha oyó el ulular de las sirenas de los coches de policía. ¿Qué demonios habría pasado? Si hubiera muerto uno de los Cummings-Browne, no se requeriría más que la presencia de una ambulancia y el coche del policía local. La iglesia era pequeña, construida en el siglo XIV, con delicadas vidrieras y bellos arreglos florales. Usaban el viejo Libro de Oración Común de la Iglesia anglicana. Leyeron fragmentos del Antiguo Testamento y del Nuevo mientras Agatha se revolvía en el banco pensando cómo escabullirse y salir a enterarse de qué estaba pasando.

Cuando el vicario subió al púlpito para pronunciar el sermón, toda idea de fuga se esfumó de su cabeza. El reverendo Alfred Bloxby era un hombre pequeño y delgado, de aspecto ascético, pero tenía una presencia fascinante. Predicaba con una voz hermosa y modulada; su sermón se titulaba «Ama a tu vecino». Agatha tenía la impresión de que el sermón iba dirigido a ella. Somos demasiado débiles e impotentes para resolver los problemas del mundo, decía, pero si cada uno de nosotros se comportara con sus vecinos con caridad, cortesía y amabilidad, la onda expansiva de nuestros actos se extendería a todas las parcelas de la vida. La caridad empieza en casa. Agatha recordó cómo había comprado a la señora Simpson para quitársela a la señora Barr y se estremeció. Durante la comunión, se quedó en su banco, porque no sabía qué implicaba el ritual. Por fin, con una sensación de alivio se unió al canto del último himno, *My Country 'Tis of Thee*, y salió con impaciencia, estrechando de forma somera la mano del vicario y sin escuchar sus palabras de bienvenida al pueblo, porque no podía apartar la mirada de los coches de policía de delante de la casa de los Cummings-Browne.

El agente Griggs estaba de servicio y, apostado en la calle, eludía todas las preguntas con un tranquilo «Ahora no puedo decir nada, se lo aseguro».

Agatha volvió despacio a casa. Desayunó, cogió una novela de misterio de Agatha Christie e intentó leer, pero no podía concentrarse en las palabras. ¿Qué importaban los misterios de ficción cuando había uno real en el pueblo? ¿Y si la señora Cummings-Browne le había asestado un golpe con el atizador en su cabezota puntiaguda?

Dejó el libro y se acercó al Red Lion. El local hervía de rumores y conjeturas. Agatha se encontró en medio de un grupo de vecinos que hablaban con entusiasmo de la muerte. Le decepcionó enterarse de que el señor Cummings-Browne tenía la presión alta.

—Pero no puede haber sido por causas naturales —se quejó Agatha—, ¡con todos esos coches de policía!

—Bueno, en Gloucestershire nos gusta hacer las cosas bien —dijo un hombre corpulento—. No es como en Lunnon, donde caen como moscas cada dos por tres. Esta ronda es mía. ¿Qué está tomando, señora Raisin?

Agatha pidió un gin-tonic. Era muy agradable estar en el centro de aquel grupo tan acogedor. Cuando el pub cerró las puertas a las dos de la tarde, Agatha volvió a casa un tanto achispada. La suma del denso aire de los Cotswolds y la gran cantidad de alcohol que había tomado, raro en ella, hizo que se quedara dormida. Cuando despertó, pensó que Cummings-Browne debía de haber tenido un accidente y que no merecía la pena darle muchas vueltas. Agatha Christie parecía ya mucho más interesante que nada de lo que pudiera suceder en Carsely, y Agatha leyó hasta la hora de acostarse.

Por la mañana, decidió salir a caminar. Las rutas de paseo en los Cotswolds están oportunamente señalizadas con letreros. Eligió la que empezaba al final del pueblo; más allá de las viviendas de protección oficial, abrió una verja que llevaba a un bosque.

Los árboles con hojas verdes nuevas formaban arcos sobre ella y las prímulas se acurrucaban entre las raíces. Se oía el rumor del agua de un arroyo oculto que quedaba a su izquierda. La escarcha nocturna se fundía con lentitud bajo rayos de sol que atravesaban los árboles. En las alturas, un mirlo cantaba una conmovedora melodía, y el aire era dulce y fresco. El sendero la sacó del bosque y la condujo por las lindes de un campo de maíz, de un verde brillante y vivo, que se agitaba bajo la brisa como el pelaje de un inmenso felino verde. Una alondra alzando el vuelo le evocó los días de su juventud, cuando los campos yermos de los alrededores de Birmingham estaban llenos de alondras y mariposas, mucho antes de que empezaran las fumigaciones químicas. Siguió adelante, sintiéndose sana, fuerte y muy viva.

Guiándose por los letreros, atravesó campos y más bosques, hasta que finalmente salió a la carretera que llevaba de vuelta a Carsely. Mientras caminaba bajo los verdes túneles que formaban las ramas altas de los setos que se unían sobre su cabeza y veía el pueblo que se extendía a sus pies, toda la euforia causada por el saludable paseo y el aire fresco la abandonó y se vio sustituida por una inexplicable sensación de temor. Sentía como si estuviera descendiendo hacia una especie de sepultura donde Agatha Raisin yacería enterrada viva. Una vez más, la mortificaron el desasosiego y la soledad.

Aquello no podía seguir así. El sueño de su vida no era lo que había esperado. Podía venderlo todo, aunque el mercado inmobiliario todavía no se había recuperado. Tal vez pudiera dedicarse a viajar. Nunca había viajado mucho, se había limitado a hacer cada año uno de esos viajes organizados caros, pensados para solteros que no querían mezclarse con la chusma: vacaciones en bicicleta por Francia, escapadas de pintura a España, ese tipo de cosas.

En la calle del pueblo, una vecina la recibió con una amplia sonrisa, y Agatha esperó cansinamente el habitual saludo de «Buenos días», preguntándose cómo reaccionaría o qué diría la mujer si ella le respondiera: «Que te den.»

Sin embargo, para su sorpresa, la mujer se detuvo y apoyó la cesta de la compra en su ancha cadera.

—La policía la está buscando. Los de paisano.

—No sé qué pueden querer de mí —dijo Agatha con inquietud.

—Pues más vale que vaya y lo averigüe, querida.

Agatha se apresuró, con la cabeza hecha un lío. ¿Qué podían querer? Tenía el permiso de conducir en orden. Claro que estaban aquellos libros que no había llegado a devolver a la biblioteca de Chelsea...

Al acercarse a casa, vio a la señora Barr en el jardín delantero, mirando con avidez a un grupo de tres hombres que aguardaba delante de la casa de Agatha. Cuando la señora Barr la vio, se metió rápidamente dentro de la suya y cerró la puerta de golpe, aunque corrió a ocupar su puesto de vigilancia en la ventana.

Un hombre delgado de aspecto cadavérico se acercó a Agatha.

—¿Señora Raisin? Soy el inspector jefe Wilkes. ¿Podemos hablar con usted? En el interior.

3

Agatha los hizo pasar. El inspector jefe Wilkes le presentó al hombre moreno y callado que iba a su lado, el sargento Friend, y a un oriental regordete con aire de Buda, el detective Wong.

Agatha se sentó en un sillón junto a la chimenea, y ellos tres se acomodaron en el sofá, hombro con hombro.

—Hemos venido para preguntarle por su quiche, señora Raisin —dijo Wilkes—. Tengo entendido que los Cummings-Browne se la llevaron a casa. ¿Qué le había puesto?

—¿A qué viene todo esto? —inquirió Agatha.

—Limítese a responder mis preguntas —repuso Wilkes imperturbable.

¿Que qué le había puesto a la quiche?, se preguntó Agatha angustiada.

—Huevos, harina, leche y espinacas —contestó esperanzada.

Entonces habló el detective Wong. Tenía un suave acento de Gloucestershire.

—Tal vez sería mejor que la señora Raisin nos llevara a la cocina y nos enseñara los ingredientes.

Los tres detectives se pusieron en pie al instante y quedaron por encima de Agatha. Ésta se levantó también y se dio cuenta de que le temblaban las rodillas. Los condujo hasta la cocina y entraron tras ella.

Bajo sus miradas atentas, abrió los armarios.

—Qué raro —dijo Agatha—, parece que gasté todos los ingredientes. No soy muy ahorradora.

Wong, que la había estado observando divertido, dijo:

—Si me anota la receta, señora Raisin, me pasaré corriendo por Harvey's, compraré los ingredientes y entonces puede enseñarme cómo la preparó.

Agatha lo fulminó con la mirada. Sacó un libro de cocina titulado *Cocina provincial francesa*, lo abrió, hizo una mueca al oír el débil crujido del lomo, hasta ese momento jamás abierto, y buscó en el índice. Encontró la receta requerida y escribió una lista de ingredientes. Wong la cogió y salió.

—Ahora, ¿serán tan amables de decirme a qué viene todo esto? —preguntó Agatha.

—Dentro de un momento —dijo Wilkes imperturbable.

Si Agatha no hubiera estado tan asustada, le habría gritado que tenía derecho a saberlo, pero se limitó a preparar dócilmente una jarra de café instantáneo y a sugerir que se sentaran en el salón y se lo tomaran mientras esperaban a Wong.

Tras librarse de ellos, se estudió la receta. Siempre que hiciera exactamente lo que decía, sería capaz de prepararla bien. Se había propuesto aprender a hornear, así que tenía balanzas y medidores, gracias a Dios. Wong regresó con una bolsa de papel de estraza llena de provisiones.

—Vaya con los demás al salón —le mandó Agatha—, y les avisaré cuando esté preparada.

Wong se sentó en una silla de la cocina.

—Me gustan las cocinas —añadió en tono afable—, miraré cómo la prepara.

Agatha le clavó una mirada de puro odio con sus pequeños ojos marrones mientras encendía el horno y se ponía manos a la obra.

En ese mismo momento, montones de ancianas estaban siendo atracadas por todo el país, pensó sin poder controlarse, ¿es que no tenía nada mejor que hacer ese desgraciado? Pero el detective parecía poseer una paciencia infinita. La estuvo observando con atención, y luego, cuando por fin metió la quiche en el horno, se levantó y se fue con los otros dos. Agatha se quedó donde estaba, confusa. Oía el murmullo de las voces del salón.

Era como volver a la escuela, pensó. Recordó a la directora, que una vez les hizo abrir todas las taquillas para inspeccionarlas sin explicar por qué. Ay, el miedo a abrir su taquilla por si había algo que no debía estar allí. Una policía lo había revisado todo en silencio. Nadie les contó qué pasaba. Nadie dijo nada. Agatha todavía recordaba a las chicas, calladas y asustadas, a los profesores, callados y severos, y a la competente policía. Y entonces se llevaron a una de las niñas. No volvieron a verla. Supusieron que la habían expulsado por lo que fuera que habían encontrado en su taquilla. Pero ninguna de sus compañeras fue a su casa a preguntarle. La sentencia contra ella la había dictado ya aquel misterioso mundo de adultos, y había sido expulsada de sus vidas como por castigo divino. Las demás habían seguido con la rutina escolar.

Sí, se sentía como una niña otra vez, arrinconada por su propio sentimiento de culpa y su silencio delator. Echó un vistazo al reloj. ¿Cuándo había metido la quiche en el horno? Abrió la puerta. Allí estaba, alta, dorada y perfecta. Dejó escapar un suspiro de alivio y la sacó justo cuando Wong volvía a la cocina.

—Dejaremos que se enfríe un rato. —El detective abrió su cuaderno de notas—. A ver, hablemos de los Cummings-Browne. Cenó usted con ellos en el Feathers. ¿Qué tomaron? Mmm. ¿Y luego? ¿Y qué bebieron?

Y así siguió un buen rato mientras, con el rabillo del ojo, veía cómo la quiche, de un dorado oscuro, se hundía lentamente en su caparazón de masa.

Wong cerró por fin el cuaderno y llamó a los otros.

—Cortaremos un trozo —dijo.

Agatha sacó un cuchillo y una espátula, y cortó un trozo pastoso.

—¿De qué murió? —preguntó Agatha angustiada.

—Cicuta —respondió Friend.

—¿Cicuta? —Agatha los miró fijamente—. ¿Y qué es eso, alguna enfermedad exótica?

—No —dijo el inspector jefe Wilkes con tono cansino—. Es una planta venenosa, no muy común, pero se encuentra en varias zonas de las islas británicas, entre ellas las Midlands Occidentales, y estamos en las Midlands Occidentales, señora Raisin. Al examinar los contenidos del estómago del difunto, se descubrió que había cenado quiche y bebido vino justo antes de morir. La materia vegetal se identificó como cicuta. La sustancia venenosa que contiene es un alcohol altamente insaturado, la cicutoxina.

—Mire, señora Raisin —dijo la voz suave de Wong—, la señora Cummings-Browne cree que su quiche envenenó a su marido... es decir, si es que usted preparó esa quiche.

Agatha miró por la ventana, furiosa, deseando que todos desaparecieran.

—¡Señora Raisin!

Se dio la vuelta. Los ojos sesgados del agente Wong estaban a la altura de los suyos. ¿No era demasiado bajo para ser policía?, pensó ella inopinadamente.

—Señora Raisin —repitió en voz más suave Bill Wong—, en mi humilde opinión usted no ha horneado ni una quiche ni un solo pastel en su vida. No había abierto jamás un libro de recetas, eso está claro. Algunos de sus utensilios de cocina todavía tenían pegadas las etiquetas con los precios. Así que ¿quiere empezar por el principio? No tiene ninguna necesidad de mentir, siempre que sea inocente.

—¿Se hará público en los tribunales? —preguntó Agatha desconsolada, preguntándose si la comisión de actos del pueblo podría demandarla por haber colado una quiche de The Quicherie en su concurso.

La voz de Wilkes resonó amenazante.

—Sólo si lo consideramos necesario.

Una vez más, la memoria de Agatha la retrotrajo a sus años de escuela. Había sobornado a una compañera de clase con dos chocolatinas y una bufanda roja para que le escribiera un trabajo. Por desgracia, la chica, una de las líderes del movimiento Jóvenes Cristianos, se lo confesó todo a la directora, que convocó a Agatha y la conminó a que contara la verdad.

Y así, con una vocecita casi infantil, muy distinta de su contundente tono habitual, confesó que había ido a Chelsea y había comprado la quiche. Wong sonreía encantado, y a ella le dieron ganas de retorcerle el pescuezo. Wilkes le pidió la factura de la quiche, y Agatha la encontró en el fondo del cubo de la basura, debajo de varios paquetes de comida congelada, y se la dio. Le dijeron que comprobarían su historia.

Agatha se pasó el resto del día escondida en casa y sintiéndose una criminal. Habría seguido escondida si no se hubiera presentado la mujer de la limpieza, la señora Simpson, recordándole que se había comprometido a darle la comida. Agatha corrió a Harvey's y compró un poco de embutidos y ensalada. Nada parecía haber cambiado; la gente seguía hablando del tiempo. La muerte de Cummings-Browne bien podría no haber sucedido jamás.

Al volver a casa se encontró a la señora Simpson arrodillada, fregando el suelo de la cocina. A Agatha se le llenaron los ojos de lágrimas —sin duda debido a su bajo estado de ánimo—, ¿cuándo había sido la última vez que había visto a una mujer fregando de rodillas en lugar de con una fregona? Y eso que ella había contratado a decenas de chicas de la limpieza a través de una agencia en Londres, sobre todo jóvenes extranjeras o actrices sin trabajo. Todas parecían expertas en fingir que habían limpiado sin realmente hacerlo nunca a fondo.

La señora Simpson levantó la mirada e interrumpió su tarea.

—Lo encontré yo, ¿sabe? Encontré el cadáver.

—No quiero hablar de eso —dijo Agatha con prisa.

La señora Simpson sonrió mientras retorcía el trapo del suelo.

—Me alegro, porque, a decir verdad, no me gusta hablar del asunto. Prefiero seguir con el trabajo.

Agatha se retiró al salón y luego, cuando la señora Simpson subió a la planta de arriba, le preparó un plato de comida fría, que dejó en la mesa de la cocina al lado de un sobre con el dinero, y le dijo desde abajo:

—Voy a salir. Le dejo una copia de la llave. Cierre con ella cuando se vaya y déjela en el buzón.

Por encima del ruido de la aspiradora, oyó una débil afirmación.

Agatha cogió el coche y salió del pueblo. ¿Adónde podía ir? Era día de mercado en Moreton-in-Marsh. Perfecto. Una vez inmersa en el bullicio del pueblo, tuvo que pelearse para encontrar aparcamiento, y luego se unió a la multitud que se agolpaba en los puestos. Los Cotswolds parecían ser un lugar muy fértil. Por todas partes había chicas con bebés y niños pequeños, empujando carros y cochecitos, esos con que las madres embisten con aplomo las piernas de las que no tienen hijos. Una vez había leído un artículo en el que una joven madre explicaba que había sufrido agorafobia aguda cuando su criatura creció y ya no podía llevarla en el cochecito. Ciertamente, éste parecía potenciar el espíritu agresivo de las madres, que se abalanzaban con sus carros sobre la muchedumbre del mercado como dignas herederas de la reina Boudica. Agatha compró un geranio para la ventana de la cocina, pescado fresco para la cena, colifor y patatas. Estaba decidida a cocinar todos los días. Se había acabado la comida congelada. Tras dejar las compras en el coche, comió en el Market House Restaurant, compró un perfume en la farmacia, una blusa en una de las paradas y luego, a las cuatro, cuando el mercado cerraba, volvió sin ganas al coche y cogió la carretera de vuelta a casa.

La señora Simpson había dejado un jarrón con flores silvestres en el centro de la mesa de la cocina. Bendita mujer. Todos los remordimientos de Agatha por habérsela arrebatado a la señora Barr se desvanecieron. Aquella mujer era la reina de las empleadas de hogar.

A la mañana siguiente llamaron a la puerta y Agatha gruñó. Cualquier otro, pensó con amargura, se alegraría ante la posibilidad de recibir la visita de un amigo. Pero Agatha Raisin no. Ella sabía que sólo podía ser la policía.

El detective Wong estaba en la puerta.

—Es una visita extraoficial —dijo—, ¿puedo pasar?

—Supongo —respondió Agatha con un tono poco cortés—. Estaba a punto de servirme un jerez, pero no le preguntaré si le apetece.

—¿Por qué no? —respondió él con una sonrisa—. No estoy de servicio.

Agatha sirvió dos copas de jerez, echó unos leños de serrín en la chimenea y la encendió.

—¿Y bien? —preguntó—, ¿en qué puedo servirle?

—Me llamo Bill Wong. Puede llamarme Bill.

—Un nombre muy apropiado. Si fuera mayor le llamaría Viejo Bill, como se suele llamar a los policías de medio país. Bueno, ¿qué me cuenta de la quiche?

—Usted ha quedado fuera de toda sospecha —dijo Bill—. Comprobamos su historia. El señor Economides, el dueño de The Quicherie, recuerda que le vendió la quiche. No puede explicarse lo que ha pasado. Compra la verdura en la tienda de enfrente. El verdulero va todas las mañanas al nuevo Covent Garden de Vauxhall a buscar la mercancía. La verdura procede de aquí y del extranjero. La cicuta debió de llegar mezclada con las espinacas. Es un trágico accidente. Por supuesto, tuvimos que contarle a la señora Cummings-Browne de dónde procedía la quiche.

Agatha gruñó.

—Si no, ella podría haberla acusado de asesinato.

—¿Y no ha pensado que ella podría haber asesinado a su marido poniendo la cicuta en mi quiche? —se quejó Agatha.

—Como la inmensa mayoría de la población británica, le aseguro que la señora Cummings-Browne no distinguiría un trozo de cicuta de una palmera —dijo Bill—. En cualquier caso, usted no pudo ser. Cuando usted dejó la quiche, no tenía ni idea de que el señor

Cummings-Browne se la llevaría a casa y se la comería. Así que usted no pudo ser. Y tampoco pudo hacerlo la señora Cummings-Browne. Envenenar de ese modo requeriría llevar a cabo un acto premeditado y a sangre fría. No, se trató de un espantoso accidente. La cicuta sólo estaba en una parte de la quiche.

—Lo siento por el señor Economides —dijo Agatha—. La señora Cummings-Browne podría demandarlo.

—Ella ha sido generosa y ha dicho que no presentará denuncia. Es una mujer muy rica. Y el dinero le pertenece a ella. No ganaba nada con la muerte de su marido.

—Pero ¿por qué no se murió Cummings-Browne cuando probó el primer trozo de quiche? Tal vez alguien la había cambiado por otra. O... déjeme pensar... si no hubiera habido cicuta en esa porción, no sé, ¿quizá estaba en la bebida?

—Sí, nos lo planteamos —afirmó Bill—. La señora Cummings-Browne dijo que su marido se había sentido un poco revuelto después de catar las quiches, pero ella lo había atribuido a la cantidad de copas que se había pimplado antes del concurso.

Agatha se interesó por todos los detalles del caso e hizo muchas preguntas. Lo habían encontrado muerto por la mañana. ¿Por qué la señora Cummings-Browne se había ido directamente a la cama?

—Porque por lo general su marido se acostaba más tarde, ya que solía ir a beber al Red Lion.

—Pero si esa bonita pareja, bueno, mejor dicho, la señora en cuestión, me dijo que ni a rastras la llevarían al Red Lion. Eso fue antes de que me la pegaran en el Feathers, donde se zamparon un montón de basura espantosamente cara a mi costa.

—Es él quien bebe en el Red Lion, pero ella es la dueña del veinticinco por ciento del Feathers.

—¡Esa bruja! Menuda idiota estoy hecha. Bueno, ¿y usted cómo supo que yo no había cocinado la quiche? Porque usted lo sabía, lo sabía incluso antes de que horneara una.

—En cuanto vi que no había ni un ingrediente en la cocina, no me cupo duda. —Se rió—. Le pedí que preparara una sólo para asegurarme. ¡Debería haber visto la cara que puso!

—Ya, sí, muy gracioso.

La miró con curiosidad. Qué mujer más extraña, pensó. Con ese pelo castaño, brillante y bien peinado, sin permanente, corto y con ese flequillo que ciertamente le quedaba bien a su cara cuadrada y de expresión malhumorada. Tenía el cuerpo compacto y fornido, y las piernas sorprendentemente bonitas.

—¿Por qué una triunfadora ex mujer de negocios como usted querría ganar un concurso de pueblo?

—Me sentía fuera de lugar —dijo Agatha con tristeza—, quería que los del pueblo se fijasen en mí.

Él se rió con ganas; los ojos se le cerraron como dos ranuras.

—Pues sin duda lo ha conseguido. La señora Cummings-Browne sabe que mintió y también lo sabe Fred Griggs, el poli local, que es un cotilla profesional.

Agatha se sentía demasiado humillada para hablar. Hasta ahí había llegado su sueño de forjar un hogar. Tendría que venderlo todo. ¿Cómo iba a mirarlos a la cara a partir de ahora?

Él la miró con gesto comprensivo.

—Si quiere llamar la atención de la gente del pueblo, señora Raisin, podría intentar hacerse popular.

Agatha lo miró asombrada. Fama, dinero y poder era lo único que se necesitaba para llamar la atención, para dejar huella en el mundo.

—Es un proceso lento —dijo—. Lo único que tiene que hacer es proponerse que le caigan bien los demás. Si usted, además, les cae bien a ellos, considérelo una bonificación.

Agatha estaba desconcertada. Qué tipos más raros admiten ahora en la policía, pensó. ¿Desde cuándo a ella no le caía bien la gente? Qué tontería. Por el momento sólo había tres personas que le desagradaban en aquel pueblo de paletos, se dijo con crueldad, la cara culo de la puerta de al lado, la señora Cummings-Browne y el querido difunto.

—¿Cuántos años tiene? —preguntó ella.

—Veintitrés —respondió Bill.

—¿Chino?

—Medio. Mi padre es de Hong Kong y mi madre es de Evesham. Me crié en Gloucestershire.

Se levantó para marcharse, pero Agatha, sin saber muy bien por qué, quería que se quedara.

—¿Está casado? —preguntó ella.

—No, señora Raisin.

—Bueno, siéntese un rato —dijo Agatha con tono apremiante—, y hábleme de usted.

Otro destello de comprensión apareció en los ojos del detective. Se sentó y le contó su breve carrera en la policía. Agatha escuchaba, calmada por su tono seguro y pausado. Ella no lo sabía, pero era el principio de una extraña amistad.

—Bueno —le dijo Bill por fin—, tengo que irme, de verdad. Caso cerrado. Caso resuelto. Un lamentable accidente. La vida continúa.

Al día siguiente, para eludir las miradas de los vecinos, esas miradas que la acusarían de ser una tramposa, Agatha condujo hasta Londres. Estaba preocupada por el señor Economides. Agatha, compradora habitual de comida para llevar, frecuentaba la tienda del señor Economides desde hacía años. Tal vez Bill Wong estuviera en lo cierto con algunos de sus comentarios, pero Agatha consideraba que su relación con el señor Economides, aunque fueran cliente y vendedor, era lo más parecido a una amistad que tenía. En la tienda había un par de mesas pequeñas con sillas para los clientes que querían tomarse un café, y cuando la tienda estaba tranquila Economides solía invitarla a uno y le contaba historias de su numerosa familia.

Sin embargo, hoy la tienda estaba llena y el señor Economides se mostró comedido en sus respuestas mientras sus manos velludas y competentes envolvían quiche y embutidos para los clientes. Sí, la señora Cummings-Browne se había presentado allí para asegurarle que no le demandaría. Sí, había sido un trágico accidente. Y ahora, ¿podía disculparle la señora Raisin...?

Agatha salió a la calle, se sentía bastante desanimada. Londres, que la había envuelto hasta hacía tan poco como un abrigo multicolor, desplegaba ante ella calles solitarias llenas de desconocidos. Fue a la librería Foyles, en Charing Cross Road, y hojeó un libro sobre plantas venenosas. Examinó la foto de una cicuta. Era una planta de aspecto inofensivo con un tallo rugoso y florecillas blancas. Estaba a punto de comprar el libro y de pronto pensó que no merecía la pena. Había sido un accidente, un triste accidente.

Se paseó por unas cuantas tiendas más antes de volver a su coche y unirse a la larga cola de tráfico que vomitaba Londres. Se resistía a regresar al pueblo antes de que anocheciera, así que salió de la autopista y se dirigió a Oxford. Aparcó en Saint Giles y fue al hotel Randolph a tomar un té. Era la única cliente, algo raro en aquel establecimiento tan popular. Se acomodó en un sofá inmenso y pidió un té. Una joven camarera que parecía salida de un cuadro prerrafaelita le trajo unos bollos. Desde la calle le llegaba el débil estruendo del tráfico que se abría paso por Beaumont Street y seguía por delante del Ashmolean Museum. El hotel tenía un leve aire eclesiástico, como si estuviera habitado por las almas en pena de los decanos difuntos. Empujó el último bollo por el plato. No le apetecía comérselo. Necesitaba un propósito en la vida, un objetivo, pensó. ¿No sería maravilloso que Cummings-Browne hubiera sido asesinado? ¿Y si ella, Agatha Raisin, resolvía el caso? Entonces se hablaría de ella a lo largo y ancho de los Cotswolds. Todos querrían conocerla. La respetarían. ¿Seguro que había sido un accidente? ¿Qué clase de matrimonio eran en realidad los Cummings-Browne, si la mujer, al volver a casa, subía corriendo a acostarse mientras su marido yacía muerto detrás del sofá? ¿Por qué tenían habitaciones separadas? Ese detalle se lo había contado Bill Wong. ¿Cómo era posible que la famosa y excelente quiche del señor Economides de golpe contuviera cicuta, cuando jamás había recibido una sola queja? Tal vez podía preguntar por ahí. Sólo unas pocas preguntas. No hacía daño a nadie.

Sintiéndose más animada de lo que había estado en mucho tiempo, pagó la cuenta y dio una generosa propina a la amable camarera. El sol se ocultaba detrás de los árboles cuando entró en el pueblo y giró en Lilac Lane. Cogió la llave de reserva y oyó el sonido del teléfono, agudo e insistente.

Maldijo por lo bajini mientras forcejeaba con la llave. Era la primera vez que le sonaba el teléfono. Tropezó en la puerta y avanzó tanteando en la oscuridad.

—Soy Roy —dijo la voz familiar y remilgada de su antiguo asistente.

—¡Me alegro de oírte! —exclamó Agatha en un tono que nunca había utilizado con el joven.

—Verás, Aggie, estaba pensando en hacerte una visita este fin de semana.

—Claro, eres bienvenido.

—Tengo un amigo australiano, Steve, que quiere ver la campiña inglesa. ¿Te importa si voy con él?

—Cuantos más seamos, más nos reiremos. ¿Vendréis en coche?

—Pensábamos tomar el tren y llegar el viernes por la noche.

—Espera un momento —dijo Agatha—, tengo unos horarios aquí. —Rebuscó en el bolso—. Sí, hay un tren directo que sale de Paddington a las seis y veinte de la tarde. No tenéis que hacer transbordo. Llega a Moreton-in-Marsh...

—¿Dónde has dicho?

—Moreton-in-Marsh.

—No puede ser más Agatha Christie, querida.

—Os esperaré en la estación.

—Este fin de semana son las fiestas de primavera, Aggie, y Steve quiere ver la danza Morris, los bailarines y todas esas historias.

—No he tenido tiempo de fijarme en ningún cartel, Roy. Me he visto involucrada en la muerte de un vecino del pueblo.

—¿Es que alguno de esos mastuerzos intentó comerte con algo más que con los ojos, querida?

—Nada más lejos de la realidad. Ya te lo contaré cuando nos veamos.

Agatha silbaba mientras abría uno de los libros de cocina dispuesta a preparar el pescado que había comprado el día anterior. Había un montón de recetas exóticas, pero le pareció que con freírlo ya habría suficiente. Y así lo hizo, aunque al acabar se dio cuenta de que no había cocido las patatas ni la coliflor. Metió una bolsa de patatas precocinadas en el microondas y abrió una lata de guisantes. Cuando por fin se sentó a cenar, al paladar poco exigente de Agatha le pareció delicioso.

Al día siguiente se pasó por Harvey's y revisó los carteles que tenían pegados en la puerta. Sí, el sábado habría danza Morris, con bailes alrededor del poste, y se celebraría una feria en el pueblo. La gente la saludaba con la cabeza y le sonreía. Nadie dijo «quiche» ni nada desagradable por el estilo. Animada, Agatha volvió corriendo a casa, pero la detuvo la señora Barr antes de que llegara a la puerta de su jardín.

—Creía que ayer estaría en las diligencias finales, en Mircester —dijo la señora Barr, con una mirada fría y atenta.

—Nadie me lo pidió —dijo Agatha—. Fue un accidente. Supongo que las pruebas de la policía eran suficientes.

—No para mí —replicó la señora Barr con descaro—. No comentaron nada acerca de cómo hizo trampas en el concurso.

La curiosidad pudo más que la rabia de Agatha.

—¿Cómo que no? Seguro que mencionaron que la había comprado en una tienda de Chelsea, ¿no?

—Oh, sí, eso sí lo dijeron, pero no dedicaron ni una palabra de condena hacia usted, una farsante y mentirosa. La pobre señora Cummings-Browne se vino abajo. No necesitamos a gente como usted en este pueblo.

—¿Y cuál fue el fallo?

—Muerte accidental, pero usted lo asesinó, Agatha Raisin. Lo asesinó con su repugnante quiche extranjera, igual que si lo hubiera apuñalado.

Los ojos de Agatha centelleaban.

—A usted sí que la voy a asesinar como no se largue, maldita bruja...

Se fue a casa sin poder contener las lágrimas, horrorizada ante su propia conmoción, consternación y debilidad.

Gracias a Dios que venía Roy. Su querido Roy, pensó Agatha en un arranque de sentimentalismo y olvidándose de que siempre lo había considerado un joven afeminado y aburrido al que habría despedido sin pensárselo dos veces si no hubiera tenido tanta mano izquierda con el peculiar mundillo de la música pop.

Llamaron a la puerta y Agatha se sobresaltó, temerosa de que otro vecino desagradable hubiera venido a meterse con ella. Pero abrió y estaba Bill Wong en el umbral.

—He venido a contarle lo de las diligencias —dijo—. Me pasé ayer, pero había salido.

—Fui a visitar a unos amigos —dijo Agatha con altivez—. De hecho, van a venir dos este fin de semana. Pero pase, pase.

—¿Qué quería esa señora Barr? —le preguntó con curiosidad mientras la seguía hasta la cocina.

—Acusarme de asesinato —balbuceó Agatha, que guardó la comida en los armarios—. ¿Le apetece un café?

—Sí, por favor. Bien, las diligencias se han dado por concluidas; el señor Cummings-Browne será incinerado, y sus cenizas esparcidas a los cuatro vientos en la llanura de Salisbury, como recuerdo de sus tiempos en el ejército.

—Tengo entendido que la señora Cummings-Browne se desmayó durante las diligencias —dijo Agatha.

—Sí, sí, se desmayó. Dos terrones, por favor, y sólo un chorrito de leche. Sí, fue muy conmovedor.

Agatha se dio la vuelta y lo miró. Su interés crecía por momentos.

—¿Cree usted que estaba fingiendo?

—Es posible. Pero lo que me sorprendió es que hubiera tanta gente llorándolo. Había bastantes damas que sollozaban en sus pañuelos.

—¿Con sus maridos o solas?

—Solas.

Agatha puso una taza de café delante del detective, se sirvió una y se sentó en la mesa de la cocina, enfrente de él.

—Hay algo que lo inquieta —dijo Agatha.

—Bueno, el caso está cerrado y tengo mucho trabajo que hacer. Hay una verdadera epidemia de robos de coches en Mircester.

—¿A qué hora se acostó la señora Cummings-Browne la noche que murió su marido? —preguntó Agatha.

—Poco después de medianoche, más o menos.

—Pero el Red Lion cierra a las once en punto y está sólo a unos minutos a pie.

—Ella contó que él solía quedarse hasta más tarde bebiendo con los amigos.

Agatha entornó los ojos con expresión de astucia.

—¡Ajá! Y había mujeres sollozando en las diligencias forenses. No me diga que el orejones era un donjuán.

—No hay ninguna prueba.

—Y la señora Cartwright siempre ganaba el concurso. ¿Por qué?

—Tal vez fuera la que mejor cocinaba.

—Nadie prepara la quiche mejor que el señor Economides —repuso Agatha con tono tajante.

—Pero usted es la forastera. Es normal que le dieran el premio a una de las vecinas.

—Aun así...

—Veo en su mirada, señora Raisin, que usted hubiera preferido que fuera un asesinato para poder limpiar su conciencia.

—¿Por qué ha venido a contarme lo de las diligencias?

—Creí que le interesaría. Hay un artículo sobre ello en el *Gloucestershire Telegraph* de hoy.

—¿Lo tiene ahí? —le preguntó Agatha—. Déjeme que lo vea.

El detective se metió la mano en el bolsillo y sacó un periódico arrugado.

—Página 3.

Agatha fue a la página 3.

—«Ayer» —leyó—, «en el tribunal de instrucción de Mircester, se pronunció el fallo definitivo de muerte accidental por la ingesta de una quiche envenenada. La víctima era el señor Reginald Cummings-Browne, de cincuenta y ocho años, con domicilio en Plumtrees Cottage, en Carsely. Dadas las pruebas, el inspector jefe Wilkes afirmó que la cicuta había sido introducida en la quiche de espinacas por accidente. La quiche la había comprado una recién llegada al pueblo, la señora Agatha Raisin. Ésta había adquirido la quiche en una tienda de comida preparada de Londres y la había presentado al concurso de quiches del pueblo como si la hubiera cocinado ella misma. El juez del concurso era el difunto señor Cummings-Browne.

»"El dueño de la tienda, el señor Economides, declaró a la policía que la cicuta debió de llegar mezclada accidentalmente con las espinacas. Se subrayó que ninguna responsabilidad podía atribuírsele al desafortunado señor Economides, inmigrante griego de cuarenta y cinco años, propietario de The Quicherie, en World's End, en el barrio de Chelsea. La señora Vera Cummings-Browne, de cincuenta y dos años, se desmayó en el tribunal. El señor Cummings-Browne era una persona muy conocida en los Cotswolds." Y bla, bla, bla. —Agatha dejó el periódico—. Poco más de un párrafo.

—Ha tenido suerte —dijo Bill Wong—, si no hubiera habido disturbios con dos muertos en Mircester, estoy convencido de que el periodista habría sido más expeditivo y se habría pasado por aquí a preguntar por la tramposa recién llegada a Carsely. Ha salido bien parada.

Agatha suspiró.

—Nunca me lo perdonarán, a menos que pueda demostrar que fue un asesinato.

—No se busque más problemas. Para eso ya está la policía. Lo mejor es que todos se olviden del papel que tuvo usted en la muerte. Economides también ha tenido suerte. Con todo lo que está pasando en Rusia, ni un periódico de Londres se ha molestado en recoger la noticia.

—Sigo preguntándome por qué ha venido.

Bill Wong apuró su café y se levantó.

—A lo mejor es que me cae bien, Agatha Raisin.

Agatha se ruborizó por primera vez en su vida, o casi. Él le dedicó una mirada divertida y se marchó.

4

Agatha estaba bastante nerviosa mientras esperaba que el Cotswolds Express entrara en la estación de Moreton-in-Marsh. ¿Cómo sería el amigo de Roy? ¿Le caería bien a ella? En realidad la principal preocupación de Agatha era no caerle bien a él, pero ni siquiera se atrevía a reconocerlo.

El tiempo había mejorado, aunque todavía hacía frío. Y el tren, oh, milagro milagroso, llegó puntual. Roy descendió y corrió a abrazarla. Llevaba vaqueros y una camiseta con la leyenda ME HAN USADO. Tras él iba un joven menudo. Tenía el pelo negro y tupido, un bigote espeso, y llevaba chaqueta y pantalones vaqueros azul claro y botas de *cowboy* de tacón alto. Butch Cassidy acaba de llegar a Moreton-in-Marsh. Así que ése era Steve. Él le estrechó la mano sin fuerza y se quedó mirándola con ojos perrunos.

—Bienvenido a los Cotswolds —dijo Agatha—. Roy me ha dicho que eres australiano. ¿Estás de vacaciones?

—No, soy analista de sistemas —contestó Steve con el exagerado acento inglés de la florista Eliza Doolittle de *Pigmalión*—. Trabajo en la City.

—Bueno, venid —les dijo Agatha—. Tengo el coche aparcado ahí fuera. He pensado que lo mejor es salir a cenar por ahí esta noche. No soy muy buena cocinera.

—No lo eres en absoluto, preciosa —añadió Roy, y se volvió hacia Steve—. La llamábamos la reina del microondas. Comía casi siempre en el despacho; tenía un microondas allí y se calentaba platos espantosos, como curri picante Rajah y cosas así. ¿Y dónde vamos, Aggie?

—Había pensado en el Red Lion, en el mismo pueblo.

Abrió la puerta del coche, pero Roy no se movió.

—¿Al pub, a comer rancho? —preguntó.

—Sí.

—Bistec y patatas fritas, pastel de riñones y patatas fritas, salchichas y patatas fritas, pescado y patatas fritas, lasaña y patatas fritas.

—Sí, ¿pasa algo?

—¿Que si pasa algo? Mi pequeño y delicado estómago se contrae de miedo sólo de pensarlo, eso es lo que pasa. Mi amigo Jeremy dijo que había un restaurante muy bueno, el Horse and Groom, en Bourton-on-the-Hill. ¿No te parecen increíbles los nombres de estos sitios, Steve? Mira, ya se le está cayendo la baba. —Steve permanecía impasible—. Son vascos y preparan un montón de platos de pescado. A ver, Aggie, ¿te sabes el del incendio en un partido de fútbol de vascos? Todos salen corriendo a la vez del estadio y mueren aplastados en la salida, ¿y sabes cuál es la moraleja, querida? No corras detrás de la basca, ¿lo pillas?

—Deja de decir tonterías —soltó Agatha—. Muy bien. Probaremos el restaurante, aunque si es tan bueno no tendrán ninguna mesa libre.

Pero en el Horse and Groom acababan de anular una reserva justo antes de que ellos llegaran. El salón era elegante y cómodo, y la comida, excelente. Agatha pidió a Steve que le hablara de su trabajo, pero se arrepintió amargamente en cuanto él se lanzó a una larga y aburrida descripción de sus tareas en particular y de los ordenadores en general.

Incluso Roy se cansó del monólogo de su amigo, así que lo interrumpió diciendo:

—¿Qué era eso de que estabas implicada en una muerte, Aggie?

—Se trató de un terrible error —dijo Agatha—. Presenté una quiche de espinacas a un concurso del pueblo. Uno de los jueces la comió y murió envenenado.

Roy se rió; le brillaban los ojos.

—Lo que yo te diga, nunca has sido capaz de cocinar, Aggie, querida.

—No la preparé yo —se quejó Agatha—. Compré la quiche en The Quicherie, en Chelsea, y la presenté al concurso.

Steve la miró con seriedad.

—Pero se supone que en esos concursos de comida casera debes cocinar tú, ¿no?

—Sí, pero...

—Pero ella estaba intentando jugársela a alguien, para variar —se jactó Roy—. ¿Quién era el juez y de qué murió?

—El señor Cummings-Browne. De envenenamiento por cicuta.

—¿Ci... qué? ¿Qué es eso, una de esas extrañas enfermedades agrícolas, como la fiebre porcina o los hongos de las raíces?

—No, la cicuta es una planta. Debió de mezclarse con las espinacas que utilizaba el señor Economides, el de la tienda de comida preparada.

Steve dejó el tenedor encima de la mesa y miró con toda seriedad a Agatha.

—Así que tú lo mataste.

Roy soltó una carcajada estentórea. Levantó los pies del suelo, se cayó de la silla y rodó por la alfombra del salón abrazándose la barriga. Los otros comensales lo miraban con las educadas sonrisas congeladas que esbozan los ingleses ante cualquier comportamiento amenazador.

—Oh, Aggie —resolló Roy cuando su amigo hubo recogido la silla y lo ayudó a sentarse con un empujón—, eres todo un personaje.

Con paciencia, Agatha les explicó la triste historia. Había sido un accidente lamentable.

—¿Y qué piensan de ti en el pueblo? —preguntó Roy, enjugándose las abundantes lágrimas que le resbalaban por las mejillas—. ¿Te llaman la Borgia de los Cotswolds?

—No sabría decirte qué piensan —reconoció Agatha—. Pero más vale que venda la casa. Lo de instalarme en Carsely fue un terrible error.

—Espera un momento —dijo Steve, mientras extraía con cuidado un trozo de langosta y se lo llevaba a la boca—. ¿Dónde crece esa cicuta?

—En las Midlands Occidentales, y esto, como señaló la policía, son las Midlands Occidentales.

Steve frunció el ceño.

—¿Crece en las granjas, entre los cultivos normales?

Agatha rebuscó en su memoria lo que había leído sobre la cicuta en el libro de Foyles.

—Crece en terrenos pantanosos.

—Me han dicho que los Cotswolds son famosos por sus fresas y espárragos... Ah, y por las ciruelas y cosas así —agregó Steve—. Lo leí. Pero nada de espinacas. ¿Y cómo iba a nacer en un campo de espinacas una planta que crece en los pantanos?

—No lo sé —dijo Agatha—, pero, por lo que recuerdo, también crece en otros puntos de las islas británicas. Me refiero a que lo que llega a Covent Garden procede de todas partes: del extranjero y de todas las regiones de Inglaterra.

Steve negó despacio con la cabeza, con la boca abierta y examinando otro trozo de langosta.

—¿Estás preguntándote si este mes lleva erre y puedes comer marisco o qué? —preguntó Roy—. Pareces una de esas caras de los parques de atracciones, ésas a las que les tiras pelotas para ver si se las metes en la boca.

—Simplemente no puede ser —dijo Steve.

—¿El qué?

—A ver, escucha. Un campo de espinacas se cultiva y se cosecha, y luego, por alguna razón, una planta de las marismas se mezcla con las espinacas, ¿me sigues? Bien, en ese caso, ¿por qué no murió nadie más?, ¿cómo es posible que toda la cicuta fuera a parar a una sola quiche de espinacas? Sólo a una. Al menos otro trocito debería de haber acabado en otra quiche, ¿no? En tal caso, otro cliente del tal Economides debe de haberla palmado.

—Bueno, la policía se habrá ocupado de eso —dijo Roy un tanto irritado, pues sentía que su amigo estaba acaparando demasiado la conversación.

Steve negó lentamente con la cabeza, moviéndola de lado a lado.

—Mira —dijo Agatha—, sé razonable. ¿Quién iba a saber que yo saldría corriendo ofendida y dejaría allí esa quiche?, ¿quién podía saber que los Cummings-Browne se la llevarían a casa? Podría habérsela quedado el vicario y dársela a algún anciano pensionista. O podría haberla cogido lord Pendlebury.

—¿Cuándo llevaste la quiche al concurso? —preguntó Steve.

—La noche anterior.

—¿Así que pasó allí toda la noche, sin vigilancia, en el salón de actos? Alguien pudo preparar otra quiche con cicuta y cambiarla por la de Agatha.

—Volvamos al móvil —propuso Agatha—. Supongamos, sí, que alguien sustituyó mi quiche por otra envenenada. ¿Quién podía saber que acabaría llevándosela Cummings-Browne? Ni siquiera yo sabía que me iría corriendo hasta el último momento.

—Pero podría haber ido destinada a ti —repuso Steve—, ¿no lo ves? Aunque hubieras ganado el concurso, tan sólo habían cortado una pequeña porción para juzgarlo, y tú te habrías llevado el resto a casa. —Se inclinó hacia delante—. ¿Quién te odia tanto?

Agatha pensó con inquietud en la señora Barr y luego se encogió de hombros.

—Esto es ridículo. ¿Lees a Agatha Christie o qué?

—A todas horas —dijo Steve.

—Bueno, yo también, pero, por muy divertidas que sean esas historias de detectives, créeme, los asesinatos suelen ser repentinos y violentos, y tienen lugar en las ciudades, algún marido bruto y borracho que apalea a su mujer hasta matarla y cosas así. ¿No lo entiendes?, a mí me gustaría que hubiera sido un asesinato.

—Sí, eso sí lo veo —dijo Steve—, porque han descubierto que eres una estafadora.

—Eh, espera un momento...

—Pero todo esto parece muy extraño.

Agatha guardó silencio. Si no se hubiera empeñado en ganar aquel estúpido concurso...

Una vez más, la invadió una enorme sensación de soledad mientras pagaba la cuenta y llevaba a sus invitados de vuelta a la noche. Tenía por delante un fin de semana entero con esa preciosa pareja; sin embargo, su presencia subrayaba la propia soledad. Roy no sentía hacia ella ningún afecto verdadero. Su amigo había querido ver la Inglaterra rural, y Roy se estaba aprovechando de ella.

Roy brincó alrededor de la casa, mirándolo todo.

—Muy mono, Aggie —fue su veredicto—. ¡Herraduras de imitación! Vaya, vaya. Y todas esas herramientas agrícolas.

—Bueno, ¿y tú qué pondrías? —preguntó Agatha irritada.

—No lo sé, cariño. Parece un decorado. Aquí no veo nada de Aggie.

—Es comprensible —dijo Steve—. Hay gente que no tiene una personalidad que pueda reflejarse en la decoración de interiores. Para eso tienes que ser una persona hogareña.

—A veces la gente cansa, ¿sabes? —soltó Agatha con mordacidad—. A la cama los dos. Estoy cansada. Las fiestas del pueblo no empiezan hasta el mediodía, así que podéis dormir lo que queráis.

A la mañana siguiente, Roy tomó las riendas de la cocina cuando vio que Agatha estaba a punto de meter en el microondas las salchichas para el desayuno. Se puso a silbar alegremente mientras lo preparaba, y Agatha le dijo que sería una esposa estupenda.

—Mejor que tú seguro, Aggie —respondió divertido—. Es un misterio que tu salud no se haya resentido con tantos curris de microondas.

Steve bajó envuelto en una bata de rayas doradas y azules que tenía todavía la etiqueta de un club de críquet en el bolsillo.

—La compró en un mercadillo —dijo Roy—. No te molestes en hablarle, Aggie. No se acaba de despertar hasta que se ha tomado una jarra de café.

Agatha leyó por encima los periódicos de la mañana, pasando las páginas rápido para ver si decían algo más sobre el envenenamiento de la quiche, pero ni lo mencionaban.

La mañana transcurrió tranquila, aunque silenciosa, luego fueron a la calle principal y Roy pasó por delante de la casa de la señora Barr haciendo la rueda. Agatha vio que se movían las cortinas.

Steve sacó un cuaderno enorme y se puso a tomar apuntes de lo que sucedía en las fiestas, que empezaban con la coronación de la reina de Mayo, una colegiala bonita y delgada, como de otra época. En realidad, todos los escolares parecían ilustraciones de un libro antiguo, con esas caritas inocentes y sus cuerpos sin desarrollar. Agatha estaba acostumbrada a ver a las niñas en edad escolar enseñando pecho y marcando trasero. Los bailarines de la danza Morris, con sus sombreros de copa floridos y sus cascabeles tintineando en las rodillas, llevaban a la reina casi en volandas. A Roy lo decepcionaron los bailarines, seguramente porque, a pesar de los vistosos sombreros, parecían un equipo de jugadores de rugby borrachos, encabezados por un hombre de pelo cano que golpeaba a la gente con una vejiga de cerdo.

—Se supone que te hace fértil —apuntó Steve con voz seria, y Roy se rió a carcajadas, lo que avergonzó a Agatha.

Pasearon por los puestos de la calle principal. Todo el mundo parecía vender algo para una u otra obra de beneficencia. Agatha se apartó con una mueca del de comidas caseras. Roy ganó una lata de sardinas en una tómbola y se entusiasmó tanto que empezó a comprar un boleto tras otro hasta que le tocó una botella de whisky escocés. Había un juego de bolos, y los tres lo probaron; la banda del pueblo tocaba temas de musicales famosos, y luego volvieron los bailarines Morris, con sus saltos al sol, acompañados por un violín y un acordeón.

—¿No os dais cuenta de que vivís en un anacronismo? —preguntó Steve con tono serio mientras tomaba notas en su cuaderno.

Roy quiso probar suerte otra vez en la tómbola, y él y Steve se alejaron. Agatha hojeó una pila de libros viejos en uno de los puestos y luego miró a la mujer que los vendía... ¡la señora Cartwright!

Agatha ya había reparado en que tenía rasgos romaníes, con aquella piel morena que resaltaba entre los vecinos del pueblo, más bien rosáceos. Una melena basta le caía por la espalda y tenía los brazos cruzados sobre el abundante pecho.

—¿Es usted la señora Cartwright? —preguntó Agatha dubitativa.

La mujer le clavó la mirada.

—Ah, usted debe de ser la señora Raisin —dijo—. Mal asunto lo de su quiche.

—No lo entiendo —dijo Agatha—. No debería haberla comprado, pero ¿cómo es posible que acabara la cicuta en una quiche preparada en Londres?

—Londres está llena de cosas desagradables —dijo la señora Cartwright mientras reordenaba algunos libros de bolsillo que se habían caído.

—En fin, ahora no me queda otro remedio que vender —añadió Agatha—. No puedo quedarme aquí después de lo que ha pasado.

—No fue más que un accidente —afirmó la señora Cartwright con tranquilidad—. Yo creo que uno no debe salir corriendo después de un accidente. Además, me llenó de satisfacción que toda una dama de Londres tuviera que comprar una quiche para competir conmigo.

Agatha esbozó una sonrisa maliciosa.

—Sí, me habían contado que era usted la mejor cocinera de los Cotswolds. Mire, en realidad me gustaría hablarlo un poco más a fondo. ¿Puedo hacerle una visita?

—Cuando quiera —dijo la señora Cartwright sin excesivo interés—. Vivo en Judd's Cottage, pasado el Red Lion, en la antigua Station Road.

Roy se acercaba haciendo cabriolas, y Agatha se apartó de inmediato del puesto, temerosa de que la charla y la afectación de Roy predispusieran a la señora Cartwright en su contra. Agatha se sentía un poco mejor. La señora Cartwright no la había acusado de tramposa, ni siquiera había sido desagradable.

Pero más tarde, cuando Steve y Roy ya se habían reunido con ella y se disponían a salir de la feria de la Fiesta de Mayo, se toparon de frente con la señora Barr, que se detuvo delante de Agatha con la mirada encendida.

—Me sorprende que tenga el valor de dar la cara a plena luz del día —dijo.

—¿Qué mosca le ha picado, querida? —le preguntó Roy.

—Esta mujer —la señora Barr cabeceó en dirección a Agatha— provocó la muerte de uno de nuestros vecinos más respetables, lo envenenó.

—Fue un accidente —dijo Roy antes de que Agatha pudiera replicar—. Piérdase, vieja bruja; vámonos ya, Aggie.

La señora Barr se quedó boqueando en un gesto silencioso de rabia contenida mientras Roy se llevaba a Agatha.

—Vieja foca mezquina —soltó Roy cuando entraron en Lilac Lane—. ¿Qué es lo que la cabrea tanto?

—Le robé a la mujer de la limpieza.

—Vaya, menudo crimen. Se ha asesinado a gente por menos. Llévanos a Bourton-on-the-Water, Aggie. Steve quiere verlo y, después del pedazo de desayuno, todavía no tenemos hambre.

Agatha, pese a que seguía afectada por el comentario de la señora Barr, sacó el coche con paciencia.

—¡Stow-on-the-Wold! —chilló Roy un cuarto de hora más tarde, cuando estaban a punto de dejar atrás ese pueblo—. Tenemos que verlo.

Así que Agatha dio la vuelta, entraron en la plaza principal y metió el morro del coche en la única plaza de aparcamiento que quedaba libre, adelantándose a un coche familiar.

Nunca había visto tantos bailarines de Morris. Parecían estar por todas partes y agitaban sus pañuelos y saltaban como nijinskys con más vigor que los de Carsely.

—Me parece —dijo Roy— que cuando has visto a unos cuantos bailarines de Morris los has visto a todos. Deja ya el cuaderno, Steve, por lo que más quieras.

—Es todo muy interesante —dijo Steve—. Algunos sostienen que la danza Morris era originalmente una danza mora, ¿tú qué crees?

—Pues creo que... voy a bostezar, gua, guaaa —dijo Roy con mezquindad—. Anda, vamos a probar los placeres cosmopolitas de Bourton-on-the-Water.

Bourton-on-the-Water es sin duda uno de los pueblos más pintorescos de los Cotswolds, con un arroyo cristalino que atraviesa el centro bajo varios puentes de piedra. El problema es que es muy famoso y siempre está lleno de turistas. Aquella Fiesta de Mayo estaban todos allí, y Agatha añoró las tranquilas calles de Londres. Había turistas por todas partes: grupos de familias, niños chillones y llorosos, autocares de pensionistas de Gales, tipos de Birmingham luciendo músculos tatuados, jóvenes Lolitas con minifalda y zapatos blancos de tacón alto tropezándose por doquier, y todos comían helados y se reían como bobos viendo el panorama. Steve no quería perderse nada de lo que había que ver, desde las galerías de arte hasta los museos, lo que deprimió a Agatha, porque buena parte de lo que se exhibía en los museos del pueblo eran objetos de su juventud y ella creía que los museos sólo debían mostrar cosas antiguas de verdad. Fueron al museo del motor, también atestado de turistas, y luego, por desgracia, como alguien había hablado a Steve de Birdland, que estaba en una punta del pueblo, tuvieron que pasarse por allí a ver los pájaros y admirar los pingüinos. Agatha se había preguntado a menudo cómo sería vivir en Hong Kong o Tokio. Entonces lo supo. Gente por todas partes. Gente comiendo por todas partes: helados, barritas de chocolate, hamburguesas, patatas fritas... ñam, ñam, ñam... ¡qué forma de masticar, aquellas mandíbulas inglesas! Parecía que todos disfrutaban formando parte de la multitud, salvo los niños muy pequeños, que, aburridos, berreaban a gusto, arrastrados por sus indiferentes padres.

Empezaba a refrescar cuando Steve, con un suspiro de placer, cerró por fin el cuaderno. Se miró el reloj.

—Son sólo las tres y media —dijo—. Podemos acercarnos a Stratford-upon-Avon. Tengo que ver el lugar de nacimiento de Shakespeare.

Agatha gruñó para sus adentros. No hacía mucho, Agatha Raisin le habría dicho que se olvidara, que estaba harta y cansada, pero se acordó de Carsely y de la señora Barr, así que los acompañó con docilidad hasta el aparcamiento y partieron hacia Stratford.

Dejó el coche en el aparcamiento de la casa natal de Shakespeare, de varias plantas, y se zambulló entre las multitudes de Stratford con Roy y Steve. Había mucha, muchísima gente, y de todas las nacionalidades. Se arrastraron con los demás hasta la casa del escritor, un lugar extrañamente desangelado, pensó Agatha de nuevo. La habían restaurado, y había quedado tan aséptica que se le ocurrió que algunos de los viejos pubs de los Cotswolds parecían más antiguos.

Luego bajaron a ver el río Avon. Más tarde, Steve fue a comprar entradas para la función vespertina de *El rey Lear* que presentaba la Royal Shakespeare Company y, para consternación de Agatha, las consiguió.

En la oscuridad del teatro, con el estómago gruñendo porque no había probado bocado desde el desayuno, la mente de Agatha divagó y volvió al... ¿asesinato? Probablemente no le haría daño a nadie investigar un poco al señor Cummings-Browne. A ver, la señora Simpson había encontrado el cadáver. ¿Cómo había reaccionado la mujer? El primer acto de la obra pasó ante los ojos de Agatha sin que le prestara atención. En el entreacto, dos ginebras largas la pusieron un poco alegre. Una vez más, se imaginó que resolvía el caso y se ganaba el respeto de sus vecinos. En el último acto, se quedó profundamente dormida, y ni un ápice del esplendor de Shakespeare llegó a sus sordos oídos.

Sólo cuando volvieron a salir a la calle —gente y más gente—, Agatha se dio cuenta de que no tenía nada en casa para comer y que era demasiado tarde para encontrar restaurante. Pero Steve, que en cierto momento del día había empezado a cargar con una bolsa de la compra, dijo que había pensado en hacerles la cena y que había comprado una trucha fresca en Birdland.

—Lo que deberías hacer es ir a la tuya, mantenerte en tus trece y quedarte aquí —dijo Roy al bajar del coche delante de la casa de Agatha—. No hay gente.

Silencioso. Tranquilo. Tienes suerte de no vivir en un pueblo turístico. ¿Viene algún turista por aquí?

—El Red Lion tiene habitaciones, creo —dijo Agatha—. Algunos vecinos alquilan sus casas. Pero no vienen muchos.

—Tomemos algo mientras Steve cocina. —Roy buscó por el salón de Agatha—. Si yo fuera tú, tiraría todas estas tazas tan monas, las herraduras de caballo de imitación y las herramientas agrícolas y pondría algunos cuadros y jarrones con flores. No te pega tener una parrilla medieval, sobre todo si es sólo una imitación. Se supone que tienes que quemar la leña en la chimenea de piedra.

—Pues me mantendré en mis trece y seguiré con la parrilla —dijo Agatha—, aunque es posible que me deshaga de lo demás.

Pensó que en el pueblo recogían muchas cosas para beneficencia. El martes podría llenar el coche con todo y llevarlo a la vicaría. Hacerse un poco la simpática con ellos.

La cena era excelente. Debo aprender a cocinar, pensó Agatha. No tengo mucho más que hacer. Steve abrió el cuaderno.

—Mañana, si no te parece demasiado, Agatha, me gustaría visitar el Castillo de Warwick.

Agatha refunfuñó.

—El Castillo de Warwick es como Bourton-on-the-Water, turistas hasta en la sopa.

—Pero aquí dice —prosiguió Steve, que cogió una guía de viajes— que es uno de los mejores castillos medievales de Inglaterra.

—Sí, supongo que es verdad, pero...

—Me gustaría mucho ir, la verdad.

—¡Muy bien! Pero prepárate para salir temprano. A ver si podemos llegar antes que las multitudes.

El Castillo de Warwick es el sueño del turista. Tiene de todo: de almenas a torreones, una cámara de torturas y hasta una mazmorra. Hay salones habitados por las figuras de cera de Madame Tussaud, que representan una fiesta victoriana. Hay letreros en el camino de entrada con avisos del tipo CONDUZCA DESPACIO, PAVOS REALES. Tiene una rosaleda y un jardín con pavos (sí, son pavos). Lleva bastante tiempo verlo todo, y Steve, de nuevo, no quería perderse nada. Con energía e interés inagotables, subió a los torreones, recorrió las almenas y bajó a las mazmorras.

Ajeno a los turistas que se apelotonaban tras él, se demoró en los salones de gala, tomando notas afanosamente en su cuaderno.

—¿Vas a escribir sobre todo esto? —preguntó Agatha con impaciencia.

Steve dijo que tan sólo en cartas. Escribía una larga carta a su madre, que vivía en Sídney, todas las semanas. Agatha esperaba poder escapar de allí de una vez, pero la tiranía del cuaderno se vio reemplazada por la de la cámara de vídeo. Steve se empeñó en que todos volvieran a subir a uno de los torreones y grabó a Agatha y a Roy al filo, apoyados en el muro con almenas.

Cuando volvió al coche, a Agatha le dolían los pies. Comieron en un pub en Warwick y ella, aturdida por el cansancio, aceptó llevarlos a recorrer los pueblos de la región de Cotswolds que todavía no habían visitado, aquellos pueblos cuyos nombres tanto intrigaban a Steve, como Upper y Lower Slaughter, Aston Magna, Chipping Campden y demás. Steve encontró unas tiendas en Chipping Campden y compró comida, diciendo que les prepararía algo para cenar.

Después de la cena, Agatha estaba tan agotada que lo único que quería era acostarse, pero resultó que la cámara de Steve era una de esas que puedes enchufar al televisor y ver lo que se ha grabado.

Agatha se recostó con los ojos casi cerrados. Además, no le gustaba nada verse en pantalla. Entonces oyó exclamar a Roy:

—Espera un momento. En el Castillo de Warwick. En la parte alta del torreón. Esa mujer. Mira, Aggie. Pásalo otra vez, Steve.

La película se rebobinó parpadeando y empezó de nuevo. Allí estaba ella, con Roy, en lo alto del torreón. Roy se reía tontamente y hacía payasadas. La cámara trazó entonces una lenta panorámica para abarcar el paisaje de los alrededores, hasta el último centímetro, parecía. Era obvio que Steve intentaba evitar el típico error de los aficionados, a los que se les mueve demasiado la cámara. Y de repente ésta enfocó a una mujer que estaba un poco alejada de Agatha y Roy. Era una criatura con aspecto de solterona, con chaqueta de tweed, falda caída también de tweed y zapatos cómodos. Pero miraba fijamente a Agatha con una animosidad evidente y los dedos crispados como garras. La película volvió a Agatha y a Roy.

—Entra la primera asesina —afirmó Roy—. ¿La conoces, Aggie?

Agatha negó con la cabeza.

—No la había visto jamás, al menos no en el pueblo. Pásalo otra vez.

Una vez más aparecieron aquellos ojos llenos de odio.

—A lo mejor no me estaba mirando a mí —dijo Agatha—. Tal vez acababa de subir su marido por las escaleras.

Steve negó con la cabeza.

—Allí no había nadie más. Recuerdo haber visto sólo a esa mujer cuando estaba grabando; justo cuando acabé, irrumpieron un montón de turistas.

—Qué raro. —Roy miraba desconcertado la pantalla del televisor—. ¿De qué te conocía para odiarte así?, ¿de qué estábamos hablando ahí arriba?

—Tú estabas haciendo el payaso —dijo Agatha despacio—. Es una pena que no grabaras el sonido, Steve.

—Se me olvidaba, sí que hay sonido, pero por lo general no me fijo y grabo yo mismo algo de música sobre las imágenes, algo que pegue con la película de viajes por Inglaterra, y luego se la mando a mi madre.

—Sube el volumen —pidió Roy animado.

En el salón se oyó el sonido del viento sobre las almenas. Y al momento la voz de Roy:

—¿Quieres que Aggie se tire desde las almenas, como Tosca?

Y la de Agatha:

—Oh, para ya, Roy. Dios, hace frío aquí arriba.

Y entonces, con tono lúgubre, Roy añadió:

—Tanto frío como en la tumba a la que mandaste al señor Cummings-Browne con tu quiche, Agatha.

La voz de Agatha replicó irritada:

—No está en ninguna tumba. Lo esparcieron a los cuatro vientos en la llanura de Salisbury. ¿Has acabado ya, Steve?

Y entonces Steve dijo:

—Sólo un poco más.

En ese momento se vio el plano de la mujer de mirada iracunda.

—¡Y sostenías que no te odiaba nadie! —se burló Roy—. Ésa parecía querer matarte. Me pregunto quién será.

—Sacaré una fotografía de la pantalla —dijo Steve— y te mandaré una copia. A lo mejor no estaría mal averiguarlo. Puede que estuviera enterada de la muerte de Cummings-Browne.

Agatha siguió sentada y en silencio un momento. Creía que nunca podría olvidar aquella cara de solterona y su mirada feroz.

—Me muero de sueño —dijo Roy—, ¿qué tren nos vendría bien tomar mañana?

Agatha se espabiló.

—Los trenes no irán muy finos un lunes festivo por la mañana. Os acerco a Oxford, os invito a comer y desde allí podéis coger cualquier tren.

Creía que se alegraría de perder de vista a ese par, pero, cuando llegó el momento de despedirse de ellos en la estación de Oxford, de repente deseó que no se fueran.

—Volved otro día —dijo—, cuando queráis.

Roy le dio un beso húmedo en la mejilla.

—Volveremos, Aggie. Ha sido un superfinde.

El guarda tocó el silbato. Roy subió de un salto junto a Steve, y el tren salió de la estación.

Agatha se quedó allí unos minutos, triste, mirando cómo el tren se perdía de vista tras una curva, y luego volvió al aparcamiento. Tenía un poco de miedo y se arrepintió de no haberlos acompañado a Londres. ¿Cómo se le ocurrió dejar el trabajo?

Pero ahora su hogar estaba en Carsely, en un pliegue de los montes Cotswolds; Carsely, donde se había deshonrado a sí misma, el pueblo al que no pertenecía ni pertenecería nunca.

5

Al día siguiente, Agatha cargó en el coche todas las jarras, las herraduras de imitación y los pequeños aperos, y condujo el corto trecho hasta la vicaría.

La señora Simpson se quedó limpiando la casa. Agatha quería hablar con ella durante la comida. Tal vez se debiera al envenenamiento, pero la señora Simpson la llamaba «señora Raisin», y Agatha se sintió obligada a llamarla «señora Simpson», y no Doris. La mujer era eficiente y correcta, pero se le notaba cierto aire de desconfianza. Al menos no se había llevado su propia comida.

La señora Bloxby, la esposa del vicario, le abrió la puerta. Temiendo un rechazo, Agatha farfulló de forma atropellada que le había llevado algunas cosas que esperaba que la iglesia pudiera vender para alguna obra de caridad.

—Qué detalle por su parte —dijo la señora Bloxby—. Alf —gritó por encima del hombro—, la señora Raisin nos ha traído algunas cosas para caridad. Ven a echar una mano.

Agatha se sorprendió. Los vicarios no deberían tener nombres vulgares como Alf, sino otros como Peregrine, Hilary o Aloysius. El vicario llevaba puesta una vieja camisa de leñador y pantalones de pana.

Entre los tres trasladaron las cajas a la sala de estar de la vicaría. Agatha sacó algunas cosas.

—¡Mi querida señora Raisin! —exclamó la señora Bloxby—, ¿está segura? Podría sacar bastante dinero si vendiera usted misma todo esto. No me refiero a las herraduras, pero las jarras son buenas, y los aperos de granja son auténticos. Esto —sostuvo en alto un reluciente instrumento de tortura— es una trampa para topos de verdad. Ya no se ven muchas así.

—No. Me alegraría mucho si consiguen algo de dinero. Pero dénselo a alguna institución que no se lo gaste todo en cócteles o en políticos.

—Sí, por supuesto. Acostumbramos a apoyar al Instituto de Investigación del Cáncer y Save the Children —explicó el vicario—. A lo mejor le apetecería una taza de té, ¿qué me dice, señora Raisin?

—Encantada.

—La dejaré con mi esposa. Tengo que preparar los sermones del domingo.

—¿Sermones?

—Predico en tres iglesias.

—¿Y por qué no da el mismo sermón en todas?

—Sí, es tentador, pero no sería honesto para con los feligreses.

El vicario se retiró a las profundidades de la casa, y su esposa fue a la cocina a preparar café. Agatha miró a su alrededor. La vicaría ciertamente parecía muy antigua, o eso le pareció. Los marcos de las ventanas estaban desnivelados, y el suelo, también. No tenían moqueta, como en su casa, sino viejos tablones tan pulidos como el cristal negro y cubiertos, en la zona central, por una alfombra persa de colores vivos. En la cavernosa chimenea ardían unos troncos. Había un cuenco de flores secas aromáticas encima de una mesita. En otra vio un jarrón de flores frescas, y en una ventana baja, un cuenco con jacintos. Las sillas estaban desgastadas y tenían —Agatha movió el trasero para comprobarlo— cojines de plumas. Delante había una mesita de café nueva, de las que se encuentran en las tiendas de bricolaje para que se las monte uno mismo, y, pese a que estaba cubierta de periódicos y revistas y de un tapete inacabado, no desentonaba con el resto de la sala. En el techo había antiguas vigas bajas ennegrecidas por siglos de humo. Se percibía un leve olor a lavanda y humo de leña que se mezclaba con las fragancias de los jacintos y las flores secas.

Además, el espacio desprendía un aire acogedor, de bondad. Agatha concluyó que el reverendo Bloxby era una rara avis en la muy malévola pajarera de la Iglesia de Inglaterra: un hombre que creía en lo que predicaba. Por primera vez desde que había llegado a Carsely, no se sintió amenazada y, cuando se abrió la puerta y apareció la esposa del vicario, tuvo ganas de caerle bien.

—He tostado unos bollitos también —dijo la señora Bloxby—. Todavía hace frío. Me canso de mantener las chimeneas encendidas. Pero, claro, usted tiene calefacción central, así que no padece ese problema.

—Tiene una casa preciosa —dijo Agatha.

—Gracias. ¿Leche y azúcar? —La señora Bloxby tenía la cara pequeña, fina y arrugada, y el cabello castaño entreverado de gris. Era delgada y frágil, de manos largas y delicadas, la clase de manos que a los pintores les gusta dar a sus modelos en los retratos—. ¿Y cómo se va acomodando, señora Raisin?

—Pues no muy bien —respondió Agatha—. A lo mejor tengo que desacomodarme.

—Ah, ya, por lo de la quiche —dijo la señora Bloxby con toda tranquilidad—. Pruebe un bollito. Los preparo yo misma, y es una de las pocas cosas que me salen bien. Sí, un asunto espantoso. Pobre señor Cummings-Browne.

—La gente debe de pensar que soy una persona horrible —dijo Agatha.

—Bueno, fue una desgracia que esa maldita quiche llevara cicuta. Pero, en estos concursos de pueblo, siempre se hacen muchas trampas. Usted no es la primera.

Agatha estaba sentada con el bollito, del que goteaba mantequilla, y miró fijamente a la esposa del vicario.

—Ah, ¿no?

—No, qué va. Déjeme ver, estuvo la señora Tenby, hace cinco años. Vino de fuera. Puso toda su alma en ganar el concurso de arreglos florales. Encargó una cesta de flores al florista de Saint Anne's. Con bastante descaro, la verdad. Era un arreglo muy bonito, pero los vecinos habían visto llegar la furgoneta del florista, así que la descubrieron rápidamente. Luego fue la anciana señora Carter. Compró la mermelada de fresas, le puso su propia etiqueta y ganó. Nadie se habría enterado si no se hubiera emborrachado y hubiera alardeado de su hazaña en el Red Lion. Sí, su engaño habría dado lugar a muchos comentarios en el pueblo, señora Raisin, si no hubiera habido otros antes o, ya puestos, si el concurso hubiera sido justo.

—¿Quiere decir que el señor Cummings-Browne hacía trampas?

La señora Bloxby sonrió.

—Digamos que tendía a dar los premios a las favoritas.

—Pero, si se sabe todo eso, ¿por qué se molestan las vecinas en participar?

—Porque están orgullosas de lo que hacen y quieren enseñárselo a sus amigas. Además, el señor Cummings-

Browne era juez de concursos en pueblos de los alrededores y se rumoreaba que sólo tenía una favorita en cada uno. Y tampoco pasa nada si se pierde. Alf quiso cambiar de juez varias veces, pero los Cummings-Browne hacían generosas donaciones a obras de caridad, y el único año que Alf consiguió poner a otro juez, éste le concedió el premio a su hermana, que ni siquiera vivía en el pueblo.

Agatha dejó escapar un suspiro largo y lento.

—Hace que me sienta menos villana.

—Todo ha sido muy triste. Debe de haber pasado unos días horrorosos.

Para pasmo de Agatha, se le llenaron los ojos de lágrimas y se los enjugó con rabia mientras la esposa del vicario, con tacto, apartaba la mirada.

—Pero no se preocupe. —La mujer del vicario toqueteó la cafetera—. Su engaño no mereció demasiadas críticas. Además, el señor Cummings-Browne tampoco es que fuera muy popular.

—¿Por qué?

La esposa del vicario se mostró evasiva.

—Bueno, ya sabe, hay gente que no lo es.

Agatha se inclinó hacia delante.

—¿Usted cree que fue un accidente?

—Oh, sí, porque, si no lo hubiera sido, entonces uno sospecharía lógicamente de la esposa, aunque Vera Cummings-Browne era una esposa devota, a su modo. Ella tiene mucho dinero, y él tenía muy poco. Sin hijos. Podía haberlo abandonado cuando hubiese querido. Tuve que ayudar a consolarla el día de la muerte de su esposo. Nunca había visto a una mujer tan apesadumbrada. Lo mejor que puede hacer es olvidarlo todo, señora Raisin. La Asociación de Damas de Carsely se reúne esta noche en la vicaría, a las ocho. Pásese.

—Gracias —dijo Agatha con humildad.

—¿Te has quitado por fin de encima a esa arpía? —preguntó el vicario diez minutos más tarde cuando su mujer entró en el estudio.

—Sí. Y no creo que sea tan mala, me parece que está sufriendo de verdad por lo de la quiche. La he invitado a la reunión de mujeres de esta noche.

—En ese caso, gracias a Dios que no asistiré —dijo el vicario y se inclinó sobre su sermón.

Agatha se sentía limpia de pecado mientras volvía en coche a casa. Iría a la iglesia el domingo e intentaría ser buena persona. Puso un pastel de carne congelado de Linda McCartney en el microondas para la comida de la señora Simpson, esperando que la mujer del antiguo Beatle supiera de cocina, aunque temía que se hubiera limitado a vender su nombre para que lo utilizaran en el producto.

La señora Simpson pinchó con vacilación aquella porquería caliente con el tenedor, y todas las buenas intenciones de Agatha se evaporaron.

—No está envenenado —le espetó.

—Es sólo que no me hace mucha gracia la comida congelada —dijo la señora Simpson.

—Bueno, el próximo día le prepararé algo mejor. ¿Estaba muy afectada la señora Cummings-Browne por la muerte de su marido?

—Oh, sí, fue terrible —respondió Doris Simpson—. Conmocionada del todo, sí. Al principio, se quedó aturdida por el susto y luego se echó a llorar, sin parar. Tuve que ir a buscar a la esposa del vicario para que me ayudara.

El sentimiento de culpa volvió a hacerse un sitio en el alma de Agatha. Le entraron ganas de salir de casa. Fue a pie al Red Lion y pidió una copa de vino tinto, salchichas y patatas.

Luego recordó que le había dicho a la señora Cartwright que le haría una visita. Ya no parecía tener mucho sentido, pero al menos era algo que hacer.

Judd's Cottage, donde vivían los Cartwright, era una casa un tanto destartalada. La puerta del jardín colgaba de las bisagras, y en medio de éste, entre la hierba descuidada, había un coche oxidado aparcado. Agatha miró a los lados, preguntándose cómo habría llegado el coche hasta allí, pero no veía la forma, a menos que lo hubieran levantado por encima de la valla.

El cristal de la puerta delantera estaba agrietado y se mantenía entero gracias a tiras de celofán marrón. Llamó al timbre, y no pasó nada. Dio unos golpecitos a un lado de la puerta. La figura borrosa de la señora Cartwright apareció al otro lado del cristal.

—Ah, es usted —le dijo cuando abrió la puerta—. Pase.

Agatha la siguió al interior de un salón desordenado y maloliente. El mobiliario estaba manchado y desgastado por el uso. Había un radiador eléctrico de dos barras en la chimenea, sobre la que se veían trozos de carbón de plástico. Un ramo de narcisos también de plástico colgaba de un jarrón resquebrajado en la ventana. Había un mueble bar en un rincón, adornado con cristal rosa y tiras de luz fluorescente rosa.

—¿Quiere beber algo? —preguntó la señora Cartwright. Se le veían rulos de gomaespuma rosa enredados por todo el pelo ensortijado y llevaba un vestido rosa cruzado que al moverse se le abría, dejando al descubierto un viso sucio.

—Sí, gracias —dijo Agatha, que se arrepentía de haber ido.

La señora Cartwright sirvió dos vasos largos de ginebra que luego tiñó de rosa con angostura. Agatha contempló con nerviosismo su vaso, cuyo borde estaba manchado de carmín.

La señora Cartwright se sentó y cruzó las piernas. Calzaba unas zapatillas rosas sucias. Cuánto rosa, pensó Agatha con inquietud. Parece una especie de Barbara Cartland licenciosa.

—¿Conocía usted bien al señor Cummings-Browne? —preguntó Agatha.

La señora Cartwright se encendió un cigarrillo y la estudió a través del humo.

—Un poco —dijo.

—¿Le gustaba?

—Un poco. En este momento no puedo pensar con mucha claridad.

—¿Por la muerte?

—Por el bingo de Evesham. John, mi marido, no me da dinero porque no quiere que vaya. Los hombres son unos cabrones. He criado a cuatro hijos y, ahora que por fin se han marchado y me apetece un poco de diversión, lo único que hace mi marido es gruñirme. Deme algo de dinero para el bingo y entonces creo que podré recordarlo casi todo.

Agatha rebuscó en su bolso.

—¿Le servirían veinte libras?

—¡Siempre vienen bien!

Agatha le dio el dinero. Entonces oyó que se abría la puerta delantera. La señora Cartwright se metió el billete en el pecho, cogió el vaso de Agatha y el suyo, y corrió a la cocina.

—¿Ella? —llamó una voz masculina.

La puerta se abrió y un hombre fornido de aspecto simiesco entró justo cuando su mujer salía de la cocina.

—¿Quién es? —preguntó señalando a Agatha con el pulgar—. Te tengo dicho que no dejes entrar a testigos de Jehová.

—Ésta es la señora Raisin, vive en Lilac Lane, me está haciendo una visita de buenos vecinos.

—¿Qué quiere? —le espetó a Agatha.

Agatha se levantó. Los grandes ojos oscuros de la señora Cartwright le lanzaron una advertencia.

—Estoy haciendo una colecta para obras de caridad —dijo Agatha.

—Pues entonces, lárguese. No me sobra ni un céntimo. Ella se ha ocupado de eso.

—Siéntate, John, y cállate. Yo acompaño a la señora Raisin a la puerta.

Agatha pasó con nerviosismo al lado de John Cartwright. Su vecina abrió la puerta.

—Venga mañana —le susurró—, a las tres de la tarde.

¿Guardaba aquella mujer algún siniestro secreto, o le acababa de sisar veinte libras sin más? Agatha se alejó pensativa por la calle.

Cuando llegó a casa, la señora Simpson se afanaba en ordenar los dormitorios. Agatha lavó algo de ropa y la llevó al jardín trasero, donde había uno de esos tendederos giratorios. Hacía tiempo que no se sentía tan relajada, tan hogareña incluso, y se puso a colgar la ropa con pinzas. Al moverse hacia la otra punta del tendedero, vio a la señora Barr. Estaba apoyada en la valla de su jardín, mirando con desagrado a Agatha. Ésta acabó de tender, hizo una peineta a la señora Barr y se metió en casa.

—Ha venido el cartero —gritó la señora Simpson desde arriba—, he dejado el correo en la mesa de la cocina.

Agatha se fijó en un sobre marrón liso. Lo rasgó. Era una fotografía grande de la mujer del torreón del Castillo de Warwick. Agatha se estremeció. Aquellos ojos penetrantes, aquel odio, le recordaron a la señora Barr. Había una nota junto con la ampliación: «Gracias por un espléndido fin de semana. Steve.»

Guardó la fotografía en el cajón de la cocina, y después de haberlo cerrado aún sentía que aquellos ojos seguían mirándola fijamente.

Dominada por la necesidad de leer algo de literatura escapista, condujo hasta Moreton-in-Marsh y maldijo al recordar que era día de mercado. Tras dar varias vueltas alrededor del aparcamiento, finalmente se fue un coche y pudo aparcar.

Atravesó el Old Market Place, como se denominaban las nuevas galerías comerciales, cruzó la carretera y caminó entre los atestados puestos hasta la hilera de tiendas del fondo, donde sabía que había una librería de segunda mano. En la trastienda tenían hileras interminables de libros de bolsillo. Compró tres novelas negras —una de Ruth Rendell, otra de Colin Dexter y una de Colin Watson— y volvió al coche. Abrió la de Colin Watson, que la atrapó desde la primera página. Oh, los placeres de la ficción detectivesca. El tiempo pasó volando mientras Agatha seguía leyendo sentada en el aparcamiento. Al final se le ocurrió que era ridículo sentarse a leer en un aparcamiento cuando tenía la comodidad de su propia casa, así que volvió a Carsely y se encontró a Bill Wong delante de la puerta.

—¿Y ahora qué ha pasado? —preguntó Agatha con inquietud.

Bill sonrió.

—Sólo venía a ver cómo le iba.

Al principio, mientras abría la puerta, entraba y recogía la otra llave del suelo de la cocina donde había caído cuando la señora Simpson la había metido a través de la rendija del buzón, se sintió halagada. Sin embargo, luego sintió una punzada de intranquilidad. ¿Y si Bill Wong la estaba vigilando por alguna razón?

—¿Un café? —preguntó.

—Un té me vale. —En la sala de estar, Bill miraba lentamente a su alrededor—. ¿Dónde están todos los trastos?

—No me parecía que fueran mucho con mi estilo —dijo Agatha—, así que los doné a la iglesia para obras de caridad.

—Y si las jarras y los aperos no son su estilo, ¿cuál es entonces?

—No lo sé —murmuró Agatha—. Algo un poco más hogareño.

—La iluminación no está bien —dijo Bill mirando los focos de las vigas—. Los focos ya no se llevan.

—Lo ha dicho como si hablara de acné —le espetó Agatha—. ¿Por qué de pronto todo el mundo es tan quisquilloso con la decoración de interiores?

—Ah, ya, ¿lo dice por sus amigos? Esos que vinieron el fin de semana, el saltarín y el de las botas de *cowboy*.

—¡Me ha estado espiando!

—Yo no. No estaba de servicio y llevé a mi novia a Bourton-on-the-Water. Craso error. Me había olvidado de la muchedumbre de los festivos.

—No me lo imagino con una novia.

—¡Vaya! ¿Por qué?

—No lo sé. Siempre me lo imagino de servicio.

—En cualquier caso —dijo Bill—, espero que no haya decidido convertirse en la Miss Marple de Carsely y siga empeñada en demostrar que el accidente fue un asesinato.

Agatha abrió la boca para contarle lo de la señora Cartwright, pero se lo pensó mejor. La criticaría por entrometerse y diría, seguramente con razón, que la señora Cartwright no tenía nada interesante que contar y que sólo buscaba su dinero.

Así pues, decidió contarle otra cosa.

—Pasó algo muy raro en el Castillo de Warwick. Steve, el chico de las botas de *cowboy*, grabó un vídeo en el que salíamos Roy, el otro chico, y yo, en la parte de arriba de los torreones. Vimos el vídeo por la noche, en el televisor, y allí, en el torreón, había una mujer que me miraba con odio.

—Interesante. Pero es posible que la empujara al subir las escaleras o que le diera un pisotón sin darse cuenta.

—Steve sacó una fotografía del televisor, es bastante clara. Además justo estábamos hablando de la muerte cuando se grabó. ¿Quiere verla?

—Sí, es posible que la conozca.

Agatha sacó la copia y se la pasó. Él la estudió atentamente.

—No la he visto en mi vida —dijo—, pero si le borrara esa mirada desagradable de la cara se parecería a otros cientos de mujeres de los pueblos de los Cotswolds: delgada, con pinta de soltera, cabello ralo, rasgos poco marcados, dentadura postiza...

—¿Cómo sabe que es postiza, Sherlock?

—Se nota por las comisuras hundidas de la boca y por la forma en que se comba la mandíbula. ¿Le importa si me la quedo?

—¿Para qué? —preguntó Agatha.

—Porque podría averiguar de quién se trata y hacerle a usted el favor de descubrir que Doña Solterona, aquí presente, sólo estaba molesta por sus amigos o tal vez porque usted le recordaba a alguien de su pasado al que aborrecía, y así se quedará tranquila.

—Es un detalle por su parte —soltó Agatha con tono hosco—. Me está empezando a desquiciar la vecina de al lado, que me mira mal por encima de la valla del jardín porque le robé la mujer de la limpieza.

—No me preocuparía por ella. Arrebatarle la mujer de la limpieza a alguien es como atracarlo. El problema de las ejecutivas como usted, señora Raisin, es que su cerebro está siempre activo y no le queda espacio para las banalidades. Dentro de unos meses, créame, se tranquilizará y se dedicará a las buenas obras.

—¡Dios me libre! —exclamó Agatha con un estremecimiento.

—¿Por qué? ¿Le habría complacido más que le hubiera dicho que acabaría haciendo barbaridades?

—Esta noche voy a una reunión de la Asociación de Damas de Carsely, en la vicaría —explicó Agatha.

—Eso puede ser divertido —dijo Bill parpadeando—. Y ahora más vale que me vaya. Hoy me toca servicio hasta tarde.

Tras comer en el Red Lion —una salchicha descomunal y patatas fritas regadas generosamente con kétchup—, Agatha se acercó a la vicaría y llamó al timbre. Se oía un murmullo de voces. De repente se puso nerviosa y, sí, se sintió un poco cohibida.

La señora Bloxby abrió la puerta.

—Pase, señora Raisin. Ya han llegado casi todas. —Condujo a Agatha a la sala de estar, donde había unas quince mujeres sentadas, que dejaron de hablar y la miraron con curiosidad—. La presentaré.

Agatha intentaba memorizar los nombres, pero se le olvidaban apenas los pronunciaban. La señora Bloxby le ofreció una taza de té, pastelitos y sándwiches. Agatha se sirvió uno de pepino.

—Bien, si estamos listas —dijo la señora Bloxby—, nuestra presidenta, la señora Mason, dará comienzo. Tiene la palabra, señora Mason.

La susodicha, una mujer corpulenta con un vestido de nailon morado y zapatos blancos grandes como canoas, recorrió la sala con la mirada.

—Como saben, señoras, los ancianos de nuestro pueblo no salen mucho. Desde aquí pido a todas las que dispongan de coche que se impliquen y se presten a llevarlos de excursión cuando puedan. Leeré los nombres de los ancianos, y les ruego que se ofrezcan voluntarias si tienen tiempo libre.

Pareció que no faltaban voluntarias cuando la señora Mason leyó la lista que tenía en la mano. Agatha miró a las mujeres que la rodeaban. Destilaban algo extrañamente anticuado, con tantas ganas de ayudar. Todas eran maduras, salvo una joven delgada y pálida de veintitantos que se sentaba al lado de Agatha.

—Yo no tengo coche —le susurró—. Difícilmente podría llevarlos de paseo en bicicleta.

—Y por último —dijo la señora Mason—, pero no por ello menos importante, quedan por asignar el señor y la señora Boggle, de Culloden.

Siguió un largo silencio. El fuego de la chimenea —detrás de la amplia figura de la señora Mason— crepitaba alegremente, las cucharillas tintineaban en las tazas de té, las mandíbulas masticaban... No se ofreció ninguna voluntaria.

—Vamos, señoras, los Boggle estarán encantados de que los lleven a cualquier sitio. No hace falta que sea muy lejos. Bastaría con acercarlos a Evesham y llevarlos de tiendas.

Agatha sintió que la esposa del vicario la miraba. Su propia voz le sonó extraña cuando se oyó decir:

—Yo los llevaré. ¿Les irá bien el jueves?

¿Se notaba en la sala una sensación de alivio?

—Vaya, gracias, señora Raisin. Es muy amable por su parte. Es posible que todavía no conozca bien el pueblo, pero Culloden está en el número 28 de Moreton Road, en las viviendas de protección oficial. ¿Ponemos las nueve de la mañana del jueves? Ya me ocupo yo de avisar al señor y a la señora Boggle, ¿le parece?

Agatha asintió.

—Muy bien. Estarán encantados, de verdad. Bien, como ya saben, la semana que viene seremos las invitadas de la Asociación de Damas de Mircester, que nos ha prometido muchas emociones. Ahora les pasaré un cuaderno, apunten sus nombres si quieren ir. La compañía Retford Bus nos cede un vehículo todo el día.

El cuaderno pasó de mano en mano. Agatha estuvo dudando, pero finalmente se apuntó. Sería algo que hacer.

—Muy bien —dijo la señora Mason—. El autocar saldrá de aquí delante a las once de la mañana. Estoy convencida de que todas nos habremos despertado a esa hora. —Se oyeron las risas previsibles—. Y ahora nuestra secretaria, la señorita Simms, leerá las actas de la última reunión por si alguna no pudo asistir.

Para sorpresa de Agatha, la chica que se sentaba a su lado se levantó y se plantó ante el grupo. Con voz nasal y monótona, leyó las actas. Agatha reprimió un bostezo. Luego la tesorera leyó un largo informe del dinero recolectado en la última fiesta en beneficio del Instituto de Investigación del Cáncer.

Agatha casi se había quedado dormida cuando oyó su nombre. La señora Bloxby había tomado la palabra después de la tesorera.

—Sí —dijo la esposa del vicario—, cuando nuestra nueva miembro, la señora Raisin, se presentó con cajas y más cajas llenas de cosas destinadas a venderse en obras de caridad, me pareció que debía enseñarles algunos de los objetos. Creo que nos bastan para montar un buen mercadillo.

A Agatha la complacieron los «ooohs» y «aaahs» con que se recibieron las jarras y los aperos bruñidos.

—Creo que yo misma compraré algo —dijo una de las mujeres.

—Me alegro de que compartan mi entusiasmo —añadió la señora Bloxby—. Sugiero que pidamos el salón de la escuela para el diez de junio, que es sábado, y exhibamos todo esto. La semana antes de la venta celebraremos una reunión para poner precios. Eso también nos dará tiempo para encontrar más objetos. Señora Mason, ¿puedo pedirle que se encargue del servicio de té, como siempre?

La señora Mason asintió.

—Señora Raisin, tal vez le gustaría hacerse cargo del puesto principal de venta.

—Se me ocurre algo mejor —dijo Agatha—. Subastaré los objetos. Seré la subastadora. La gente siempre paga más cuando puja contra los demás.

—Qué buena idea. ¿Todas a favor?

Se levantaron todas las manos.

—Espléndido. El dinero será para Save the Children. Tal vez, si tenemos suerte, algún diario local publique algo.

—Ya me encargo de eso también —dijo Agatha, que se sentía cada vez mejor. Por momentos, era como en los viejos tiempos.

Su alegría se atenuó un tanto al acabar la reunión. Mientras las mujeres recogían sus abrigos y bolsos, la señorita Simms le dio un codazo.

—Mejor usted que yo.

—¿Se refiere a la subasta?

—No, a los Boggle. Los viejos más cascarrabias y desagradables de toda la región de Gloucester.

Pero la señora Bloxby, que estaba cerca, oyó el comentario y sonrió directamente a Agatha.

—Es una buena obra sacar de paseo a los Boggle. La anciana señora Boggle está muy mal de la artritis. Significará mucho para ellos.

Agatha se sintió como una niña pillada en falta ante la sencillez y la bondad sin dobleces de la señora Bloxby, y de nuevo se adueñó de ella el deseo de complacerla.

Las demás mujeres le hablaban de esto o aquello a medida que salían, pero ninguna mencionó la quiche.

Con una agradable sensación de pertenencia, Agatha volvió caminando a casa. Lilac Lane estaba empezando a hacer honor a su nombre. Las lilas, cargadas de flores, perfumaban el aire nocturno. Las glicinas colgaban exuberantes de púrpura sobre las puertas de las casas.

Tengo que hacer algo con el jardín, pensó Agatha.

Abrió la puerta y encendió la luz. Había un papel sobre el felpudo, con un mensaje garabateado que la miraba desde abajo: «Deja de fisgoneá, puta chafardera.»

Lo recogió con la punta de los dedos. Lo examinó con consternación. Por primera vez, se dio cuenta de lo silencioso que se quedaba el pueblo por la noche. Estaba rodeada de silencio, un silencio ominoso, lleno de amenazas.

Tiró la nota al cubo de la basura y subió a acostarse, llevándose arriba el atizador metálico, que dejó apoyado a un lado de la cama, donde podía alcanzarlo fácilmente.

Las casas viejas crujen y suspiran al reasentarse para pasar la noche. Agatha permaneció despierta un buen rato, sobresaltándose con cada sonido, hasta que se quedó dormida de golpe, con una mano apoyada en el puño del atizador.

6

A la mañana siguiente, el fuerte viento agitaba los preciosos capullos de las flores de mayo. La luz del sol entraba a raudales por las ventanas. Era un día agitado, de colores brillantes, intensos y luminosos. Sacó el papel de amenaza del cubo de la basura. ¿Y si se la enseñaba a Bill Wong? ¿A qué venía aquello? No había hecho nada que pudiera considerarse ni de lejos una investigación. Pero él le haría un montón de preguntas, y ella podría cometer algún desliz y hablarle de su visita a la señora Cartwright y que ésta le había pedido que volviera.

Alisó la nota y la guardó con los libros de cocina. Más valía que la conservara, por si acaso.

Cuando acabó de desayunar, llamaron a la puerta. Temía que fuera la señora Barr. ¡Que le den! No era más que un espantajo malintencionado que de ningún modo podía amedrentar a una mujer fuerte como ella.

La que estaba en la puerta, sin embargo, era la señora Bloxby, y tras ella, para consternación de Agatha, se encontraba Vera Cummings-Browne.

—¿Podemos pasar? —preguntó la señora Bloxby.

Agatha las llevó a la cocina, preparándose para las lágrimas y recriminaciones. La señora Bloxby rechazó el café que le ofreció.

—La señora Cummings-Browne tiene algo que decirle.

Vera Cummings-Browne parecía hablarle a la mesa en lugar de a Agatha.

—He estado muy afectada y alterada por la muerte de mi esposo, señora Raisin. Pero ahora estoy un poco mejor de ánimo. No la culpo de nada. Fue un accidente, un extraño y desgraciado accidente. —Levantó la mirada—. Mire, siempre he creído que, cuando uno muere, es porque está escrito. Podría haber sido un coche conducido por un borracho que se subió a la acera, o unos escombros caídos a destiempo. El patólogo de la policía cree que Reg podría haber sobrevivido si hubiera estado más fuerte, pero tenía la presión alta y el corazón enfermo. Así son las cosas, amén.

—No sabe cómo lo siento —dijo Agatha en voz baja—. Es muy generosa por su parte al venir a verme.

—Era mi deber cristiano —respondió la señora Cummings-Browne.

Debajo de esa máscara, con la que esperaba transmitir pena, comprensión y preocupación, la mente de Agatha corría a toda velocidad: «¿Amén? ¿Deber cristiano?» Todo parecía demasiado ensayado. Pero entonces la señora Cummings-Browne ocultó la cara entre las manos y rompió a llorar, jadeando entre los sollozos.

—Oh, Reg, te echo tanto de menos. ¡Oh, Reg!

La señora Bloxby se llevó a la desconsolada señora Cummings-Browne. No, pensó Agatha, la mujer estaba realmente afectada. La había perdonado. Lo único que tenía que hacer era seguir con su vida y olvidarlo todo.

Entonces se puso a telefonear a los directores de periódicos locales para que dieran publicidad a la subasta. Los directores estaban acostumbrados a que las damas de la parroquia los abordaran con timidez y tono suplicante. Nunca se habían enfrentado a nadie como Agatha Raisin al otro lado del teléfono. Intimidante y zalamera a partes iguales, escuchándola cualquiera diría que se iban a subastar las joyas de la Corona. Todos se comprometieron a mandar periodistas, conscientes de que tendrían que cumplir su palabra, porque Agatha les amenazó con llamarles de nuevo la mañana en cuestión para comprobar si habían enviado a alguien.

El resto de la mañana transcurrió sin novedades. Por la tarde, tras comerse un trozo de pastel de riñones y bistec de Farmer Giles («apto para microondas»), Agatha se encaminó a casa de los Cartwright.

La señora Cartwright le abrió la puerta; llevaba el pelo recogido hacia atrás con unos rulos de color rosa y vestía una bata igual de rosa.

—Pase —dijo—, ¿una copa?

Agatha asintió. Ginebra rosa otra vez. ¿Dónde habría aprendido la señora Cartwright esto de la ginebra rosa?, se preguntó. Le pegaba más la sidra de peras con brandi, la cerveza con lima o el ron con Coca-Cola.

—¿Qué tal el bingo? —preguntó Agatha.

—No gané ni un céntimo —dijo la señora Cartwright con amargura—. Pero ésta es mi noche de suerte. Por la mañana he visto dos urracas en el jardín.

Desde que las urracas eran una especie protegida, esos malditos bichos blancos y negros estaban por todas partes. En realidad lo sorprendente habría sido que la señora Cartwright no hubiera visto ninguna urraca, pensó Agatha.

—Quería que me hablara del señor Cummings-Browne —dijo Agatha.

—¿De qué exactamente?

La señora Cartwright entornó los ojos para protegerlos del humo del cigarrillo que sostenía entre sus morenos dedos.

Desde el salón donde estaban sentadas, Agatha veía la cocina, sucia y desordenada, estaba claro que no era la de una esmerada cocinera.

—Bueno, como usted ganaba el premio un año tras otro, creí que debía de conocerlo bien —dijo.

—Tanto como a cualquiera del pueblo —repuso la señora Cartwright, y dio un trago a su ginebra.

—¿Cocina mucho?

—No. Antes sí. De vez en cuando le preparo algo a la señora Bloxby. Menuda es ella, no sé decirle que no. Venga a la cocina y se lo enseño.

En el fregadero se apilaban un montón de vasos sucios. Una rubia apenas cubierta con una leve gasa y unas sandalias nos miraba de forma lasciva desde el roñoso calendario de la pared.

Sin embargo, en un rincón limpio de la mesa de la cocina, al lado de una botella medio vacía de leche y una porción de mantequilla manchada de mermelada, había una bandeja de delicadas magdalenas. Parecían exquisitas. No cabía duda de que la señora Cartwright sabía de repostería.

—Así que preparaba una quiche y me sacaba diez libras —dijo la mujer—. Una tonta pérdida de tiempo, si quiere que le diga la verdad. A mi marido no le gusta la quiche. Solía prepararlas para los Harvey, que las vendían en la tienda por mí. No iba mal. Pero últimamente me cuesta encontrar tiempo —dijo, y volvió a la sala de estar tambaleándose sobre sus babuchas rosas de tacón.

Agatha decidió que había llegado el momento de ir al grano.

—Ayer le pagué veinte libras a cambio de información —dijo sin rodeos—, una información que todavía no he recibido.

—Me las gasté.

—Sí, pero no es asunto mío ni cómo ni en qué se las gastó —le espetó Agatha.

La señora Cartwright se llevó un dedo a la frente.

—¿Qué era lo que quería decirle? Maldita sea, mi pobre memoria flaquea.

Los ojos le brillaron de un modo enigmático cuando Agatha rebuscó en su voluminoso bolso. Agatha sostuvo en alto un billete de veinte.

—No, todavía no —dijo cuando la señora Cartwright extendió la mano hacia el billete—. Primero la información. ¿Va a volver pronto su marido?

—No, está en la granja de Martin. Trabaja allí.

—Bien, ¿qué tiene que contarme?

—Me sorprendió —dijo la señora Cartwright— enterarme de la muerte del señor Cummings-Browne.

—Nos sorprendió a todos, ¿no? —comentó Agatha con tono sarcástico.

—Me refiero a que pensaba que sería él quien la mataría a ella.

—Vaya, ¿por qué?

—Él hablaba conmigo. La gente siempre me cuenta sus problemas. Es porque soy una mujer muy maternal. —La señora Cartwright bostezó, se metió la mano debajo de la bata y se rascó uno de sus abundantes pechos. Un olor a sudor rancio llegó a la nariz de Agatha, que pensó, sin que viniera a cuento, que era muy raro conocer a una mujer verdaderamente sucia en estos tiempos tan higiénicos—. Reg no soportaba a Vera. No, no la aguantaba. Ella administraba el dinero. Reg me contó que lo hacía pasar por el aro; tenía que sentarse con las patitas levantadas y suplicar, sólo para conseguir unas libras con que pagarse las copas. Él sólo tenía el dinero de su pensión, y no le daba para mucho. Me decía: «Un día voy a retorcerle el pescuezo a esa mujer y a librarme de ella para siempre.»

Agatha parecía desconcertada.

—¡Pero el que murió fue él, no ella!

—Tal vez se le adelantara. Ella lo odiaba.

—Pero yo cené con los dos y me parecieron una pareja que se quería; es más, se parecían mucho los dos.

—Qué va, una podía echarse unas risas con Reg, pero Doña Pija siempre me miraba por encima del hombro. Esto no ha sido un accidente. Es un asesinato.

—Pero ¿cómo iba a hacerlo? Quiero decir... era mi quiche.

—No lo sé, pero lo siento aquí —afirmó la señora Cartwright golpeándose el pecho, y otra vaharada de sudor llegó hasta la nariz de Agatha.

—La señora Cummings-Browne ha venido a verme esta mañana —dijo con seguridad— y me ha perdonado. Pero estaba destrozada por la muerte de su marido, y parecía muy real.

—Actúa en el Club de Teatro de Carsely —dijo la señora Cartwright con cinismo—, y lo hace muy bien. Sí, es toda una actriz.

—No —dijo Agatha testaruda—. Yo sé cuando alguien es sincero, y usted no lo está siendo conmigo, señora Cartwright.

—Le he contado lo que sé.

La señora Cartwright miraba fijamente el billete de veinte libras que Agatha todavía sostenía en la mano.

La puerta rota de fuera crujió, y Agatha se sobresaltó. No le apetecía nada otra confrontación con John Cartwright. Arrojó el billete a su interlocutora.

—Mire —le dijo—, ya sabe dónde encontrarme. Si me quiere contar algo más, hágamelo saber.

—Sin duda, lo haré —contestó la señora Cartwright, que parecía feliz ahora que tenía el dinero en su poder.

Agatha ya estaba marchándose, rodeando la puerta rota del jardín, cuando vio que John Cartwright se acercaba con pesadez por la calle. Se dio prisa, pero él ya la había visto. La alcanzó y, con brusquedad, la agarró del brazo y la obligó a darse la vuelta.

—Ha andado entrometiéndose en lo de los Cummings-Browne —le espetó—. Ella me lo ha contado. Se lo advierto por última vez: si vuelve a hablar con ella, le rompo el cuello. Ese imbécil de Cummings-Browne se lo estaba buscando, y lo mismo le pasará a usted.

Agatha se soltó y se alejó a toda prisa. Le ardía la cara. Fue directamente a casa y metió el anónimo en un sobre con una carta dirigida al detective Wong, a la comisaría de Mircester. Estaba convencida de que John Cartwright había escrito la nota.

Cuando volvía de mandar la carta, vio a una pareja que llegaba a New Delhi, la casa de la señora Barr. Se volvieron y la miraron. Le resultaron vagamente familiares. Con esfuerzo, Agatha consiguió recordar que se encontraban entre los clientes del Horse and Groom la noche que había estado hablando del «asesinato» con Roy y Steve.

Entró en casa y se quedó plantada en medio de la sala de estar mirando a su alrededor. Nunca había amueblado nada en toda su vida; había vivido en habitaciones amuebladas hasta que ganó dinero de verdad, y entonces había alquilado un piso amueblado hasta que pudo comprarse uno, que también estaba amueblado.

Entornó los ojos e intentó visualizar lo que le gustaría, pero no se le ocurrió ninguna idea, salvo que no le hacía gracia el tresillo. Quería algo más del estilo de la sala de estar de la vicaría. Bueno, podía comprar antigüedades, y ésa era una razón tan buena como cualquier otra para pasar el resto del día fuera de Carsely.

Fue en coche hasta Cheltenham y nada más llegar se perdió en la irritante y confusa maraña de calles de un solo sentido del pueblo. Cuando volvió a orientarse, abordó a un transeúnte y le preguntó dónde podía comprar muebles antiguos. Las indicaciones la llevaron a otro entramado de calles por detrás de Montpelier Terrace. Condujo hasta allí y sólo encontró sitio para dejar el coche en un aparcamiento privado delante de una casa. Su primer gran hallazgo fue un viejo cine reconvertido en almacén de muebles. Allí compró un sillón orejero de suave cuero verde y respaldo alto y un sofá Chesterfield con cojines de yute de un verde apagado. Luego, haciendo más feliz aún si cabe al vendedor, que había temido que aquel día fuera flojo, también compró una butaca victoriana de madera de frutal tras recorrer apreciativamente el tallado con los dedos. Pagó por todo y dijo que pasaría a recogerlo a partir del diez de junio. Agatha planeaba asombrar a los del pueblo añadiendo los muebles del salón a la subasta. Cuando salía, le llamaron la atención dos elegantes lámparas, y también las compró. Se acordó de que, cuando iba a la escuela, se había jurado que al cobrar su primera nómina iría a una tienda de chucherías y se compraría todo el chocolate que quisiera. Pero, cuando por fin cobró, sus deseos se dirigieron hacia un par de zapatos morados de tacón alto y lazos. Le gustaba tener el dinero suficiente para comprarse lo que le apetecía.

Entonces, antes de irse de Cheltenham, fue a Marks and Spencer y compró unos langostinos enormes con mantequilla de ajo y un paquete de lasaña, cosas que podía preparar en el microondas. Seguiría sin cocinar, pero aquello suponía una mejora con respecto a lo que encontraba en la tienda del pueblo.

Más tarde, tras una buena comida, se acomodó para leer una novela de detectives, y de forma distraída se preguntó si debía llevarse el televisor al dormitorio. En la sala de estar de la vicaría no había rastro de televisor.

Cuando se disponía a acostarse se acordó de los Boggle con desazón. Con un poco de suerte, no esperarían que se pasase el día entero llevándolos por ahí en coche.

Por la mañana se presentó en su casa. ¿Por qué se llamaba Culloden? ¿Eran escoceses? Pero el señor Boggle, un hombre arrugado, pequeño y ágil, tenía acento de Gloucestershire, y su esposa, una vieja gruñona y desagradable, era sin duda galesa.

Agatha esperaba que alguno de los dos dijera que era muy amable por llevarlos de paseo, o que mostrara algún signo de gratitud, pero los dos se subieron a la parte de atrás del coche sin más y el señor Boggle dijo:

—Vamos a Bath.

¡Bath! Agatha había esperado algún sitio más cercano, como Evesham.

—Está un poco lejos —se quejó.

La señora Boggle le clavó un índice huesudo en el hombro.

—Usted dijo que nos llevaba por ahí, así que llévenos.

Agatha cogió el mapa de carreteras. Lo más fácil sería coger la Fosse Way, la antigua calzada romana que recorre Inglaterra en diagonal, hasta Cirencester y de allí seguir hasta Bath.

Suspiró. Hacía un día espléndido. El verano estaba llegando a Inglaterra. El intenso aroma de las flores de espino blanco inundaba la sinuosa carretera que salía de Carsely. A cada lado de la Fosse Way —no cabía duda de que había sido una vía romana, ya que asciende recta como una flecha las empinadas colinas y las desciende igual de recta por la otra ladera—, se extendían campos de colza de un amarillo brillante, un amarillo Van Gogh que parecía hasta demasiado vulgar entre los colores más suaves de la campiña inglesa. Las flores blancas de la zanahoria espumeaban a lo largo de la cuneta. Los pasajeros, atrás, no hacían ningún ruido. Agatha empezó a animarse. A lo mejor sus ancianos pasajeros se daban por satisfechos con pasear por su cuenta en Bath.

Pero en Bath empezaron los verdaderos problemas de Agatha. Los Boggle dejaron bien claro que no tenían la menor intención de ir caminando desde ningún aparcamiento hasta la Pump Room —el edificio levantado en el siglo XVIII sobre las termas romanas—, donde, al parecer, pretendían «tomar las aguas». Era deber de Agatha conducirlos hasta allí y luego ir a aparcar sola. Le costó moverse por el entramado de calles de un solo sentido, congestionadas de tráfico, intentando no prestar atención a los comentarios del señor Boggle, del tipo «No es usted muy buena conductora, ¿verdad?».

—¿Y bien? —preguntó la señora Boggle cuando llegaron a la entrada con columnas de la Pump Room—, ¿es que no va a ayudar a bajar a una anciana?

La señora Boggle era pequeña y gruesa, llevaba un abrigo de tweed y una larga bufanda que parecía haberse enredado de manera inextricable con el cinturón de seguridad. Despedía un fuerte olor a perfume barato.

—Deje de empujarme. Me está haciendo daño —se quejó mientras Agatha intentaba liberarla del tormento.

Su marido apartó a Agatha con el codo, sacó un par de tijeras de uñas y cortó la bufanda.

—Mira lo que has hecho —gimoteó la mujer.

—Deja de lloriquear, mujer —dijo el señor Boggle y señaló con el pulgar a Agatha—. Ella te comprará otra.

¡Y un jamón!, pensó Agatha cuando por fin aparcó cerca de la estación de autobús. Se tomó la vuelta a la Pump Room con mucha calma; es más, tardó una hora entera en regresar. Encontró a los Boggle en la tetería junto a una cafetera vacía y dos platos cubiertos de migas de pastel.

—Así que por fin se ha decidido a aparecer —dijo el señor Boggle al tiempo que le pasaba la cuenta—. Menuda es usted.

—El problema es que nadie se preocupa por los ancianos en estos tiempos. Lo único que quiere la gente es discotecas y drogas —dijo la señora Boggle.

Los dos miraban a Agatha con rabia.

—¿Han tomado ya las aguas? —preguntó Agatha.

—Vamos a hacerlo ahora —contestó la señora Boggle—. Ayúdeme a levantarme.

Agatha se puso de pie, mareándose un poco por las vaharadas de perfume barato y el olor a viejo. Los Boggle bebieron sendas tazas de agua sulfurosa.

—¿Quieren ver los baños romanos? —preguntó Agatha, recordando a la señora Bloxby y resuelta a caer bien—. Yo no los he visto nunca.

—Pues nosotros los hemos visto infinidad de veces —se quejó la señora Boggle—. Queremos ir a Polly Perkin's Pantry.

—¿Qué es eso?

—El sitio donde vamos a comer.

Los Boggle pertenecían a una generación que todavía comía al mediodía.

—Son sólo las doce menos diez —comentó Agatha—, y acaban de tomar café y pastas.

—Pero tiene que ir usted a por el coche —dijo el señor Boggle—. El restaurante está en Monmouth Road. ¿No esperará que vayamos a pie hasta allí? Sería muy desconsiderado.

La idea de darse un breve respiro de los Boggle mientras iba a buscar el coche animó a Agatha a acatar sus órdenes con sumisión. De nuevo se tomó su tiempo y cuando volvió a recogerlos era la una del mediodía; ignoró sus lamentos y las quejas de que las articulaciones de la señora Boggle se estaban agarrotando de tanto esperar.

Nadie podía acusar a Agatha Raisin de tener un paladar delicado o refinado, pero sí tenía buen ojo para detectar los timos, y en cuanto se sentó con aquella horrible pareja en Polly Perkin's Pantry se preguntó si serían almas gemelas de los Cummings-Browne. Camareras vestidas con corpiños de encaje y cofias corrían arriba y abajo sin parar, evitando hacer caso a la gente que esperaba a que la sirvieran.

El menú era caro y estaba redactado con una prosa cursi que desquiciaba a Agatha. Los Boggle querían de primero buñuelos de bacalao Beau Nash («crepitantes y dorados, en un lecho de lechuga fresca y crujiente») seguidos de escalope de ternera Beau Brummell («tierna y jugosa, con una salsa de vino blanco y chisporroteantes varitas de berenjena, zanahorias tiernas y suculentos guisantes»).

—Y una botella de champán —añadió el señor Boggle.

—¿Tengo pinta de banco? —se quejó irritada Agatha.

—El champán es bueno para mi artritis —dijo con voz trémula la señora Boggle—. Pocas veces nos invitan, pero si va a ponerse usted a contar hasta el último penique...

Agatha se rindió. Que cojan una buena y así a lo mejor se pasan dormidos el trayecto de vuelta a casa.

Las camareras se habían congregado en un rincón, junto a la caja registradora, donde charlaban y se reían. Agatha se levantó y se acercó a ellas.

—No tengo intención de esperar a que me sirvan. Muévanse —les espetó—. Quiero un servicio amable, alegre y rápido, y lo quiero ahora. Y no me miren con esa cara de bobas e insolentes. ¡Muévanse!

Una camarera la siguió malhumorada hasta la mesa y anotó el pedido. El champán estaba caliente cuando llegó. Agatha estalló. Se levantó y miró con ferocidad las caras inglesas, tímidas y pálidas, de los demás clientes.

—¡¿Por qué se quedan ahí sentados aguantando este servicio lamentable?! —gritó—. Están pagándolo, maldita sea.

—Tiene razón —dijo un hombrecito de aspecto dócil—. Llevo aquí media hora y nadie se ha acercado a la mesa.

Exclamaciones de ira y frustración se elevaron entre el resto de la clientela. Alguien fue a avisar a toda prisa al encargado, que bajó de alguna oficina de la planta de arriba. Apareció, como por arte de magia, un cubo con hielo.

—Corre por cuenta de la casa —murmuró el encargado inclinándose sobre Agatha.

Las camareras —esta vez sirviendo a los clientes— volaban de acá para allá agitando sus largas faldas, con los pechos moviéndose indignados bajo los corpiños de encaje y las cofias asintiendo a cada paso.

—Van a llegar agotadas a casa —dijo Agatha con una sonrisa—. No se habían movido tanto en toda su vida.

La señora Boggle lanceó un buñuelo de bacalao y se lo metió en la boca de una pieza.

—Nunca habíamos tenido problemas —dijo escupiendo migas de bacalao—. ¿Verdad que no, Benjamin?

—No, la gente nos respetaba —dijo el señor Boggle.

Agatha abrió la boca con la intención de fulminar a aquella pareja espantosa cuando el señor Boggle añadió:

—¿Era usted una de sus queridas?

Ella lo miró desconcertada.

—¿De quién?

—De Reg Cummings-Browne, ese tipo al que envenenó.

—Yo no lo envenené —rugió Agatha, aunque bajó la voz al ver que los demás comensales la miraban—. Fue un accidente. ¿Y qué demonios le hace pensar que tenía un lío con Cummings-Browne?

—La han visto en la casa de Ella Cartwright. Tal para cual, es lo que digo siempre.

—¿Está diciendo que la señora Cartwright estaba liada con Cummings-Browne?

—Claro. Lo sabía todo el mundo, salvo su marido.

—¿Y desde cuándo?

—No lo sé. Debió de dejarla, creo, porque él tenía otra historia en Ancombe, o eso me han dicho.

—De modo que Cummings-Browne era un mujeriego —dijo Agatha.

Animado por el champán, el señor Boggle se rió tontamente.

—Se había revolcado con la mitad del condado, si quiere saberlo.

La mente de Agatha se disparó. Rememoró la cena con los Cummings-Browne. Recordó que se había mencionado el nombre de la señora Cartwright y el repentino silencio que se hizo entre los dos. Y luego a todas aquellas mujeres llorosas en las diligencias judiciales.

—Claro que —dijo la señora Boggle de repente— todos sabíamos que, en cualquier caso, era usted la destinataria del veneno.

—¿Y por qué iban a querer envenenarme? —preguntó Agatha.

—Fíjese en lo que le hizo a la señora Barr. Le robó a la señora Simpson con promesas de oro. Oí a la señora Barr contarlo en Harvey's.

—No me venga con que la señora Barr intentó envenenarme porque le arrebaté a la mujer de la limpieza.

—¿Y por qué no? Creo que ella tiene sus razones. Dice que usted rebaja la categoría del pueblo.

—¿Suelen ser tan maleducados con la gente que dedica un día de su tiempo a sacarlos de excursión? —preguntó Agatha.

—Yo digo las cosas como son —contestó con orgullo la señora Boggle.

Agatha estaba a punto de replicarle de mala manera cuando recordó que ella había dicho exactamente lo mismo en varias ocasiones. Así que, cuando terminaron el plato principal, lo que dijo fue:

—¿Van a querer algo de postre?

Menuda pregunta. Claro que querían postre. Pastel príncipe regente con helado y caramelo («diabólicamente bueno»).

Los pensamientos de Agatha volvieron a centrarse en la muerte de Cummings-Browne. El caballero había actuado como juez de concursos en otros pueblos. Siempre tenía sus favoritas. ¿Eran también sus amantes? ¿Y qué decir de la animadversión de la señora Barr? ¿Se debía sólo a la señora Simpson? ¿O la señora Barr participaba también en los concursos de cocina, arreglos de flores y mermeladas del pueblo?

—No quiero café —dijo la señora Boggle—, me baja directo al vientre.

Agatha pagó y, con champán a cuenta de la casa o sin él, no dejó propina.

—Si me esperan aquí, iré a buscar el coche.

Faltaba poco para librarse de esa encantadora pareja. Agatha se sentía bastante animada cuando volvió con el vehículo. Sin embargo, cuando se disponía a salir de Bath, la señora Boggle le pinchó en el hombro.

—¡Eh! ¿Adónde va?

—A casa —respondió Agatha con parquedad.

—Queremos escuchar a la banda que toca en los Parade Gardens —dijo el señor Boggle—, ¿qué es un día de excursión sin la música de la banda?

Sólo la imagen de la cara amable de la señora Bloxby hizo que Agatha diera la vuelta. Dejó a la pareja en los jardines mientras, cansada y aburrida, iba a aparcar de nuevo, esta vez muy lejos, y regresaba luego a pie. Tuvo que buscar tumbonas para los Boggle.

Hacía sol y la banda tocaba sin parar; parecían disponer de un repertorio interminable. Luego quisieron ir a tomar el té a la Pump Room. ¿Siempre comían tanto?, se preguntó Agatha. ¿No estarían almacenando comida en las entrañas para una larga hibernación antes de la siguiente excursión?

Por fin le permitieron que los llevara de vuelta a casa. Todo iba bien hasta que llegaron a la Fosse Way y, una vez más, el huesudo dedo le dio un pinchazo en la espalda.

—Tengo que hacer pis —dijo la señora Boggle.

—¿No puede aguantar hasta que lleguemos a Bourton-on-the-Water o Stow? —le preguntó Agatha por encima del hombro—. Allí seguro que hay lavabos públicos.

—Tengo que ir ahora.

Agatha paró a un lado de la carretera, dejando el coche en el arcén.

—Ayúdela —dijo el señor Boggle.

Tuvo que llevar a la señora Boggle al campo y dejarla detrás de unos arbustos. La señora Boggle sacó papel higiénico de su bolso. Le tocó ayudarla a bajarse las bragas, unas bragas grandes de algodón rosa con un elástico hasta la rodilla.

A Agatha todo aquello le revolvía el estómago, y empezaba a notar las náuseas cuando finalmente condujo a su anciana de vuelta al coche. Prefería arder en el infierno, pensó para sí, antes de repetir un día como ése.

Se sentía sin fuerzas y con ganas de llorar cuando llegó delante de Culloden.

—¿Por qué se llama Culloden? —preguntó.

—Cuando compramos la casa de protección oficial —dijo el señor Boggle—, fuimos a un almacén donde vendían placas para casas. Yo quería Rose Cottage, pero ella prefirió Culloden.

Agatha se bajó y dejó a la señora Boggle en la acera al lado de su marido. Luego se subió de un salto al coche, se puso al volante y arrancó con un frenético crujido de las marchas.

El detective Wong esperaba en el umbral de la puerta de Agatha.

—¿Ha salido a divertirse? —le preguntó cuando ésta le hizo entrar.

—He pasado un día espantoso —dijo Agatha—, y no me apetece hablar de ello. ¿Qué le trae por aquí?

Wong se sentó a la mesa de la cocina y desplegó la nota anónima.

—¿Tiene la menor idea de quién la mandó?

Agatha enchufó el hervidor eléctrico.

—He pensado que podría ser John Cartwright. Me ha amenazado.

—¿Y por qué va a amenazarla John Cartwright?

Agatha se mostró evasiva.

—Fui a visitar a su mujer. No pareció que mi presencia le hiciera mucha gracia.

—Y estuvo usted haciendo preguntas —añadió entonces Bill.

—Bueno, ¿sabe que Cummings-Browne tenía un lío con Ella Cartwright?

—Sí.

Los ojos de Agatha centellearon.

—Bueno, hay un motivo...

—Esos intentos desesperados de demostrar que fue un asesinato van a meterla en líos. A nadie le gusta que fisgoneen en su vida privada. Pero esta nota me interesa. No tiene huellas dactilares.

—Todo el mundo sabe lo de las huellas dactilares —se mofó Agatha.

—Y todo el mundo sabe también que, si no tienes antecedentes, la policía no puede encontrarte mediante las huellas. La policía no va a tomar las huellas dactilares de un pueblo entero sólo por un anónimo desagradable. Por eso creo que la escribió alguien que pretende hacerse pasar por un inculto.

—¿Qué le hace pensar eso?

—Es posible que alguien diga «fisgoneá», pero no escribiría la tilde. Aparte de los Cartwright, ¿a quién ha estado preguntando?

—A nadie —dijo Agatha—. Pero estuve hablando del asesinato en el Horse and Groom con mis amigos, y dos amigos de la vecina de al lado estaban allí.

—No fue un asesinato —insistió él con paciencia—, fue un accidente. Me quedaré esta nota. No he encontrado a nadie que reconozca a la mujer de la fotografía. Me he pasado por aquí para hacerle una advertencia: no se entrometa en las vidas ajenas o pronto nos encontraremos con un asesinato de verdad, ¡y usted será el cadáver!

7

La figura de Agatha, aunque fornida, había acumulado poca grasa hasta el momento. Sin embargo, cuando esa mañana intentó abrocharse la falda se dio cuenta de que había ganado más de dos centímetros de cintura. En Londres caminaba mucho, porque andando se va más rápido que en autobús, que avanzan a paso de tortuga entre el tráfico. Pero, desde que se había mudado a Carsely, había utilizado el coche para ir a todas partes, menos para las distancias cortas dentro del propio pueblo. ¡Carsely no iba a conseguir que Agatha Raisin se descuidara!

Fue en coche a una tienda de bicicletas de Evesham y se compró una plegable y ligera, de las que cabían en el maletero. No quería pedalear cerca del pueblo hasta que le hubiera cogido de nuevo el tranquillo. Llevaba sin montar en bici desde los seis años.

Aparcó en la carretera junto a uno de los senderos campestres, sacó la pequeña bicicleta y la empujó hasta el inicio del camino. Se montó y se tambaleó con inseguridad y nerviosismo, subió una pequeña pendiente, y luego, con sensación de euforia, bajó por la ladera de la colina cruzando un bonito bosque salpicado por la luz del sol. Al cabo de unos kilómetros, se dio cuenta de que se estaba acercando al pueblo y, refunfuñando, dio la vuelta. Sus piernas, aunque torneadas y bastante fuertes gracias a las caminatas por Londres, no estaban preparadas para remontar en bici toda la colina, así que se bajó y siguió empujándola. Las nubes cubrieron el sol muy deprisa y rompió a llover, una lluvia fina, delicada, que calaba.

En Londres, podría haber entrado en un bar o en un café y esperar a que dejara de llover, pero ahí no había nada salvo campos y bosques, y un goteo continuo de agua desde los árboles sobre su cabeza.

Por suerte, llegó al coche y guardó la bicicleta. Estaba arrancando cuando un coche pasó por delante de ella. Lo miró sorprendida. Sin duda era el vehículo marrón y oxidado que había visto hacía poco atrapado en el jardín delantero de los Cartwright. Llevada por un impulso, dio la vuelta y se puso a seguirlo. Su presa serpenteó por caminos estrechos hacia Ancombe. Agatha intentaba que no la viera, pero no había más vehículos en la carretera. Advirtió que era la señora Cartwright la que conducía el coche herrumbroso.

Al aproximarse a Ancombe, reparó en los grandes rótulos y flechas que indicaban FERIA ANUAL DE ANCOMBE. Parecía que la señora Cartwright se encaminaba hacia allí. Ya había más coches, y Agatha dejó que un mini se interpusiera entre ella y la perseguida, que minutos después aparcó en un enorme descampado. Agatha, sin hacer caso al brazo que agitaba un guarda, dejó el coche en una zona un poco alejada. De forma tan repentina como había empezado, la lluvia cesó y salió el sol. Empapada y arrugada, Agatha se apeó. No había rastro de la señora Cartwright. Al pasar junto a su coche, un viejo Vauxhall, vio que estaba vacío.

Agatha se encaminó hacia la feria, pagó los diez peniques de la entrada y otros diez por un programa.

Lo hojeó hasta que dio con el plano y la carpa del «Concurso de comida casera», que se hallaba en el centro.

Cuando estaba a punto de entrar en la carpa, Agatha se topó de bruces con la señora Cartwright.

—¿Qué está haciendo aquí? —preguntó la señora Cartwright con suspicacia.

—¿Cómo ha conseguido sacar el coche del jardín? —preguntó Agatha.

—Tiro la valla, salgo y vuelvo a levantarla. Llevo años haciéndolo así, pero ¿se cree que mi John la arregla? Qué va. ¿Qué hace usted aquí?

—Me enteré de que había una feria —dijo Agatha sin entrar en detalles—. ¿Presenta algo?

—Quiche —respondió lacónica la señora Cartwright y luego sonrió—. Quiche de espinacas. Aquí dan mejores premios que en Carsely.

—¿Cree que ganará?

—Seguro. En realidad, no tengo competencia.

—¿También aquí hacía de juez de los platos caseros el señor Cummings-Browne?

—No. Aquí hacía de juez de perros. Las mejores razas y todo ese rollo. Escuche... —La señora Cartwright miró furtivamente a su alrededor—. ¿Quiere algo de información?

—Hasta ahora le he pagado cuarenta libras y a cambio no me ha contado nada que las valga —le espetó Agatha—. Y puede decirle a ese marido suyo que deje de amenazarme.

—Siempre va amenazando a todo el mundo y cree que usted es una bruja entrometida. Aun así, si no quiere saber lo que pasó en Ancombe... —dijo y empezó a alejarse.

—Espere un momento —dijo Agatha—, ¿qué puede contarme?

Los ojos oscuros de la señora Cartwright se posaron con avaricia en el bolso de Agatha. Ésta lo abrió y sacó el monedero.

—Diez, si me parece que la información los vale.

La señora Cartwright se inclinó hacia delante.

—El concurso de perros siempre lo ganaba un terrier escocés.

—¿Y?

—Y su dueña es Barbara James, de Combe Farm. Estuvo en las diligencias, llorando a moco tendido.

—¿Me está diciendo que...?

—Nuestro Reg tenía que probar el material antes de conceder el premio a alguien un año sí y el otro también.

Agatha le entregó las diez libras. Examinó el programa. El concurso de perros estaba a punto de empezar en una plaza junto a la carpa. Cuando apartó la vista del programa, la señora Cartwright había desaparecido.

Agatha se sentó en un banco delante de la plaza acordonada. Abrió de nuevo el programa. La jueza en la categoría de Mejor Raza sería una tal lady Waverton. Miró. Una mujer corpulenta, con traje de tweed y gorro de cazador, sentada en un bastón taburete, con su inmenso trasero rebosando por todos lados, examinaba los perros que desfilaban ante ella. Una mujer de rostro lozano, de unos treinta y cinco años, con pelo castaño rizado y las mejillas rosadas paseaba un terrier escocés por delante de lady Waverton. Ésa debe de ser Barbara James, pensó Agatha.

Todo resultaba tan aburrido que a Agatha se le nublaba la vista. Pero qué nerviosos y suplicantes parecían todos los concursantes, como padres en una entrega de premios. Lady Waverton anotó algo en un trozo de papel, y un recadero corrió al estrado, donde había un hombre sentado en una silla que sostenía un micrófono.

—Atención, por favor —dijo—. Los premios a la Mejor Raza son los siguientes: tercero, el señor J. G. Feathers, por su Sealyham terrier, *Pride of Moreton*; segundo, para la señora Comley, por su otterhound, *Jamesy Bright Eyes*; y el primero es para...

Barbara James levantó su terrier escocés, lo acunó y miró con expectación hacia los dos fotógrafos de los periódicos locales.

—El primer premio es para la señorita Sally Gentle por su caniche, *Bubbles Daventry of the Fosse*.

La señorita Sally Gentle se parecía mucho a su perro, con aquel pelo blanco rizado peinado con lazos. Barbara James abandonó la plaza a grandes zancadas, con la cara ensombrecida por la rabia.

Agatha se levantó y la siguió. Barbara fue directamente a la carpa de la cerveza. Agatha se quedó al fondo hasta que la decepcionada concursante se hubo agenciado una pinta. Agatha aborrecía la cerveza, pero, con el mejor de los ánimos, pidió media y se sentó al lado de Barbara en una de las mesas desvencijadas que estaban esparcidas por la carpa.

Agatha fingió sorpresa.

—¡Vaya, si es la señorita James! —exclamó y dio una palmada al terrier escocés, que le mordisqueó la mano—. Juguetón, ¿verdad? —añadió, lanzando una mirada de aversión al perro—. Qué bonita cabeza. Estaba convencida de que ganaría.

—Es la primera vez en seis años que no gano —dijo Barbara con gesto malhumorado. Extendió las piernas, enfundadas en unos pantalones de montar, y se miró las punteras de las botas.

Agatha soltó un suspiro.

—Pobre señor Cummings-Browne.

—Reg sabía reconocer un buen perro cuando lo veía —dijo Barbara—. Anda, ve, *Walkies*. —Dejó en el suelo al perro, que se acercó a la entrada de la carpa y levantó la pata junto al cubo de basura—. ¿Conocía a Reg?

—Sólo un poco —contestó Agatha—. Cené con los Cummings-Browne poco antes de que muriera.

—No tendría que haber pasado —dijo Barbara—. Ése es el problema de estos pueblos de los Cotswolds. Vienen demasiados urbanitas a establecerse aquí. ¿Sabe cómo murió? Una zorra llamada Raisin compró una quiche e intentó colarla en el concurso como si la hubiera preparado ella.

Agatha abrió la boca dispuesta a reconocer que ella era la tal señora Raisin cuando empezó a llover de nuevo, de golpe, como si hubieran abierto un grifo. Había una larga caminata hasta donde había aparcado el coche. Un viento frío entró en la carpa.

—Qué espanto —dijo Agatha en voz baja—, ¿y usted conocía bien al señor Cummings-Browne?

—Éramos muy buenos amigos. Siempre tenía ganas de echarse unas risas, el bueno de Reg.

—¿Ha presentado algo al concurso de platos caseros? —preguntó Agatha.

Los ojos azules de Barbara se tornaron suspicaces.

—¿Y por qué iba a hacerlo?

—La mayoría de las señoras parecen tener mucho talento en estos concursos.

—No sé cocinar, pero sé reconocer a un buen perro. Maldita sea, debería haber ganado. ¿Qué títulos tiene esa Doña Creída para ser jueza en un concurso de perros? Ya se lo digo yo... ninguno. Los organizadores quieren un juez y se lo piden a cualquier idiota con un título. Ésa no podría juzgar ni su propio culo.

Cuando Barbara levantó la jarra de cerveza, Agatha se fijó en cómo se le tensaban los músculos y optó por la retirada.

En ese momento, Ella Cartwright se asomó al interior de la carpa, vio a Agatha y gritó:

—¿Se lo está pasando bien, señora Raisin?

Barbara bajó lentamente la jarra.

—¡Usted! —siseó y, con las manos por delante, se abalanzó por encima de la mesa hacia el cuello de Agatha.

Ésta se echó para atrás, con lo que tiró al suelo su frágil asiento de lona y acero tubular.

—A ver, no se ponga nerviosa —dijo con voz débil.

Barbara se le echó encima y la agarró del cuello. Agatha apenas se daba cuenta de las sonrisas que esbozaba la gente en la carpa. Le puso la rodilla en el estómago a su atacante y empujó con todas sus fuerzas. Barbara retrocedió tambaleándose, pero volvió a la carga. No la dejaba salir. Agatha corrió detrás de la barra pidiendo ayuda a gritos, mientras los hombres se reían y vitoreaban. Agarró un gran cuchillo de cocina y lo blandió por delante.

—Apártese —dijo sin aliento.

—¡Asesina! —chilló Barbara, aunque retrocedió.

Entonces hubo un destello cegador y se oyó el clic de una cámara. Uno de los fotógrafos locales acababa de captar una instantánea de Agatha blandiendo el cuchillo de cocina.

Sin soltarlo, se desplazó hacia la salida.

—Como se me acerque, la mato —gritó Barbara.

Agatha soltó el cuchillo al salir de la carpa y echó a correr. Una vez en la seguridad de su coche, con las puertas cerradas, se quedó jadeando. Puso la llave, pero entonces se detuvo, consternada. ¡Esa fotografía! Ya la estaba viendo en la primera plana de algún periódico local. ¿Y si la reproducían los periódicos de Londres? Oh, Dios. Iba a tener que conseguir ese carrete.

Se bajó del coche con desgana, nerviosa y cansada, y se dispuso a cruzar el descampado empapado de lluvia. Manteniendo un ojo atento por si aparecía Barbara James, pasó por los puestos que vendían libros de segunda mano, flores secas, cerámica local y, para variar, comida casera. Además de los tenderetes habituales, había uno que ofrecía vinos de la zona. El fotógrafo estaba allí con un periodista, probando vino de saúco. El corazón de Agatha latía con fuerza. El hombre había dejado la bolsa de la cámara en el suelo, a sus pies, pero la cámara con la que había tomado la foto seguía colgada de su cuello. Agatha retrocedió para que no la viera. Él continuó allí, catando el vino un buen rato hasta que se anunció la carrera de terriers. Dijo algo al periodista y ambos se encaminaron hacia la plaza. Agatha los siguió y esperó hasta que entraron en la plaza. Ella se acercó a un puesto y se compró un impermeable y un gorro para la lluvia. Porque seguía lloviendo. Iba a ser un día muy largo. Tras la carrera de terriers, había una exhibición de saltos. Agatha se asomó al borde de la multitud, que empezaba a dispersarse, sintiendo que iba disfrazada gracias al gorro y el impermeable.

Cuando acabó la exhibición de saltos, paró de llover otra vez, y un sol que apenas calentaba inundó la feria. Con el corazón latiendo a toda prisa, Agatha vio que el fotógrafo sacaba el carrete de la cámara, lo enrollaba del todo, lo metía en la bolsa y colocaba otro. Ella se quitó el impermeable despacio. El fotógrafo y el periodista salieron de la plaza y volvieron al puesto de vinos locales.

—Prueben el de abedul —les apremiaba la mujer que servía mientras Agatha se acercaba sigilosamente a ellos.

Dejó caer el impermeable sobre la bolsa de la cámara, murmuró algo, se agachó y agarró el asa de la bolsa, la levantó y se escabulló por detrás de una carpa. Abrió la bolsa y con consternación vio los numerosos carretes que contenía. Una pena. Después de ponerse el impermeable, los sacó todos para guardárselos en el bolsillo.

Oyó un débil grito de «¡Policía!» y se fue a toda prisa tras dejar la bolsa de la cámara en el suelo. Estaba segura de que la mujer que servía el vino no se había fijado en ella, y el fotógrafo y el periodista ni siquiera se habían dado la vuelta. Se creía afortunada porque al menos no fueran de un periódico nacional, pues se habrían concentrado en ella y en Barbara James y tal vez se hubiesen remontado hasta el envenenamiento de la quiche. Pero los reporteros y fotógrafos de la prensa local sabían que su función en esas ferias consistía en sacar tantos ganadores y caras en sus páginas como fuera posible para aumentar las tiradas. Aunque, si la imagen de Agatha blandiendo un cuchillo en la carpa de cerveza hubiera salido bien, sabía que la utilizarían, acompañándola sin duda de unas declaraciones de la enfurecida Barbara James.

Estaba saliendo del aparcamiento cuando un policía le hizo señas para que parara. Agatha bajó la ventanilla y lo miró con nerviosismo.

—Le han robado la bolsa de la cámara a un fotógrafo, ¿no habrá visto nada sospechoso? —dijo el policía, que desde fuera echó un vistazo al interior del coche.

Agatha era dolorosamente consciente de los bolsillos de su impermeable, abultados por los carretes.

—No —soltó—. Qué espanto.

Se oyó un grito lejano: «¡La hemos encontrado!» El policía se irguió.

—Ya está —dijo con una sonrisa—. Estos fotógrafos siempre se pasan con la bebida. Seguramente sólo se había olvidado de dónde la había dejado.

Se apartó. Agatha soltó el embrague y salió de allí. No se relajó hasta que llegó a casa y encendió un buen fuego en la chimenea. Cuando llameaba, echó todos los carretes y observó cómo ardían con fuerza. Entonces oyó un coche que frenaba delante de su casa.

Se asomó por la ventana. ¡Era Barbara James!

Agatha se escondió detrás del sofá y se quedó allí, temblando. La llamada a la puerta, primero suave, se convirtió al cabo de poco en una lluvia de patadas y golpes. A Agatha se le escapó un gemido. Luego todo quedó en silencio. Estaba a punto de levantarse cuando algo golpeó el cristal de la ventana del salón y volvió a agazaparse. Oyó lo que esperaba que fuera el coche de Barbara alejándose. Aun así, aguardó.

Al cabo de diez minutos, se levantó lentamente. La ventana tenía enganchados unos pegotes de excremento marrón y jirones de papel. Barbara debía de haberle tirado un paquete lleno.

Fue a la cocina, llenó un cubo de agua, lo llevó fuera y tiró el agua a la ventana, y así hasta que el cristal quedó limpio. Iba a volver a entrar cuando vio a la señora Barr en la puerta de su jardín, mirándola, con aquellos ojos claros relucientes de malicia.

Los gruñidos del estómago le recordaron a Agatha que no había comido. Pero no tenía el valor de volver a salir. Al menos en casa tenía pan y mantequilla. Se preparó unas tostadas.

El teléfono sonó de forma estridente. Agatha se acercó y descolgó el aparato con cautela.

—¿Hola? —dijo la voz afectada de Roy—, ¿eres tú, Aggie?

—Sí. ¿Cómo estás? —le preguntó Agatha, aliviada.

—Un poco harto.

—¿Y Steve?

—No lo he visto. Se cabreó conmigo.

—Cómprale un libro sobre folclore local. Ya verás como los ojos le hacen chiribitas.

—La única forma de que a ése se le encienda la mirada es prendiéndole una antorcha en la oreja —dijo con mordacidad—. Me han dado la cuenta de Tolly Baby Food.

—Felicidades.

—¿Por qué? —La voz de Roy sonó tensa—. La comida de bebés no es plato de mi gusto, querida. Lo han hecho a propósito. Esperando que fracase. Es más tu especialidad.

—Espera un momento. ¿No es Tolly Baby Food la marca de potitos en los que un maniaco ha estado poniendo cristales para chantajear a la empresa?

—Ya han detenido a alguien, pero ahora Tolly quiere restaurar su imagen.

—Procura ir de ecologista —le sugirió Agatha—. Propón a la gente de publicidad una línea de comida para bebés saludable, sin aditivos, y con una tapa con cierre de seguridad. Busca una figura de cómic para promocionarla. Organiza una fiesta para la prensa para enseñar la nueva medida antivándalos. «Sólo Tolly Baby Food es seguro para los niños», ese tipo de historia. Y no bebas. Invita a comer por separado a todos los periodistas que tengan hijos.

—Esos no tienen hijos —se quejó Roy—. Lo único que engendran es mala leche.

—Hay unos cuantos fértiles. —Agatha hizo memoria—. Está Jean Hammond, tiene un bebé, y la mujer de Jeffrey Constable acaba de tener otro. Encontrarás más si buscas. En cualquier caso, las mujeres periodistas se sienten obligadas a escribir sobre bebés para demostrar que son normales. Tienen que seguir identificándose con las amas de casa a las que desprecian en secreto. ¿Conoces a Jill Stamp, que siempre está dando la vara con su ahijado? Pues no tiene ninguno. Es todo cuestión de imagen.

—Ojalá te encargaras tú de esto, Aggie —dijo Roy—. Era divertido trabajar contigo. ¿Cómo van las cosas por Ruralandia?

Agatha dudó un momento, luego contestó:

—Bien.

La respuesta fue recibida con un largo silencio. De repente a Agatha, para su asombro, le dio la impresión de que a lo mejor Roy esperaba una invitación.

—¿Te acuerdas de toda aquella purria que tenía en el salón?

—¿Las herraduras de imitación y todo lo demás?

—Sí, voy a subastarlo todo para caridad. El diez de junio, un sábado. ¿Te gustaría pasarte y verme en acción?

—Me encantaría.

—Muy bien. Te espero el nueve, en el tren del viernes por la noche. Me sorprende que soportes Londres.

—Londres es un antro —comentó Roy con amargura.

—Oh, Dios, hay un coche fuera —gritó Agatha, y se asomó por la ventana—. No pasa nada, es sólo la policía.

—¿En qué andas metida?

—Ya te lo contaré cuando te vea. Adiós.

Agatha abrió la puerta a Bill Wong.

—¿Qué pasa ahora? —preguntó—. ¿O es sólo otra visita amistosa?

—No del todo. —La siguió hasta la cocina y se sentó a la mesa—. Ha estado en la feria de Ancombe, según tengo entendido.

—¿Y?

—La han visto en la carpa de la cerveza blandiendo un cuchillo contra la señorita Barbara James.

—Defensa propia. Esa mujer ha intentado estrangularme.

—¿Por qué?

—Porque creo que tenía un lío con Cummings-Browne, y cuando se ha enterado de cómo me llamaba ha perdido los papeles.

Abrió un pequeño cuaderno y lo consultó.

—El fotógrafo Ben Birkin, del *Cotswolds Courier*, ha hecho una foto, y, qué casualidad, le han robado la bolsa de la cámara. No se han llevado los aparatos, pero sí todos los carretes.

—Qué raro —dijo Agatha—, ¿café?

—Sí, por favor. Luego he recibido una llamada de Fred Griggs, el policía local. Le han informado de que una mujer que se correspondía con la descripción de Barbara James estaba tirando mierda contra su ventana.

—Está loca —dijo Agatha y, con brusquedad, puso una taza de café instantáneo delante de Bill—, muy loca. Y usted sigue empeñado en que la muerte de Cummings-Browne fue un accidente. Lamento la escena de la carpa de cerveza. Y me alegro de que ese fotógrafo haya perdido el carrete. Ya lo he pasado bastante mal sin tener que ver mi foto en la primera plana de algún periodicucho local. Oh, Dios, supongo que publicarán la historia aunque no tengan fotografía para acompañarla.

Él la miró con aire reflexivo.

—Tiene usted mucha suerte. El director se ha puesto tan furioso con Ben Birkin que no quiere saber nada de dos mujeres peleándose en una carpa de cerveza. Además, resulta que John James, el padre de Barbara, tiene acciones en la empresa propietaria del periódico.

Al director sólo le preocupa meter en sus páginas todos los nombres y fotografías de vecinos que quepan. Afortunadamente, había bastantes fotógrafos aficionados en la feria y Bill ha podido comprarles los carretes. ¿Quiere denunciar a Barbara James por agresión o por arrojar lo que seguramente son excrementos de perro a su ventana?

Agatha se encogió de hombros.

—No quiero volver a ver a esa mujer. Así que no.

—He estado haciendo más pesquisas sobre Cummings-Browne —dijo Bill—. Parece que estaba hecho un donjuán. Viéndole, ¿quién lo diría?, ¿no le parece? Cabeza puntiaguda y orejas de soplillo. Ah, y he descubierto la identidad de la mujer que la miraba fijamente en el Castillo de Warwick.

—¿Quién es?

—La señorita Maria Borrow, una solterona de la parroquia, no de ésta, sino de Upper Cockburn.

—¿Y también estaba liada con Cummings-Browne?

—Resulta difícil de creer. Es una maestra jubilada. Está un poco chiflada. Cree en la brujería. Sesenta y dos años.

—Ah, bueno, sesenta y dos. Me refiero a que incluso Cummings-Browne difícilmente querría...

—Pero durante los tres últimos años ha ganado el concurso de mermelada de Upper Cockburn, del que el señor Cummings-Browne era juez. Ni se le ocurra acercarse a ella. Mejor no se meta, señora Raisin. Tranquilícese y disfrute de su jubilación.

Se levantó, pero en lugar de dirigirse a la puerta principal se metió en la sala de estar y se quedó mirando la chimenea. Cogió el largo atizador de latón y removió la leña en llamas. Se oyó el sonido de restos metálicos negros de los carretes en la parrilla.

—Sí, tiene usted mucha suerte, señora Raisin —dijo Bill—. Resulta que aborrezco a Ben Birkin.

—¿Por qué? —preguntó Agatha.

—Tiempo atrás estuve coqueteando con una dama casada y un día me arrimé a ella detrás de la abadía de Mircester. Ben hizo una fotografía y la publicaron con el pie: «A salvo en brazos de la ley.» Su marido me hizo una visita, y lo mío me costó salir bien de aquélla.

Agatha se animó.

—No tengo muy claro adónde quiere ir a parar. Encontré un montón de carretes viejos que ya no servían en mi equipaje y los estaba quemando.

Bill negó con la cabeza fingiendo asombro.

—Cabría pensar que todos los años que ha pasado trabajando en relaciones públicas le habrían enseñado a mentir mejor. En el futuro, dedíquese a sus asuntos, Agatha Raisin, y deje la investigación en manos de la ley.

La lluvia racheada cesó de nuevo y un cielo azul y despejado se abrió sobre los Cotswolds. Agatha, nerviosa por la pelea con Barbara James, metió la bicicleta en el coche y fue a dar una vuelta. De vez en cuando se detenía en alguna carretera tranquila para coger la bicicleta. Inmensos festones de glicinas colgaban sobre las puertas de las casas, las flores de espino blanco caían como nieve junto a las carreteras, la piedra dorada de las casas resplandecía bajo el tibio sol. Londres parecía muy lejano.

En Chipping Campden, se olvidó de su decisión de adelgazar y se comió un bistec con pastel de riñones en el salón antiguo y acogedor del Eight Bells antes de pasear sin prisa por la calle principal del pueblo, con sus aceras verdes y sus casas de piedra dorada con tejados a dos aguas, chimeneas altas, soportales, frontispicios, columnas, ventanas con montantes o de guillotina y grandes peldaños de piedra lisa. A pesar de los inevitables grupos de turistas, se respiraba una atmósfera serena y tranquila. Saciada por el bistec y el pastel de riñones, Agatha empezó a experimentar cierta sensación de paz. En el centro del pueblo, se levantaba el Market Hall, construido en 1627, cuyas columnas bajas y sólidas proyectaban sombras negras en la carretera. La vida podía ser relajada. Lo único que tenía que hacer era olvidarse de la muerte de Cummings-Browne.

Los días siguientes, el sol siguió brillando y Agatha continuó con sus excursiones, a veces en bicicleta, a veces a pie, de las que regresaba cada noche con una renovada sensación de salud y bienestar. Con cierta inquietud, recordó que tenía que acompañar a las damas de Carsely a Mircester.

Pero nadie le puso mala cara cuando subió al autocar. Allí estaba la señora Doris Simpson, para alivio y sorpresa de Agatha, así que se sentó al lado de la mujer de la limpieza y charló relajadamente de naderías. Las mujeres del autocar eran casi todas de mediana edad. Algunas habían llevado sus labores de punto o retales con bordados. El viejo autocar traqueteaba y rechinaba por las carreteras. El sol brillaba. Todo era muy tranquilo.

Agatha daba por sentado que la diversión que les ofrecerían las damas de Mircester consistiría en té y pastas, y tenía intención de darse un homenaje, dado que todo el ejercicio que había hecho los últimos días se merecía un atracón de pastelitos como premio. Pero al entrar en el salón de actos de la iglesia descubrió que las esperaba una comida con todas las de la ley, con vino incluido. El vino, elaborado por algunas socias de la Asociación de Damas de Mircester, era muy fuerte. La comida consistía en consomé, pollo asado con patatas y guisantes, y bizcocho al jerez, acompañado del licor de manzana de la señora Rainworth. La ovación para la señora Rainworth, una bruja sarmentosa, fue sonora y agradecida cuando empezó a circular el licor.

La presidenta de la Asociación de Damas de Mircester se puso de pie.

—Tenemos una sorpresa para ustedes. —Se volvió hacia la señora Bloxby—. Si son tan amables de acercarse en su autocar al Malvern Theatre, tienen allí unas butacas reservadas.

—¿Y qué vamos a ver? —preguntó la señora Bloxby.

Las damas de Mircester soltaron gritos estridentes:

—¡Es un secreto! Ya verán.

—Me pregunto qué será —le dijo Agatha a Doris Simpson cuando volvieron a subir al autocar.

Ya se tuteaban.

—No lo sé —contestó Doris—. Unos niños iban a hacer una función de teatro. A lo mejor es eso.

—He bebido demasiado —dijo Agatha—, seguro que me paso todo el espectáculo dormida.

—¡Vaya, esto sí que es una sorpresa! —exclamó Doris cuando el viejo autocar se detuvo traqueteando delante del teatro—. Ahí dice THE SPANGLERS. COMPAÑÍA DE DANZA DE ESTADOS UNIDOS.

—Será una de esas de ballet moderno —gruñó Agatha—. Todos con leotardos negros y bailando en un escenario en el que parece que ha estallado una bomba. Bueno, espero que no pongan la música muy alta.

Una vez dentro, se acomodó entre el resto de los miembros de la Asociación de Damas de Carsely.

El telón se levantó con un redoble de tambores. Agatha parpadeó. Era un espectáculo de *strippers* masculinos. Las luces estroboscópicas corrían de acá para allá al ritmo machacón de la música. Agatha se hundió en su butaca, con la cara enrojecida de vergüenza. La señora Rainworth, la inventora del licor de manzana, se levantó y gritó como una histérica:

—¡Quitáoslo todo!

Las mujeres chillaban y vitoreaban. Agatha se alegró vagamente al ver que Doris Simpson había sacado sus labores y hacía punto tan tranquila, aparentemente ajena a lo que estaba pasando, tanto en el escenario como entre el público. Los *strippers* estaban bronceados y eran musculosos. No se desnudaron del todo. Tenían un aire burlón y malicioso, de ademanes más femeninos que masculinos. Traviesos pero agradables. Sin embargo, la mayoría de las mujeres había perdido la cabeza. Una rubia teñida de mediana edad, de las de Mircester, se lanzó a la carrera al escenario y tuvieron que bajarla a rastras.

Agatha sufría en silencio. Pero su tortura no acabó al terminar el espectáculo. Las asistentes que querían una fotografía con alguno de los *strippers* podían hacérsela a cambio de una tarifa de sólo diez libras. Y, con algunas pocas excepciones, casi todas las señoras de Carsely quisieron fotos.

—¿Le ha gustado el espectáculo, señora Raisin? —le preguntó la esposa del vicario, la señora Bloxby, mientras Agatha subía temblorosa al autocar.

—Me ha impactado —dijo Agatha.

—Ah, no era más que un poco de diversión —repuso la señora Bloxby—. He visto cosas peores por televisión.

—Lo que me sorprende es que a usted le parezca divertido —dijo Agatha.

—Son buenos chicos. ¿Sabe que hicieron una función especial para los refugiados kurdos y recaudaron cinco mil libras? Y todo el dinero de las fotografías es para restaurar el tejado de la abadía.

—Qué inteligente por su parte —dijo Agatha, que sabía reconocer una buena estrategia de relaciones públicas cuando la veía.

Al hacer de vez en cuando actuaciones para obras de caridad, el grupo de *strippers* se había ganado la respetabilidad, además de permitir que la lujuria floreciera sin culpa en los pechos de las damas de los Cotswolds, que acudían a montones para animarlos. Tal vez esos estadounidenses hubieran dado inicio a una tradición inglesa, reflexionó Agatha con amargura. Tal vez dentro de quinientos años hubiese *strippers* masculinos actuando por las plazas de los pueblos de los Cotswolds mientras los guías turísticos explicaban a su clientela los orígenes de ese antiguo rito.

De vuelta en el salón de actos de la parroquia, se pusieron manos a la obra. Volvía a ser un grupo de mujeres serias y valiosas que hablaba sobre organizar fiestas y recolectar fondos para obras de caridad. La señora Bloxby se puso de pie.

—La señora Raisin va a celebrar una subasta el diez de junio para recaudar dinero para obras de caridad. Espero que todas acudan y colaboren para subir las pujas. Le estamos muy agradecidas, señora Raisin, y espero que todas hagan lo posible por ayudarla.

Agatha se encogió, temiendo que alguien dijera: «No queremos a esa señora Raisin que envenenó al pobre señor Cummings-Browne», pero lo único que recibió fue una cálida y sentida ovación. A Agatha casi se le saltan las lágrimas cuando se levantó y se inclinó para agradecerla. Bill Wong tenía razón. La jubilación podía ser divertida si se olvidaba por completo de Reg Cummings-Browne y aquella maldita quiche.

8

Agatha cumplió su propósito de ocuparse sólo de sus asuntos y se olvidó de la muerte de Cummings-Browne. Concentró todas sus energías en despertar el interés por la subasta entre los periódicos y comerciantes locales. Los directores publicaron notas sobre la misma sólo para que Agatha los dejara tranquilos, como habían hecho los periodistas no hacía tanto, cuando vendía otros productos o a sus clientes.

Con su bondad habitual, las mujeres de la Asociación de Damas de Carsely aportaron libros, bandejas, jarrones y otros objetos de aspecto desgastado que habían comprado a lo largo de los años en otras ventas y que en ese momento reciclaban. A medida que se acercaba el día de la subasta, Agatha comenzó a recibir cada vez más visitas. La señora Mason, la presidenta del grupo, la visitaba de manera regular acompañada de otras mujeres que llevaban sus aportaciones, hasta que el salón de Agatha empezó a parecer una tienda de artículos usados.

Tan absorta estaba en la tarea que casi se olvidó de la visita de Roy y tuvo que ir corriendo a buscarlo al tren el viernes por la noche. Habría preferido que no la visitara. Agatha empezaba a sentir que formaba parte de la vida del pueblo y no quería que el extravagante Roy dañara su nueva reputación de Doña Dadivosa.

Para su alivio, cuando bajó del tren tenía el mismo aspecto de ejecutivo que cualquiera de los que trabajaban en Londres e iban y venían cada día. Llevaba un corte de pelo tradicional, sin pendientes, y traje. Cestos colgantes de flores adornaban la estación de Moreton-in Marsh, y las rosas florecían en los parterres del andén. El sol se ponía en un atardecer perfecto.

—Parece otro mundo —dijo Roy—. Creí que habías cometido un error espantoso al venirte aquí, Aggie, pero ahora pienso que eres afortunada.

—¿Cómo va lo de la comida para bebés? —preguntó Agatha al subir al coche.

—Hice lo que me dijiste y fue un gran éxito, así que he alcanzado respetabilidad en la empresa. ¿Sabes quién es mi último cliente?

Agatha negó con la cabeza.

—La cadena Handley.

—¡¿Más bebés?! —exclamó Agatha, que no la conocía.

—No, querida. Viveros, jardines. Incluso me han pagado una asignación para ropa, chaquetas de tweed y zapatos de vestir, ¿puedes creértelo? Aunque, ¿sabes qué?, pensaba que me gustaban las flores, pero tienen esos nombres en latín tan insoportablemente largos... Parecen fórmulas químicas, y además yo no estudié latín en el colegio. En fin, es todo bastante aburrido; cabañas para jardín, gnomos y senderos con baldosas irregulares y poca cosa más.

—A lo mejor me interesaría un gnomo —dijo Agatha—. No, no para mí —añadió pensando en la señora Simpson.

• • •

—Será mejor que nos sentemos en la cocina —dijo al llegar a casa—. El salón está lleno de cosas para la subasta.

—¿Vas a cocinar? —preguntó Roy con inquietud.

—Sí, una de las mujeres de la Asociación de Damas de Carsely me ha estado dando clases.

—¿Qué es? ¿Una asociación femenina?

Agatha se lo explicó, luego le hizo una descripción de la excursión a Mircester y Roy se rió hasta que se le saltaron las lágrimas.

La cena consistió en sopa de verduras, seguida de pastel de carne con patatas y tarta crujiente de manzana. «Prepara cosas sencillas», le había dicho la señora Mason.

—Está muy bueno —dijo Roy—. Si hasta llevas un vestido estampado, Aggie.

—Es cómodo —respondió Agatha a la defensiva—. Además, estoy enfrentándome a un serio problema de peso.

—«Que tus límites no dejen de expandirse, más y más» —canturreó Roy, siguiendo la melodía de *Land of Hope and Glory* con una sonrisa y fingido tono patriótico.

—Nunca creí que fuera verdad que se engordara al llegar a la madurez —dijo Agatha—. Pensaba que no era más que una excusa para permitirse excesos. Pero ahora hasta el aire parece engordarme. Estoy cansada de montar en bici y hacer ejercicio. Me dan ganas de abandonar y engordar de verdad.

—Pues no vas a adelgazar comiendo así —le dijo Roy—. Se supone que debes mordisquear hojas de lechuga como un conejo.

Después de cenar, Agatha le enseñó el montón de trastos acumulados en su salón.

—Mañana a primera hora, vendrá una furgoneta de reparto —explicó—, y luego, cuando hayamos dejado todo en el salón de actos de la escuela, irán a Cheltenham a recoger más cosas. A lo mejor, cuando aprendas algo de plantas, puedes aconsejarme qué hacer con el jardín.

—Todavía no es demasiado tarde para plantar —dijo Roy exhibiendo sus recién adquiridos conocimientos—. Lo que tú quieres es un jardín instantáneo; ve a un vivero y compra un montón de flores. Monta un típico jardín de cottage. Toda clase de plantas anticuadas. Rosas trepadoras. ¡Ánimo, Aggie!

—Es posible que lo haga. Quiero decir, si finalmente decido quedarme.

Roy la miró con severidad.

—Te refieres al asesinato. ¿Qué más ha pasado?

—Prefiero no hablar del tema —replicó Agatha a toda prisa—. Es mejor olvidar todo el asunto.

Por la mañana, Agatha recorría el salón de actos de la escuela con los brazos en jarras y mirada consternada. Todo lo que había llenado el salón de su casa ahora se encontraba disperso por la sala y parecía poca cosa. Nada especial, en cualquier caso. Llegó la señora Bloxby y dijo con su voz dulce:

—Vaya, esto tiene un aspecto espléndido.

—Ya quisiera yo —dijo Agatha—. No parece nada del otro mundo. No hay suficientes cosas. ¿Y si las señoras traen algo más, lo que sea? Cualquier trasto viejo.

—Haré lo que pueda.

—Y la banda del pueblo debería tocar. Para darle un aire festivo. ¿Y si avisamos a los bailarines Morris?

—Tendría que haberlo pensado antes, señora Raisin. ¿Cómo vamos a organizar todo eso con tan poca antelación?

Agatha miró la hora.

—Son las nueve. La subasta es a las tres. —Sacó un cuaderno—. ¿Dónde vive el director de la banda? ¿Y el encargado de los bailarines?

Desconcertada, la señora Bloxby le dio nombres y direcciones. Agatha corrió a casa y despertó a Roy, que seguía durmiendo tranquilamente.

—Tienes que pintarme unos carteles ahora mismo —dijo Agatha—. Déjame ver, los carteles para las celebraciones de Mayo están guardados en Harvey's, porque los vi en la trastienda. Tráelos y pinta encima. Escribe: ¡GANGAS, GANGAS, GANGAS! - GRAN SUBASTA A LAS 15.00 H - TÉ, MÚSICA, BAILE. Luego los colocas en la A-44, donde los conductores puedan verlos. Pon también una gran flecha que apunte hacia Carsely y luego reparte unas cuantas más por el pueblo señalando el camino.

—No puedo hacer todo eso —se quejó Roy, todavía adormilado.

—Y tanto que puedes —le gruñó la antigua Agatha—. Manos a la obra.

Sacó el coche, fue a casa del director de la banda y le dijo sin contemplaciones que era su deber conseguir que ésta tocara.

—Quiero un espectáculo a lo grande, con música que levante el espíritu y haga participar al público, como en el concierto patriótico de la BBC —dijo Agatha—. Con *Rule, Britannia!*, *Land of Hope and Glory*, *Jerusalem*... todas. Van a venir todos los periódicos. No querrá que se enteren de que no ha querido colaborar en una obra de caridad.

El encargado de los bailarines recibió un trato similar. La señora Simpson era la siguiente de la lista. Para alivio de Agatha, se había tomado el día libre para acudir a la subasta.

—Es el salón de actos —soltó Agatha disparada—. Parece tan mortecino. Necesita flores.

—Creo que puedo conseguir que las señoras lo arreglen —respondió Doris con tranquilidad—. Siéntate, Agatha, y tómate una taza de té. Te va a dar un ataque al corazón como sigas así.

Pero Agatha ya estaba en marcha de nuevo. Fue por todo el pueblo, arengando e intimidando, pidiendo cosas a los vecinos para la subasta, hasta que llenó el coche con lo que, según ella, era el montón de basura más deprimente que había visto en su vida.

Roy, que sudaba bajo un sol ya abrasador, se encontraba agachado en la A-44, clavando en la hierba los postes con los carteles. La pintura todavía estaba húmeda, y su letra no era muy buena, pero había comprado dos latas de pintura en Harvey's, una roja y otra blanca, y sabía que los letreros eran legibles. Volvió al pueblo caminando de forma penosa, convencido de que a Agatha le gustaría verlo así, y empezó a colocar rótulos por todas partes.

Con la satisfacción del deber cumplido, volvió a casa de Agatha. Tenía intención de echarse otra vez en la cama y dormir unas horas más.

Pero Agatha se abalanzó sobre él.

—¡Mira! —exclamó sosteniendo en alto un disfraz de bufón, con sombrero, campanillas y todo lo demás—. ¿No es divino? La señora Simms, la secretaria, lo llevó en la función navideña el año pasado, y es tan delgada como tú. Debería quedarte bien. Póntelo.

Roy retrocedió.

—¿Para qué?

—Te lo pones, te vas a la A-44, al lado de los carteles y haces gestos a la gente para que entre en el pueblo. También podrías bailar.

—No, me niego —respondió Roy tajante.

Agatha lo miró inquisitivamente.

—Si lo haces, te daré una idea para esos viveros que te colocará en el mapa de los grandes de las relaciones públicas para el resto de tus días.

—¿Cuál es?

—Te la diré después de la subasta.

—Aggie, de verdad, no puedo. Me sentiría un completo tarado.

—Eso es justo lo que debes parecer, chico. Por el amor de Dios, vas por Londres con la ropa más estrafalaria que he visto en mi vida. ¿Te acuerdas cuando te teñiste el pelo de rosa? Te pregunté por qué y dijiste que te gustaba que la gente te mirara. Bien, ahora todos te mirarán. Haré que tu foto salga en los periódicos y que te describan como un famoso ejecutivo de relaciones públicas de Londres. Mira, Roy, no es una súplica, ¡es una orden!

—Vale, muy bien —farfulló Roy, que pensó que en momentos como ése Agatha le recordaba mucho a su madre, una mujer agobiante que lo intimidaba—. Pero no pienso ir caminando hasta allí con este calor. Necesitaré tu coche —le dijo, en un intento por recuperar cierta independencia.

—Podría necesitarlo yo también. Llévate la bici.

—¿Subir en bicicleta esa cuesta, hasta arriba? Te has vuelto loca.

—¡Tú hazlo! —le espetó Agatha—. Te traeré la bici mientras te pones el disfraz.

Bueno, no era tan terrible. No, a decir verdad, no estaba nada mal, pensó Roy más tarde mientras hacía cabriolas al lado de la carretera y agitaba su cetro de bufón señalando hacia Carsely. Los conductores tocaban el claxon y lo animaban. Un autocar lleno de turistas estadounidenses se detuvo para preguntarle sobre el cartel, y al enterarse de que la subasta estaba «hasta los topes de antigüedades raras» pidieron al guía que los llevara.

A las tres menos diez, se montó en la bici de Agatha y descendió sin pedalear por la carretera serpenteante que llevaba de vuelta al pueblo. Su intención había sido quitarse el disfraz, pero todo el mundo lo miraba y a él le gustaba, así que se lo dejó puesto. Fuera, los bailarines Morris estaban saltando al sol. Dentro, la banda del pueblo tocaba *Rule, Britannia!* lo mejor que podía y, ver para creer, una mujer robusta disfrazada de Britania la cantaba a pleno pulmón. El salón de actos de la escuela estaba atestado.

Entonces la banda dejó de tocar y Agatha, con un sombrero de paja blanco con margaritas azules, digno de una recepción real, y un traje negro con un elegante collar azul, se colocó detrás del micrófono.

Tenía pensado empezar por los objetos menos importantes e ir subiendo.

Notaba que la gente estaba un tanto achispada, sin duda debido a la anciana señora Rainworth, de Mircester, que había montado un puesto delante de la subasta y vendía su licor de manzana a cincuenta peniques la copa.

La señora Mason le pasó el primer lote. Agatha lo miró. Era una caja de libros de segunda mano, casi todo novelas románticas de bolsillo. Encima de todo había un viejo libro de tapa dura. Lo cogió y le echó un vistazo. Era *Ways of the Horse*, de John Fitzgerald, y todas las eses parecían efes, así que Agatha supuso que sería del siglo XVIII, aunque no tendría ningún valor. Lo abrió, leyó la página de créditos y fingió sorpresa. Luego dejó el libro en su sitio y dijo de forma apresurada:

—Aquí no hay nada. Tal vez deberíamos empezar con algo un poco más atractivo.

Recorrió con la mirada el salón de actos, buscando a Roy, que instintivamente le siguió la corriente.

—¡No, ése está bien! —gritó—. Empiece con ése. Ofrezco diez libras.

Hubo un murmullo de sorpresa. La señora Simpson, a la que, como a las demás, le había pedido que hiciera lo que pudiera para subir las pujas, añadió con tono animado:

—Quince libras.

Un hombre pequeño, con pinta de tendero, levantó la vista interesado.

—¿Quién da veinte? —preguntó Agatha—. Es por una buena causa. Vamos, vamos... —La señora Simpson gruñó de forma audible y el hombre pequeño agitó el periódico que llevaba—. Veinte —dijo Agatha animada—, ¿quién ofrece veinticinco?

Las señoras de Carsely estaban sentadas en silencio, aferrando sus bolsos. Otro hombre levantó la mano.

—Veinticinco ahí —dijo Agatha.

Finalmente, la caja de libros sin valor fue subastada por cincuenta libras. Agatha no sentía remordimientos. Era todo por una buena causa, se repetía convencida.

La subasta prosiguió. Los turistas se unieron. Llegó más gente. Los del pueblo empezaron a pujar. El acto se había convertido en tal acontecimiento que todos querían decir que habían participado. El sol entraba con fuerza por las ventanas del salón de actos. Cada vez que los bailarines Morris danzaban, entraba el sonido de un violín y un acordeón, acompañados por los estridentes gritos de la vieja señora Rainworth: «¡Licor de manzana! ¡La auténtica y antigua receta de los Cotswolds!»

Aparecieron los de Midlands Television, y Agatha se animó a dar lo mejor de sí. La puja se estaba desbocando. Uno tras otro, todos los trastos fueron desapareciendo. Su sofá y sus sillas se los quedó un comerciante de Gloucestershire, y hasta se llevaron las herraduras de imitación, y los estadounidenses pujaron fuerte por los aperos al reconocer la autenticidad de las antigüedades con su irritante perspicacia habitual.

Cuando acabó la subasta, Agatha Raisin había recaudado veinticinco mil libras para Save the Children. Pero sabía que tendría que calmar los ánimos de los que se sintieran timados.

—Tengo que darles las gracias a todos —comenzó con la voz quebrada por la emoción, un tono que tenía muy ensayado—, porque es posible que algunos crean que han pagado más de lo que deberían. Pero recuerden que están colaborando en una obra de caridad. Nosotras, en Carsely, se lo agradecemos desde el fondo de nuestros corazones. Ahora, si quieren, únanse a mí para cantar *Jerusalem*.

El famoso himno fue seguido a continuación por la señora Mason, que lideró al público en *Land of Hope and Glory*. Luego el vicario rezó una oración. Todo el mundo sonreía radiante y eufórico.

Agatha estaba rodeada de periodistas. No eran de la prensa nacional, se fijó, pero ¿qué importaba? Mirando a la cámara de Midlands Television, les dijo:

—El mérito de todo esto no es mío. El éxito de la iniciativa se debe a los servicios prestados de forma desinteresada por un ejecutivo de relaciones públicas londinense, Roy Silver. Roy, haz una reverencia.

Ruborizado y encantado, Roy saltó ágilmente al escenario e hizo unas cabriolas con la gorra y las campanillas ante la cámara. La banda empezó a tocar temas de *Mary Poppins* mientras los asistentes se dispersaban; unos hacia el salón de té, otros de vuelta al puesto de licor de manzana y algunos a ver el baile Morris.

Agatha sintió una punzada de arrepentimiento y casi deseó no haber atribuido el mérito a Roy. Éste, que no cabía en sí de contento, había salido a unirse a los bailarines Morris y, seguido por la cámara de televisión, estaba dando volteretas y exhibiéndose hasta la saciedad.

—Es una pena que no llegue a la prensa nacional —se lamentó Roy más tarde, cuando él y Agatha se sentaron en sus muebles nuevos.

—Si te saca la local, date por contento —dijo Agatha, a la que el cansancio había vuelto mordaz—. Ahora tendremos que esperar hasta el lunes, me parece que la prensa local no publica dominicales, y apenas hay cobertura televisiva los fines de semana.

—Enciende la tele —dijo Roy—. Emiten las noticias locales de las Midlands poco después de las nacionales.

—Pero sólo duran tres minutos —contestó Agatha— y dudo que vayan a informar de una subasta de pueblo.

Roy encendió la televisión. Las noticias locales trataban de otro asesinato en Birmingham, de un niño perdido en Stroud, de un accidente múltiple en la M-6 y entonces... «En un tono más ligero, la pintoresca villa de Carsely ha recaudado una suma récord...»

Y ahí estaba Roy, en la carretera, haciendo gestos a los conductores, y luego un plano de Agatha dirigiendo la subasta, el canto de *Jerusalem* y un plano breve de Roy con los bailarines Morris: «Roy Silver, un ejecutivo londinense. —Y entonces él dejaba sus cabriolas y decía en tono grave—: Uno hace todo lo que puede para ayudar en las obras de caridad.»

—Vaya —dijo Agatha—, incluso yo estoy sorprendida.

—Más tarde hay más noticias. —Roy rebuscó por el periódico—. Voy a grabarlo y se lo enseñaré al viejo Wilson.

—He salido gorda —dijo Agatha con tristeza.

—Son las cámaras, querida, siempre te ponen kilos encima. A propósito, ¿llegaste a descubrir quién era aquella mujer, la del torreón del Castillo de Warwick?

—Ah, ella... La señorita Maria Borrow, de Upper Cockburn.

—¿Y?

—Y nada. He decidido dejar reposar todo el asunto. Bill Wong, un detective, cree que los ataques que he sufrido se deben a que soy una entrometida.

Roy la miró con curiosidad.

—Más vale que me lo cuentes.

Con desgana, Agatha le contó lo que le había pasado desde la última vez que se habían visto.

—Pues yo no lo dejaría correr sin más —dijo Roy—. Escucha, si pides prestada una bici para mí, podríamos acercarnos a ese pueblo, Upper Cockburn, y echar un vistazo. Así también haremos un poco de ejercicio.

—No sé...

—Quiero decir que podríamos preguntar por ahí, como quien no quiere la cosa.

—Me lo pensaré después de la iglesia —dijo Agatha.

—¿La iglesia?

—Sí, el servicio, Roy. Por la mañana temprano.

—Me alegrará volver a la tranquila vida de Londres —dijo Roy con sinceridad—. Ah, ¿y cuál era la idea para mis viveros?

—Ah, eso. Bien, a ver qué te parece: busca alguna planta o flor nuevas y bautízalas con el nombre de Princesa Di.

—¿No hay ya una rosa o algo por el estilo?

—Hay una Fergie, me parece. No sabría decirte si hay una Di.

—Y suelen hacer cosas así en la Exposición Floral de Chelsea.

—No seas tan derrotista. Haz que encuentren una planta nueva, da igual cuál. Siempre están inventando plantas. Aunque sea falsa.

—No puedo vender plantas de imitación a los jardineros.

—Pues que no sea falsa. Encuentra alguna, llámala Princesa Diana y celebra una fiesta en uno de los viveros. Todo lo que tiene que ver con la princesa Diana sale en los periódicos.

—¿No tendría que pedir algún permiso?

—No lo sé. Averígualo. Llama a la oficina de prensa de palacio y explícaselo. Créeme, no te pondrán ninguna pega. Es una flor, por el amor de Dios, no un rottweiler.

Los ojos de Roy brillaron.

—Podría funcionar. ¿A qué hora abre Harvey's por la mañana para vender periódicos?

—Los domingos sólo abre una hora. De ocho a nueve. Pero no encontrarás nada, Roy. La prensa nacional no mandó a nadie a la subasta.

—Pero si la de aquí tiene una buena foto se la enviará a la nacional.

Agatha reprimió un bostezo.

—Sigue soñando. Me voy a la cama.

A la mañana siguiente, los dos iban paseando a la iglesia cuando Agatha sintió que debía atar corto a Roy antes de que se lo creyera demasiado. Había aparecido una fotografía suya en *The Sunday Times*. Se le veía bailando con los Morris mientras tres respetables ancianos del pueblo con unas caras arrugadas muy fotogénicas contemplaban el espectáculo. Era una foto muy buena. Parecía sacada de un sueño de la Inglaterra rural. El pie rezaba: «El ejecutivo de Relaciones Públicas de Londres Roy Silver, de veinticinco años, divirtiendo a los vecinos de Carsely, Gloucestershire, tras organizar una exitosa subasta que ha recaudado veinticinco mil libras para obras de caridad.»

Si todo lo hice yo, pensó Agatha, lamentando con amargura haberle atribuido el mérito a Roy.

Pero durante el servicio matinal, el vicario puso las cosas en su sitio y agradeció a la señora Agatha Raisin su duro trabajo. Roy, algo dolido, abrazó *The Sunday Times* contra su frágil pecho.

Después del servicio, preguntaron a la señora Bloxby si le sobraba una bicicleta, y ella les dijo que en la caseta del jardín guardaba una vieja que Roy podía usar.

—Es lo menos que puedo hacer por usted, señora Raisin —le dijo con amabilidad—. No sólo ha hecho un espléndido trabajo, sino que ha dejado que su joven amigo se lleve todo el mérito.

Roy estaba a punto de protestar y decir que se había pasado horas en la carretera haciendo el idiota por mor de la caridad, pero algo en la afable mirada de la señora Bloxby lo hizo callar.

Upper Cockburn estaba a poco más de diez kilómetros, y los dos emprendieron la marcha pedaleando bajo el abrasador sol.

—Va a ser un verano sofocante. Londres parece a miles de kilómetros de todo esto —dijo Roy y levantó una mano del manillar para abarcar con un gesto los campos verdes y los árboles que se desplegaban a ambos lados del camino.

De repente, Agatha se arrepintió de haber aceptado ir a Upper Cockburn. Quería olvidarse de todo aquel asunto. No habían vuelto a atacarla ni había recibido más anónimos desagradables.

La aguja de la iglesia de Upper Cockburn apareció ante ellos, alzándose sobre los campos. Entraron pedaleando en la soleada tranquilidad de la calle principal.

—Hay un pub —le dijo Roy, señalando el Farmers Arms—. Comamos algo y haré algunas preguntas. ¿La señora Borrow participa en algún concurso?

—Sí, el de mermeladas —respondió Agatha secamente—. Escucha, Roy, comamos algo y volvamos a casa.

—Lo pensaré.

El pub era sombrío y de techo bajo, olía a cerveza y tenía el suelo de baldosas y asientos de madera oscurecida por los años. Se sentaron en la zona del bar. Desde la barra, Tina Turner cantaba algo en una gramola, y se oían golpes de bolas de billar. Una camarera, con una falda muy corta, piernas larguísimas y el pecho asomando por el escote bajo de su exiguo vestido, se inclinó sobre ellos para tomarles nota. Roy la examinó con una mirada abiertamente lasciva. Agatha le miró con sorpresa.

—¿Qué le pasaba a tu amigo Steve? —preguntó.

—¿Qué? Ah, problemas con las mujeres. Se lió con una casada que al final decidió que prefería a su maridito.

Bueno, pensó Agatha, en estos tiempos en que las mujeres se parecen cada vez más a los hombres y los hombres a las mujeres nunca se sabe. Tal vez dentro de miles de años haya una cara unisex y la gente tenga que ir por ahí con distintivos para revelar su sexo. O puede que las mujeres vistan de rosa y los hombres de azul. O a lo mejor...

—¿En qué piensas? —preguntó Roy.

Agatha se sobresaltó como si la hubieran pillado en un renuncio.

—Ah, en la señora Borrow —mintió.

Roy le cogió el vaso de ginebra vacío y se acercó a la barra para que se lo llenaran de nuevo. Agatha lo vio hablar con el dueño.

Volvió con una expresión triunfante en el rostro.

—La señorita Maria Borrow vive en Pear Trees, que es la casa que queda a la izquierda de este pub. ¡Ahí mismo!

—No sé, Roy. Hace un día tan espléndido... ¿No podríamos dar una vuelta por el pueblo y luego regresamos a casa?

—Lo hago por tu propio bien —dijo Roy con seriedad—. Dios, este pastel de carne y riñones está genial. No hay nada comparable a estos platos ingleses cuando están bien preparados.

—Debería haber pedido ensalada —se lamentó Agatha—. Noto cada caloría.

No tengo fuerza de voluntad, se dijo, después de zamparse hasta el último bocado del pastel de carne y riñones, y darse cuenta de que había dejado que Roy la convenciera para pedir una porción de pastel de manzana caliente con nata, nata de verdad, no esa sustancia que parece espuma de afeitar.

La camarera se acercó cuando se acabaron el pastel, con sus tacones altos repiqueteando sobre las baldosas de piedra.

—¿Algo más? —preguntó.

—Sólo café —pidió Roy—. Ha sido una comida excelente.

—Sí, creo que el tipo que viene los domingos trabaja mejor que nuestra señora Moulson durante la semana —dijo.

—¿Y quién es el empleado?

—John Cartwright, de Carsely.

Se alejó dando taconazos.

—¿Qué pasa? —preguntó Roy al ver la cara de asombro de Agatha.

—John Cartwright es el marido de Ella Cartwright, que tenía un lío con Cummings-Browne. ¿Quién habría imaginado que ese hombre supiera cocinar? Es un tipo sucio, grande y simiesco. Mira por dónde, sí que podría haber pasado. Alguien podría haber sustituido mi quiche por otra.

—Una vez más, tengo que señalar que la víctima a la que iría destinada serías tú —dijo Roy con paciencia.

—Espera un momento. A lo mejor iba destinada a los Cummings-Browne. ¿Por qué no? Todo el mundo sabía que él sería el juez. Tal vez no había suficiente cicuta en la porción que mordisqueó en el concurso.

—Estoy convencido de que cualquier asesino habría tenido en cuenta ese detalle.

—Pero John Cartwright me dio la impresión de tener el cociente intelectual de una ameba.

La camarera les llevó el café. Cuando se hubo alejado de nuevo, Roy dijo:

—¿Has pensado alguna vez en Economides?

—¿Qué? ¿Por qué iba a ponerle cicuta el dueño de The Quicherie, que ni conocía a los Cummings-Browne ni sabía qué iba a hacer yo con la quiche?

—Por lo que yo sé —respondió Roy—, Economides no se tiró de los cabellos ni se quejó cuando se enteró de todo. ¿Sabes si pidió ver la quiche?

—Creo que no. Pero supongo que prefería olvidar el asunto cuanto antes. A lo mejor el John Cartwright de la cocina es otro John Cartwright.

—Acábate el café —la apremió Roy— y demos un paseo por la parte de atrás del pub para echar un vistazo por la puerta de la cocina.

Agatha pagó la cuenta y salieron juntos al sol.

—¿Cómo sabes que la cocina está atrás? —preguntó.

—No lo sé, es una suposición. Miremos por la derecha, porque a la izquierda está el aparcamiento.

Dieron la vuelta al edificio. Agatha se disponía a entrar en una zona de cubos de basura y casetas anexas cuando retrocedió de golpe, se le escapó un grito y tropezó con Roy.

—Sí, es John Cartwright —dijo—. Está ahí fuera, delante de la puerta de la cocina, fumándose un cigarrillo.

—Déjame ver.

Roy la apartó y se asomó con cautela por la esquina del edificio. John Cartwright estaba apoyado en el umbral, sosteniendo un cigarrillo liado con una manaza sucia. Tenía el delantal manchado de grasa y salsa de carne. El sol se reflejaba en los tatuajes que lucía en los brazos, negros y peludos.

—Me dan ganas de vomitar —dijo Roy al retroceder—. Es asqueroso. Rezuma veneno por cada uno de esos sucios poros.

—Me parece que ya hemos hecho bastante por hoy —dijo Agatha—. Dejemos en paz a la tal señora Borrow.

—No —replicó Roy empecinado—. Estamos muy cerca.

La casa de Maria Borrow era un edificio bajo, con techo de paja y muy antiguo. Las pequeñas ventanas con vitral de rombos centelleaban a la luz del sol, y el jardincito era un alboroto de rosas, madreselvas, dragones, espuelas de caballero y alegrías de la casa. Roy dio un codazo a Agatha y señaló la aldaba de latón, que tenía la forma de diablo sonriente.

—¿Qué vamos a decir? —preguntó Agatha desesperada.

—Nada más que la verdad... —respondió Roy, y cogió la aldaba.

La puerta baja se abrió con un crujido y apareció la señorita Maria Borrow. Llevaba el pelo grisáceo recogido en un moño en la coronilla. Sus ojos claros miraron a Agatha, que se encogía detrás de Roy.

—Sabía que vendrían —dijo, y se hizo a un lado para dejarlos pasar.

Se encontraron en un salón de techo bajo lleno de muebles con fotografías en marcos plateados. De las vigas colgaban ramilletes de hierbas y flores secas. Maria Borrow se sentó a una mesita baja donde había una bola de cristal.

Roy se rió nervioso.

—¿Nos ha visto venir en eso? —preguntó.

Maria asintió varias veces.

—Oh, sí. —A pesar del calor que hacía, llevaba puesta una larga bata de lana morada—. Han venido para desagraviarme —añadió volviéndose hacia Agatha—, usted y su querido.

—El señor Silver es un amigo —dijo Agatha—. En realidad, considerablemente más joven que yo.

—Una dama es tan joven como el caballero al que ama. —Roy se rió tan alegre—. Mire —prosiguió, ya más serio—, durante nuestra visita al Castillo de Warwick grabamos un vídeo en uno de los torreones. Cuando lo vimos, aparecía usted, mirando fijamente a Aggie, aquí presente, con saña. Queríamos saber por qué.

—Usted envenenó a mi futuro marido —afirmó Maria.

Se hizo el silencio. Una mosca que había quedado encerrada zumbaba contra una de las ventanas. Desde el campo de juegos del pueblo llegaban gritos amortiguados y los golpes de una pelota de críquet contra un bate.

Agatha carraspeó.

—Se refiere al señor Cummings-Browne.

Maria asintió como loca.

—Sí, sí; nos habíamos comprometido.

—¡Pero ya estaba casado! —exclamó Roy.

Maria agitó su delgada mano.

—Iba a divorciarse.

Agatha se revolvió, nerviosa. No es que Vera Cummings-Browne fuera ninguna belleza, pero estaba a años luz de Maria Borrow, con aquella cara grisácea, los labios finos y los ojos sin brillo.

—¿Y él se lo había dicho a ella? —preguntó Roy.

—Creo que sí.

Agatha la observaba con inquietud. Se la veía muy tranquila.

—¿Eran amantes? —preguntó Roy.

—Nuestra unión se consumaría la verbena de San Juan —dijo Maria, y sus ojos claros se volvieron hacia Agatha—. Soy una bruja blanca, pero distingo el mal cuando lo veo. Usted, señora Raisin, fue un instrumento del diablo.

Agatha se puso de pie.

—Bueno, no queremos entretenerla más.

Sentía claustrofobia. Lo único que quería era salir de allí, volver al sol, a las imágenes y sonidos de la vida cotidiana del pueblo.

—Pero será castigada —prosiguió Maria, como si Agatha no hubiera hablado—. Los actos de maldad siempre reciben castigo. Me ocuparé personalmente de que así sea.

Roy introdujo una nota de humor:

—Bueno, pues si le pasa algo a nuestra amiga Aggie ya sabremos dónde buscar.

—No, no sabrán —dijo Maria Borrow—, porque lo harán las fuerzas sobrenaturales que convocaré.

Agatha se dio la vuelta y salió. Había un partido de críquet en el prado del pueblo, un partido plácido, de recreo, con pequeños grupos de espectadores desperdigados alrededor.

—Me da miedo —dijo cuando Roy la alcanzó—. Esa mujer está como una cabra.

—Alejémonos un poco de la casa —le dijo Roy—. Empiezo a creer que Reg Cummings-Browne se habría tirado hasta al gato.

—Seguramente se acostaba con quien podía —añadió Agatha—. No es que fuera un Adonis. No deberíamos haber venido, Roy. Siempre me pasa algo malo después de ir por ahí haciendo preguntas. Anda, disfrutemos del resto del día tranquilos.

Fueron a recoger las bicicletas, que habían dejado encadenadas a una valla junto al pub. Justo cuando se montaban, John Cartwright apareció por uno de los lados del pub. Habían acabado las comidas, se había quitado el delantal. Se paró en seco en cuanto los vio. Ellos se alejaron pedaleando tan deprisa como les fue posible.

De camino a casa, Roy tropezó con una piedra, salió catapultado por encima del manillar y afortunadamente fue a caer sobre la hierba blanda a un lado de la carretera. Se quedó sin aliento, pero estaba ileso.

—¿Ves lo que pasa? —dijo—. Habría que llevar casco siempre, Aggie.

El resto de la jornada transcurrió de forma apacible. Luego Agatha lo acercó a Oxford y lo despidió en la estación.

Al día siguiente, Agatha se acordó del comentario sobre el casco y se compró uno en una tienda de Moreton-in-Marsh. Pese a que sólo se tomó una ensalada de requesón para comer y otra de pollo para cenar, seguía sintiéndose gorda. Necesitaba ejercicio. Se puso el casco nuevo, sacó la bicicleta y pedaleó hasta las afueras del pueblo, cuesta arriba, lo que la obligó a bajarse y empujar varias veces. Empezaba a oscurecer y se estaban formando nubes en el cielo a medida que anochecía. Al llegar arriba del todo, Agatha dio la vuelta a la bici, deseando emprender ya el largo y sinuoso trayecto sin pedalear que la llevaría de vuelta a Carsely. El aire era cálido y dulzón. A toda velocidad, iba dejando atrás setos altos y árboles. Tenía la sensación de estar volando, volando como una bruja en el palo de su escoba.

Estaba tan emocionada con aquella sensación de velocidad y libertad que no vio el cable fino tendido, a la altura del pecho, de un lado a otro de la carretera. La bici salió disparada y ella cayó de cabeza contra la carretera. Apenas fue consciente de unos pasos apresurados que se le aproximaban; su mente aterrorizada comprendió en el acto que el cable no estaba allí por accidente y que quienquiera que fuera el que se acercaba seguramente pretendía matarla.

9

Con el aturdimiento, Agatha no vio al agresor aunque sintió que se le acercaba. Haciendo un esfuerzo inmenso, rodó por la carretera justo cuando un arma se estrellaba en el punto donde había caído.

—¡Alto! —gritó una voz.

El atacante de Agatha salió corriendo mientras ella se incorporaba apoyándose en un codo. Aunque estaba mareada, logró vislumbrar una figura oscura que se abría paso a través de un hueco del seto a un lado de la carretera y entonces la cegó la luz del faro de una bicicleta.

La voz de Bill Wong sonó alta y clara:

—¿Por dónde se ha ido?

—Por allí —dijo Agatha con voz débil, señalando con el brazo la dirección en que había huido el agresor.

Bill dejó su bicicleta en el arcén y se perdió por el seto.

Agatha movió lentamente brazos y piernas, luego se incorporó del todo hasta quedar sentada y, aturdida todavía, se quitó el casco. Su primer pensamiento coherente fue para Roy. Maldito chico, ¿por qué no había dejado las cosas como estaban? Se levantó trabajosamente y, de golpe, se sintió muy mal. Estremeciéndose,

recorrió la carretera poco a poco hasta llegar a su bicicleta. La recogió y se quedó allí, temblando. Un búho le
pasó volando por delante y ella gritó asustada. El denso
silencio de la campiña la oprimía. Se dio cuenta de que
no podía quedarse allí aguardando a que volviera Bill
Wong. Con la esperanza de que la bicicleta no estuviera
dañada, se montó y descendió despacio, sin pedalear,
hacia Carsely. No había nadie, el pueblo estaba desierto.
Enfiló Lilac Lane y advirtió que no había luces encendidas en la casa de la señora Barr.

Entró en la suya y cerró la puerta con llave. Qué
poca cosa le pareció entonces esa cerradura de cilindro.
Haría que una empresa de seguridad le instalara alarmas
antirrobo y esas luces que se encendían en cuanto alguien
se acercaba a una casa. Fue al salón, se sirvió un brandi
cargado y se encendió un cigarrillo. Intentó pensar, pero
su cabeza parecía embotada por el miedo. Unos golpes
en la puerta la sobresaltaron y vertió parte del brandi.
Ni siquiera tenía mirilla.

—¿Quién es? —preguntó con voz trémula.

—Soy yo, Bill Wong.

Agatha abrió la puerta. Allí estaba Bill Wong, con
Fred Griggs, el policía local, detrás.

—Pronto llegarán refuerzos —dijo Bill—. Fred, lo
que puedes hacer es volver y cortar el trozo de carretera
donde ha tenido lugar el ataque. La he pifiado. Debería
haberlo pensado antes. Wilkes me despedazará vivo.

Bill y Agatha se acomodaron en el salón.

—Gracias a Dios que ha aparecido —dijo Agatha—.
¿Qué hacía usted en bici?

—Estoy demasiado gordo —contestó Bill—. La vi
en la suya y seguí su ejemplo. Venía a visitarla. Sabía que
había estado en Upper Cockburn preguntando dónde
vivía la señorita Maria Borrow, y la señorita Borrow era

la mujer de la fotografía que me había dado. No sólo eso, ha comido usted en el pub en el que trabaja como cocinero John Cartwright.

—Me ha estado vigilando —dijo Agatha irritada.

—Yo no. Pero los rumores corren.

Agatha se estremeció.

—Ha sido esa Borrow, lo juro. Está loca. Dice que Cummings-Browne le prometió que se casaría con ella.

—Estoy empezando a pensar que el propio Cummings-Browne estaba un poco pirado —dijo secamente Bill—. En cualquier caso, Wilkes llegará enseguida y le hará todo tipo de preguntas. Aunque creo que ya puedo decirle quién ha intentado atacarla.

—¿Barbara James?, ¿Maria Borrow?

—No, creo que ha sido John Cartwright, ¿sabe por qué?

—Porque él asesinó a Cummings-Browne.

—No, porque ha andado usted fisgoneando por ahí. Juraría que él sabe que su mujer tenía un lío con Cummings-Browne y no quiere que los demás se enteren.

—Entonces la manera más lógica de ponerle fin habría sido ¡matar a Cummings-Browne!

—Pero él no es un hombre lógico. Es un simio desarrollado. Bien, ahora empiece por el principio y cuénteme lo que ha pasado.

Y así Agatha le contó lo del cable tendido de lado a lado de la carretera, lo de que alguien había estrellado algo a su lado y la habría alcanzado de no haberse apartado rodando.

—Pero, mire —finalizó Agatha—, los espantosos Boggle, una pareja de pensionistas a los que llevé de excursión el otro día, sabían lo del lío, así que los tejemanejes de Ella Cartwright y Cummings-Browne seguramente eran de dominio público en el pueblo.

—Mírelo de este modo: es posible que Cartwright sospechase que pasaba algo pero no pudiese demostrarlo. Su mujer lo negaría. Entonces Cummings-Browne muere, así que asunto acabado. Pero aparece usted haciendo preguntas y él se asusta. Ese tipo de hombres no puede soportar la idea de que su mujer tenga un lío con otro... no, mejor dicho, no puede soportar que los demás lo sepan. El orgullo no es patrimonio exclusivo de las clases altas, ya sabe. Aquí llegan los demás. Tendrá que responder preguntas otra vez.

Entraron entonces el inspector jefe Wilkes y el sargento Friend.

—Hemos hecho lo que proponías y hemos ido directamente a la casa de Cartwright —dijo Wilkes—. Se ha largado. Ha llegado a toda prisa, dice su mujer, ha cogido algo de ropa, la ha metido en una bolsa y se ha marchado. Se ha llevado ese coche viejo que tienen. Ella dice que no sabe qué pasa. Dice que la señora Raisin se le había metido entre ceja y ceja y que no paraba de repetir que iba a cerrarle la boca. En cualquier caso, hemos registrado la casa. La mujer ha dicho que necesitábamos una orden del juez, pero yo le he respondido que no nos costaría conseguirla, así que más valía que ahorráramos tiempo. En el dormitorio de arriba, hemos encontrado un montón de dinero en efectivo dentro de una caja, una escopeta de cañones recortados y uno de esos botes enormes llenos de calderilla, como los que tienen en los bares para donativos. Ése era para los espásticos. El mes pasado hubo un robo en el Green Man, en Twigsley. Un hombre enmascarado con una escopeta de cañones recortados vació la registradora y se llevó el bote de donativos de la barra. Parece que fue Cartwright. Ella Cartwright se ha venido abajo. Su marido pensaba que la señora Raisin lo sabía y ésa era la razón por la que fisgoneaba tanto. Fíjate tú en qué quedan los rumores sobre el marido engañado. Hemos emitido una orden de búsqueda, pero estoy seguro de que encontraremos abandonado ese coche suyo cerca de aquí. Cumplió condena en Chelmsford, en Essex, hace diez años, por robo a mano armada, y se suponía que se había rehabilitado. Es curioso, nunca lo habríamos descubierto si no hubiera pasado esto. Ha sido Ella Cartwright quien nos ha contado lo de la cárcel.

—¡Pero, cuando murió el señor Cummings-Browne —exclamó Agatha—, ¿no comprobaron si algún vecino tenía antecedentes?!

—Aunque lo hubiéramos hecho, no habría implicado nada. Antes de llegar a la conclusión de que fue un accidente, habríamos buscado a un envenenador más... hogareño.

Agatha lo miró fijamente. Era como si el golpe que se había dado en la cabeza le hubiera aclarado las ideas.

—Claro —dijo—, lo hizo Vera Cummings-Browne. Vio su oportunidad cuando dejé mi quiche en el concurso. Se la llevó a casa, la tiró a la basura y la sustituyó por una que había preparado ella.

Wilkes la miró con compasión.

—Eso fue lo primero que pensamos. Comprobamos su basura, los utensilios de cocina, todas las superficies de su cocina y los desagües. En esa cocina no se había preparado nada un día antes de que Cummings-Browne muriera. Bueno, ¿sería tan amable de contarnos lo que ha pasado esta tarde?

Cansada, Agatha volvió a repetirlo.

Finalmente, Wilkes se dio por satisfecho.

—Deberíamos estarle agradecidos, señora Raisin, por conducirnos hasta Cartwright. Podría haberla matado, aunque sospecho que sólo pretendía darle una paliza.

—Muchas gracias —dijo Agatha con amargura.

—Por otro lado, estoy convencido de que tarde o temprano lo habríamos descubierto. Y debe dejar las pesquisas en manos de la policía. Todo el mundo tiene algo que ocultar, y si va usted por ahí metiendo las narices donde no la llaman, alguien va a acabar haciéndole daño. Bien, ¿quiere que la acerquemos a un hospital para una revisión?

Agatha negó con la cabeza. Aborrecía y temía los hospitales, aunque no había una razón lógica, porque nunca la habían tratado en ninguno.

—Muy bien. Si tenemos más preguntas, volveremos mañana. ¿Tiene algún amigo que pueda pasar la noche con usted?

Una vez más, Agatha negó con la cabeza. Quería pedirle a Bill que se quedara, pero, tanto si estaba de servicio como si no, era evidente que se esperaba de él que se marchara con sus superiores. El detective le lanzó una mirada comprensiva al salir.

Cuando se fueron, encendió todas las luces de la casa. Se sentía tan desamparada como un gatito. Encendió la televisión y al rato la apagó, temiendo que el sonido ocultase el ruido de alguien que se acercara a hurtadillas a su casa. Se sentó al lado de la chimenea, aferrando el atizador, demasiado asustada para acostarse.

Y entonces se acordó de la señora Bloxby, la esposa del vicario. Telefoneó a la vicaría. Respondió el marido.

—¿Podría hablar con su esposa? Soy Agatha Raisin.

—Es un poco tarde —contestó el vicario—, y no sé si... Oh, aquí está.

—Señora Bloxby —dijo Agatha con timidez—, me preguntaba si podría ayudarme.

—Eso espero —respondió la esposa del vicario con su afable voz.

Así que Agatha le contó lo de la agresión y acabó echándose a llorar.

—Tranquila, tranquila —dijo la señora Bloxby—. No puede quedarse sola. Estaré ahí en un momento.

Agatha colgó y se enjugó las lágrimas. Ahora se sentía tonta. ¿Qué le había pasado para pedir ayuda llorando como una niña, ella, que no había pedido ayuda a nadie en su vida?

Al cabo de unos minutos, oyó un coche que se detenía delante de la casa e inmediatamente dejó de llorar. Sabía que era la señora Bloxby.

La esposa del vicario entró con una maletita.

—Me quedaré esta noche —le dijo con tranquilidad—. Debe de estar conmocionada. ¿Por qué no se acuesta? Le subiré un vaso de leche caliente y me quedaré a su lado hasta que se duerma.

Agradecida, Agatha obedeció. Cuando estuvo acostada, la señora Bloxby subió con una bolsa de agua caliente en una mano y un vaso de leche caliente en la otra.

—He traído la bolsa de agua caliente de casa —explicó—, porque, cuando una ha tenido un susto, no hay calefacción central que la haga entrar en calor.

Agatha, con la bolsa de agua caliente encima del estómago, la leche caliente dentro y la señora Bloxby a los pies de la cama, se tranquilizó y se sintió segura. Le contó a la esposa del vicario la historia de John Cartwright y cómo habían encontrado el dinero del robo en su casa.

—Pobre señora Cartwright —dijo la señora Bloxby—. Mañana habrá que visitarla, a ver qué podemos hacer entre todas. Ahora tendrá que buscarse un empleo. No es que él le diera mucho dinero, aunque sería muy bueno para ella tener algo que hacer, aparte de jugar al bingo. Todas le echaremos una mano. Ahora procure dormir, señora Raisin. La previsión del tiempo es buena, y las cosas parecen mucho más sencillas cuando brilla el sol. Mañana por la noche tenemos una reunión de la Asociación de Damas de Carsely en la vicaría. Tiene que venir. El señor Jones, al que usted aún no conoce, un hombre encantador y un fotógrafo de talento, va a hacernos una proyección de diapositivas sobre el pasado y el presente del pueblo. Todas estamos deseando verlas.

A Agatha empezaron a pesarle los párpados y, con el sonido de la voz suave de la señora Bloxby, se quedó profundamente dormida.

Durante la noche se despertó una vez, presa del pánico. Entonces recordó que la esposa del vicario estaba en la habitación de invitados, al otro lado del rellano, y sintió que el miedo y la tensión abandonaban su cuerpo. La bondad de la señora Bloxby era un arma que resplandecía frente a las tinieblas de la noche.

Al día siguiente, Agatha fue a casa de la señora Cartwright, cumpliendo la promesa que le había hecho esa mañana a la señora Bloxby de que le echaría una mano. Sin embargo, a la luz clara de un domingo soleado, sabía que Ella Cartwright estaría más interesada en el dinero que en la comprensión.

—Pase —la invitó Ella Cartwright con tono cansado—. Hay unos polis revolviendo la planta de arriba. Tómese una ginebra.

—Debe haber sido un golpe duro —dijo Agatha. Tras pasarse la vida sin preocuparse por los demás le costaba encontrar las palabras de compasión apropiadas.

—Más bien es un puñetero alivio. —La señora Cartwright se encendió un cigarrillo y se subió la manga del vestido de algodón—. ¿Ve estos moratones? Fue él, él. Nunca me dejaba marcas en la cara, el muy cabrón. Espero que lo pille la policía antes de que vuelva a asomar la nariz por aquí. Mira que le dije que a usted sólo le interesaba Reg, pero estaba convencido de que acabaría enterándose del robo. Menudo paranoico.

Agatha aceptó una ginebra rosa.

—Me sentía culpable de la muerte del señor Cummings-Browne, sólo era eso —dijo—. Y corría el rumor de que ustedes eran... amigos.

La señora Cartwright sonrió.

—Oh, a Reg le gustaba meterme mano de vez en cuando. Tampoco es nada malo, ¿no? Me llevó a varios restaurantes pijos. Dijo que se casaría conmigo. Me partía de risa. Le gustaba que las mujeres se volviesen locas por él, así que les tiraba los tejos a las solteras y a las viudas. Al principio no sabía muy bien qué hacer conmigo. Nosotros éramos buenos amigos, porque él sabía que yo no me creía ni una sola palabra de todo lo que decía.

—¿Y a usted no le preocupaba que su esposa lo descubriera?

—No. Supongo que lo sabía. No le molestaba nada, nada de nada, me parece.

—Pero usted dijo que se odiaban.

—Quería contarle a usted algo que compensara el dinero que me había dado. Pero le diré una cosa. En una pareja casada, uno nunca sabe lo que piensa el otro. Uno dice una cosa; el otro, otra. La verdad es que se llevaban bastante bien. Eran tal para cual.

—¿Quiere decir que ella también tenía líos?

—Qué va. A ella le encantaba hacerse la señorona perdonavidas, y él prefería ir de Don Pijo Creído. Hacer de juez en concursos, codearse con la aristocracia. Debería de haberlos visto, a los dos, cuando se cruzaban con alguien que tenía un título. Babeaban, le reían las gracias y le besaban los pies hasta asfixiarlo.

—¿Y qué va a hacer usted ahora?

—Buscar trabajo, supongo. La señora Bloxby va a acercarme a Mircester. Hay un nuevo supermercado Tesco y están contratando a gente. Preferiría no ir, pero uno hace lo que dice la señora Bloxby, tanto si quiere como si no.

Agatha se acabó la ginebra y se marchó. Lo que le había contado Ella sobre el matrimonio Cummings-Browne tenía sentido. No había razones para seguir investigando. Agatha se dio cuenta de que, en el fondo, había creído desde el principio que Vera Cummings-Browne era la asesina. Pero nadie había asesinado a nadie. Esta vez sí haría caso al consejo de Bill Wong.

Al volver andando a casa, advirtió sorprendida que había un enorme cartel de SE VENDE delante de la casa de la señora Barr. Ésta la vio acercarse y se quedó en la verja de su jardín, esperándola.

—Me ha echado de aquí —dijo la señora Barr—. No puedo vivir puerta con puerta con una asesina.

—Lo tiene crudo para venderla —replicó Agatha—. Ahora nadie compra, y además, ¿quién va a querer una casita cursi que se llama New Delhi?

Se dirigió con resolución a su casa, entró y cerró de un portazo.

Sin embargo, se sentía triste. Había metido un palo en el estanque del pueblo y al remover habían emergido demasiados sentimientos mugrientos.

Esa tarde, antes de la reunión de la Asociación de Damas de Carsely, fue al Red Lion a cenar. El dueño, Joe Fletcher, la saludó animadamente y le preguntó qué era toda aquella historia de que John Cartwright había intentado matarla. Al momento varios parroquianos se reunieron a su alrededor para escuchar el relato. Agatha les contó todo —lo del cable tendido en la carretera, que Bill Wong la había rescatado y que la policía había encontrado el dinero en casa de Cartwright—, mientras ellos se acercaban más y más y se encargaban de llenarle el vaso cada vez que lo vaciaba.

—Creo que el último delito lo cometió en Essex —dijo Agatha—. ¿Es que no era de aquí?

—Nació y se crió aquí —respondió un corpulento granjero llamado Jimmy Page—. Sus padres eran gente decente. Vivían en las casas de protección oficial. Murieron hace tiempo. No podían hacer nada con él, ni cuando era un renacuajo. Se lió con Ella, y el padre de la chica fue a buscarlo con una escopeta, por eso se casaron. Iba por ahí buscándose la vida, decía, y algunas veces volvía con mucha pasta, y otras, no. Mala gente.

Agatha se dio cuenta de que no había comido, pero no le apetecía dejar la barra ni la compañía. Por otro lado, era consciente de que estaba ingiriendo una cantidad excepcional de ginebra.

—He visto que la señora Barr ha puesto su casa en venta —comentó.

—Ah, sí, ha heredado una casa más grande en Ancombe —dijo el granjero—. Murió una tía suya.

—¡Cómo! —La mirada de Agatha estaba llena de rabia—. Me ha dicho que se iba de aquí por mi culpa.

—Yo no le haría ningún caso —contestó el granjero tan tranquilo.

Un hombre pequeño asomó la cabeza por encima del grueso hombro del señor Page.

—No ha sido la misma desde aquel numerito —dijo el tipo, y puso voz de falsete—: Oh, Reg. Reg, bésame.

—Ya está bien, Billy —le advirtió otro hombre—. Todos nos ponemos en evidencia en algún momento.

No hace falta tirar piedras a nadie. Va a hacer un verano abrasador, ¿no le parece?

En vano, Agatha intentó averiguar algo más sobre la señora Barr. Pero esa noche no habría más cotilleos. El tiempo y los cultivos eran los únicos temas permitidos. El viejo reloj de pie que había en un rincón del pub emitió una débil tos de disculpa y luego dio la hora.

—¡Dios mío! —Agatha se bajó con torpeza del taburete de la barra—. Llego tarde.

Se sentía un poco mareada mientras corría a la vicaría.

—Tampoco ha llegado tan tarde —le dijo en voz baja la señora Bloxby cuando le abrió la puerta—. La señorita Simms acaba de leer las actas.

Agatha aceptó una taza de té y dos sándwiches exquisitos, y se sentó tan cerca del resto de la comida como pudo.

—Bien —dijo la señora Mason—, nuestro invitado de la velada, el señor Jones.

Siguió un educado aplauso mientras el señor Jones colocaba una pantalla y el proyector de diapositivas.

Era un hombre pequeño y ágil, con el pelo cano y gafas de montura de pasta.

—En la primera diapositiva —dijo—, vemos la tienda de Bailey en los años veinte.

Una imagen, al principio borrosa, fue aclarándose: una tienda con toldos a rayas y una hilera de vecinos que sonreían plantados delante. Se oyeron exclamaciones encantadas de las mujeres mayores.

—Me parece que ésa es la señora Bloggs, ¿veis a la niña pequeña de la derecha?

Agatha reprimió un bostezo y, en la penumbra, alargó lentamente la mano para hacerse con un buen trozo de pastel de pasas. Estaba aburrida y adormilada.

Los sobresaltos de las últimas semanas le habían mantenido el flujo de adrenalina constante, y ahora todo se había desvanecido. Los ataques que había sufrido habían sido cosa de un ladrón, pero éste se había dado a la fuga. Maria Borrow no era más que una vieja bruja loca. Barbara James, un incordio. Algo desagradable había ocurrido en la trastienda del pasado de la señora Barr, pero ¿a quién le importaba? ¿Y qué estaba haciendo ella, la dinámica Agatha Raisin, sentada en una vicaría y comiendo pastel de pasas mortalmente aburrida?

Las diapositivas se sucedían. Incluso cuando aparecieron en pantalla las fotografías de «los ganadores de premios de nuestro pueblo», Agatha siguió sumida en un estupor hastiado. Allí estaba Ella Cartwright recibiendo un billete de diez libras de Reg Cummings-Browne, que parecía llevar muerto hacía tanto tiempo como esas fotos antiguas de los vecinos. Luego apareció Vera Cummings-Browne recibiendo un premio por un arreglo floral, y a continuación la señora Bloxby con su premio por una mermelada. ¿La señora Bloxby? Agatha miró la fotografía de la esposa del vicario junto a Reg Cummings-Browne y luego volvió a sumirse en el sopor. ¿La señora Bloxby también? ¡Ni en sueños!

Se quedó dormida. En su sueño llegaba en bicicleta a Carsely al anochecer y, en medio de la carretera, esperándola con una escopeta de cañones recortados en las manos, estaba la señora Barr. Agatha se despertó con un grito de terror y vio que el pase de diapositivas había terminado y todas la estaban mirando.

—Lo siento —murmuró.

—No se preocupe —dijo la señorita Simms, que estaba sentada a su lado—. Ha debido tener un buen susto.

Cuando Agatha volvía a casa, decidió que por la mañana haría que le instalaran algún tipo de sistema de alarma, pero al momento se preguntó para qué. En algún rincón de su mente había decidido marcharse del pueblo.

Al día siguiente, telefoneó a una empresa de seguridad y encargó lo mejor que podían ofrecerle en sistemas antirrobo. Luego recorrió toda la casa abriendo puertas y ventanas para que entrara aire fresco. Hacía cada vez más calor. Antes, cuando el tiempo era más agradable, los días eran soleados y las noches frescas, pero ahora el cielo ya ardía azulado, de un azul intenso por encima de las retorcidas chimeneas de las casas, y el sol caía con fuerza. A la hora de comer, el calor era terrible. Sacó un pequeño termómetro y comprobó que casi llegaba a los cuarenta grados. La señora Simpson estaba pasando la aspiradora en la planta de arriba, pues había cambiado el día de limpieza para compatibilizarlo con una visita al dentista. Agatha recordó la charla sobre la señora Barr y subió.

—¡¿Puedo hablar contigo?! —gritó por encima del ruido de la aspiradora.

La señora Simpson apagó el aparato con reticencia. Se enorgullecía de hacer bien su trabajo y sentía que ya había perdido demasiado tiempo escuchando las aventuras de Agatha.

—Anoche pregunté en el pub por qué vendía la casa la señora Barr y me enteré de que había muerto una tía suya y le había dejado una casa más grande en Ancombe.

—Sí, es verdad.

La mano de Doris Simpson se cernió con tristeza sobre el interruptor de la aspiradora.

—¿Por qué no bajas a la cocina y nos tomamos un café, Doris?

—Tengo mucho que hacer, Agatha.

—Sáltatelo por una vez. Estoy intentando quitarme el miedo de encima y me gustaría hablar un rato —insistió Agatha.

—Iba a limpiar los cristales de las ventanas.

—Es que hace demasiado calor. Y contrataré a un limpiacristales. ¡Doris!

—Muy bien, vale —dijo Doris con tono descortés.

¿Puede creerse alguien que, en los tiempos que corren, haya que rogarle a una mujer de la limpieza que deje de trabajar?, se maravilló Agatha.

Una vez en la cocina, con el café delante, Agatha soltó:

—Ahora háblame de la señora Barr.

—¿Y qué quieres que te diga?

—En el pub, alguien comentó que se había puesto en ridículo y la imitó diciendo: «Reg, Reg, bésame.»

—¡Ah, eso!

—Eso... ¿qué, Doris? Me muero de curiosidad.

—Ya sabes que la curiosidad mató al gato —dijo Doris, sentenciosa—. Bueno, había un joven en Campden que escribió una obra de teatro, una obra a la antigua, ya sabes, donde los actores sostienen cigarrillos con largas boquillas y hablan como en las películas británicas de cuando la guerra. Era un protegido de Vera Cummings-Browne. Resulta que la señora Cummings-Browne dijo que haría que lo montara el grupo de teatro. Dos de los papeles eran los de una pareja de mediana edad que recordaba la pasión de su juventud, o eso decía el programa. Los interpretaban la señora Barr y el señor Cummings-Browne. La obra era un aburrimiento total. Bueno, se suponía que iban en un transatlántico, y allí estaban, sentados en unas tumbonas, con mantas de viaje sobre las rodillas y diciendo cosas como «¿Te acuerdas de la India, querida?».

—¿Como si fuera una parodia de Noël Coward?

—Supongo. No sabría decirte. El caso es que la señora Barr se vuelve de repente hacia él y le suelta: «Reg, Reg, bésame.» Bueno, por lo visto eso no salía en el guión y, peor aún, el personaje que interpretaba el señor Cummings-Bowne se llamaba Ralph. Él farfulló algo y ella se echó en sus brazos, la tumbona se volcó y todos nos reímos y aplaudimos, porque era lo único divertido que habíamos visto hasta ese momento, pero el autor empezó a gritar obscenidades e intentó subir al escenario, y la señora Cummings-Browne bajó el telón. Oímos la espantosa discusión que siguió entre bastidores, y luego la señora Cummings-Browne salió, se puso delante del telón y dijo que la obra se cancelaba.

—¡Así que la señora Barr debía de estar liada con el señor Cummings-Browne!

—Mira, a veces me pregunto si ese hombre hacía algo más que dar un beso y un achuchón. Me refiero a que, por ejemplo, a Ella Cartwright, aunque parezca una furcia, lo único que en realidad le importa es conseguir dinero para el bingo. ¿Puedo volver ya al trabajo?

Los de la empresa de seguridad llegaron en ese momento. Agatha pagó una suma pasmosa y empezaron a colocar luces, alarmas y sensores.

—Esto va a parecer Fort Knox —gruñó Doris.

Agatha salió y se sentó en el jardín para alejarse de los operarios, pero hacía un sol implacable. El aire de los Cotswolds es muy denso, y aquel día el sol parecía haber consumido todo el oxígeno. Se sentía tan aislada como si estuviera en una isla desierta, incluso con Doris trabajando y los operarios instalando por todas partes el sistema de alarma. Movió la silla a una zona de sombra. No tomaría ninguna decisión precipitada. Vería cuánto tardaba la señora Barr en vender la casa e intentaría averiguar cuánto había sacado por ella. Si la venta era buena, entonces pondría su propia casa en el mercado. Volvería a Londres y empezaría de nuevo en las relaciones públicas. Intentaría sacar a Roy de Pedmans. Roy estaba haciéndolo bien.

Aunque los boletines informativos decían que el asfalto se fundía en las calles de Londres por el calor, ella se imaginó la ciudad bajo cielos lluviosos, con las aceras resplandeciendo empapadas, reflejando los colores de las mercancías de los escaparates. Se había acostumbrado a la población internacional de Londres, a los rostros de otros colores, a los restaurantes exóticos. Ahí estaba rodeada de caras anglosajonas y costumbres no menos anglosajonas. El escándalo de John Cartwright había terminado, estaba segura. Ya se estaban haciendo planes para el concierto anual de la banda del pueblo, esta vez para recaudar dinero para Oxfam. Aparte de mandar dinero a los desdichados del mundo, a los vecinos no les preocupaba demasiado nada que no afectara al transcurrir pausado y tranquilo de sus días. ¡Asfixiante! Eso era. Asfixiante, pensó Agatha, y le dio un golpe al brazo de la silla.

—¡Alguien quiere verla! —gritó uno de los operarios.

Agatha entró en casa. Bill Wong estaba en la puerta delantera.

—Pase —dijo Agatha—. ¿Lo han detenido?

—Todavía no. Veo que está instalando todos los sistemas de seguridad posibles.

—Han empezado hace rato, así que deben estar a punto de acabar —dijo Agatha—. Esperemos que esto aumente el precio de la casa, porque tengo intención de marcharme.

Él la siguió hasta la cocina.

—¿Marcharse? ¿Por qué? ¿Ha intentado asesinarla alguien más?

—Todavía no. —Agatha se sentó frente a él—. Me aburro.

—Pues muchos creerían que lleva una vida muy emocionante en el campo.

—No encajo aquí —dijo Agatha—. He pensado en volver a Londres y empezar de nuevo en el negocio.

Los ojos almendrados del detective la estudiaron sin denotar expresión alguna.

—Tampoco es que le haya dado mucho tiempo. Se tarda unos dos años en establecerse en cualquier parte. Además, usted ya es una persona distinta. Menos irritable, menos insensible.

Agatha respiró hondo.

—Querrá decir que soy más débil. No, nada me va a hacer cambiar de opinión ya. ¿A qué ha venido?

—Sólo a preguntar cómo estaba. —Rebuscó en el bolsillo de su chaqueta, que llevaba colgada del brazo cuando llegó y que en ese momento descansaba en el respaldo de la silla, y sacó un tarro de mermelada casera—. Es de mi madre —añadió con torpeza—. Creí que a lo mejor le gustaba. Es de fresa.

—Oh, qué detalle —dijo Agatha—. Me la llevaré a Londres.

—¡No me diga que se va ahora mismo!

—No, pero mientras estaba usted hablando se me ha ocurrido que me sentaría bien tomarme unas breves vacaciones de Carsely, alojarme en algún hotel de Londres.

—¿Durante cuánto tiempo?

—No sé. Puede que una semana.

—Así que eso significa que su vida de detective aficionada ha llegado a su fin.

—En realidad nunca empezó —dijo Agatha—. Creía que todo el jaleo que estaba causando se debía a que había un asesino en el pueblo. Pero lo único que hacía era sacar de quicio a la gente.

Bill la estudió un momento.

—Tal vez se dé cuenta de que ha cambiado. Tal vez descubra que ya no encaja en Londres.

—La verdad, lo dudo mucho. —Agatha se rió—. Le diré lo que voy a hacer cuando vuelva; lo invitaré a cenar —dijo y lo miró, con sobrevenida timidez—. Es decir, si usted quiere, claro.

—Me gustaría... siempre que no sea quiche.

Cuando se hubo marchado, Agatha pagó a Doris Simpson y le dijo que estaría fuera la semana siguiente, pero que le dejaría una llave, y le pidió al encargado de los operarios que las instruyera a ambas en el misterioso funcionamiento de las alarmas antirrobo. Luego telefoneó a un hotel pequeño pero caro de Londres y reservó una habitación para una semana. Tuvo la suerte de que habían cancelado una reserva previa, pero, aun así, no le quedó más remedio que aceptar una habitación doble.

Se puso a hacer las maletas. El anochecer no dio respiro con el calor y además trajo consigo muchas molestias. La noticia de que todas las luces del exterior de la casa de Agatha se encendían cuando alguien pasaba por la calle se propagó rápidamente entre los niños del pueblo, que empezaron a correr arriba y abajo dando gritos de alegría, como si fueran golondrinas gigantes, hasta que el policía local se presentó para ahuyentarlos.

Luego fue al Red Lion.

—Todos necesitamos aire acondicionado —le dijo al dueño.

—Pues tiene usted razón —contestó él—, pero ¿para qué hacer el gasto? No volveremos a ver un verano como éste en Inglaterra en años. Lo cierto es que quizá tengamos un invierno crudo. El viejo Sam Sturret acaba de pasar por aquí y ha dicho que el invierno será de espanto. Nos cubrirá la nieve durante semanas, eso ha dicho.

—¿Es que no pasan quitanieves?

—No, el Ayuntamiento no tiene, señora Raisin. Dependemos de los granjeros con sus tractores para mantener despejadas las carreteras.

Agatha estaba a punto de quejarse diciendo que, con lo que pagaban en impuestos por las viviendas, deberían tener camiones para esparcir arena y sal, por no mencionar quitanieves municipales, y estaba a punto de decir también que presentaría una petición en el Ayuntamiento cuando recordó que el invierno siguiente seguramente ya estaría viviendo en Londres.

Uno por uno, los vecinos fueron llegando al pub. El dueño les dijo que había sacado unas mesas al jardín, así que todos salieron y le dijeron a Agatha que los acompañara. Un hombre que había traído un acordeón se puso a tocar, y al poco rato llegaron más vecinos atraídos por la música y cantaron todos juntos. Agatha se sorprendió cuando oyó que era la última ronda, pues se dio cuenta de que se había pasado la velada entera en el jardín del pub.

Mientras caminaba de vuelta a casa, se sentía confusa. Esa misma tarde, la ardiente ambición con la que había vivido tanto tiempo había revivido en ella con toda su fuerza y se había sentido de nuevo como antes. Pero ahora se preguntaba si de verdad quería volver a ser como antes. Antes no se sentaba a cantar en pubs ni recibía visitas de la esposa del vicario, pensó al ver a la señora Bloxby delante de la puerta de su casa bajo el resplandor de las nuevas luces de seguridad.

—Me he enterado de que se va mañana a Londres —dijo la señora Bloxby—, y he venido a despedirme.

—¿Quién se lo ha dicho? —preguntó Agatha mientras abría la puerta principal.

—Ese joven detective tan agradable, Bill Wong.

—Siempre parece andar por aquí, ¿es que no tiene trabajo que hacer en Mircester?

—Ah, recorre con frecuencia los pueblos —dijo la señora Bloxby sin entrar en detalles—. Y también me ha dado una mala noticia, que pensaba dejarnos para siempre.

—Sí, tengo pensado volver al trabajo. No debería haberme jubilado tan pronto.

—Bueno, es una verdadera pena para Carsely. Teníamos pensado aprovecharnos más de sus habilidades organizativas. ¿Estará de vuelta el sábado por la tarde?

—Lo dudo —dijo Agatha, una vez que se hubieron sentado las dos en el salón—. ¿Por qué el sábado por la tarde?

—Es el día del concierto de la banda del pueblo. La señora Mason prepara una merienda. Todo un acontecimiento.

Agatha le sonrió sintiendo cierta lástima por ella, qué vida tan triste si la única diversión a la que podías aspirar era un concierto de la banda del pueblo.

Charlaron un poco más, y luego la señora Bloxby se marchó. Agatha hizo una maleta, colocando cuidadosamente el tarro de mermelada de fresas en un rincón. Estuvo despierta un buen rato con las ventanas del dormitorio abiertas de par en par, esperando alguna ráfaga de aire fresco, pero se sentía animada pensando en Londres y en su regreso desde la tumba de Carsely.

10

¡Londres! ¡Y cómo olía! Espantoso, pensó Agatha al sentarse en el comedor del hotel Haynes. Se encendió un cigarrillo y miró con aire sombrío el tráfico ruidoso de Mayfair.

El hombre sentado en la mesa de atrás empezó a toser, se atragantó y agitó su periódico irritado. Agatha miró su cigarrillo encendido y suspiró. Entonces levantó la mano y llamó al camarero.

—Saque a ese hombre de la mesa que tengo detrás —dijo— y búsquele otra. Me está molestando.

El camarero paseó la mirada entre la cara irritada del hombre y la agresiva de Agatha y acto seguido se inclinó sobre el hombre y le dijo con tono tranquilizador que tenían una mesa muy agradable en el rincón, lejos del humo. El hombre protestó en voz alta. Agatha continuó fumando, haciendo caso omiso de la escenita, hasta que el irritado caballero cedió y se alejó de su mesa.

Imagínate, vivir en Londres y quejarte del humo del tabaco, se asombró Agatha. Uno sólo tenía que pasear por las calles para inhalar el equivalente a cuatro paquetes de cigarrillos.

Se acabó el café y el cigarrillo y subió a su habitación, donde ya hacía un calor asfixiante. Llamó a Pedmans y preguntó por Roy.

Finalmente le pusieron con él.

—¡Aggie! —gritó—. ¿Cómo van las cosas por los Cotswolds?

—Un infierno —dijo Agatha—. Tengo que hablar contigo. ¿Quedamos para comer?

—La comida la tengo pillada. ¿Para cenar?

—Estupendo. Me alojo en el Haynes. Quedamos a las siete y media en el bar.

Colgó el teléfono y miró a su alrededor. Las cortinas de muselina se agitaban en la ventana, llevándose el poco oxígeno que quedara en el aire. Tendría que haber reservado en el Hilton o en algún hotel norteamericano, donde tenían aire acondicionado. El Haynes era pequeño y anticuado, como una casa de campo atrapada en medio de Mayfair. El servicio era excelente, eso sí. Pero era un hotel muy inglés, y los hoteles muy ingleses nunca preveían un verano caluroso.

A falta de nada mejor que hacer, decidió pasarse por The Quicherie y ver al señor Economides. El tráfico estaba tan atascado como siempre y no había ningún taxi a la vista, así que fue caminando desde Mayfair, cruzó Knightsbridge hasta Sloane Street, llegó a Sloane Square y desde allí, por Kings Road, se dirigió a World's End.

El señor Economides la saludó con cautela, pero Agatha había venido buscando una acogida amigable y se dispuso a ser amable con él de un modo que antes no habría sido propio de ella. La tienda estaba tranquila y relativamente fresca. Era el momento flojo del día. Pronto llegaría la avalancha de clientes de la hora de comer a comprar café y sándwiches para llevárselos a la oficina. Agatha preguntó por la esposa y la familia del señor Economides, y él empezó a relajarse de manera perceptible y le pidió que se sentara a una de las pequeñas mesas con sobre de mármol mientras le preparaba un café.

—Debo disculparme por haberle causado todos esos problemas —dijo Agatha—. Si no se me hubiera ocurrido hacer trampas en el concurso del pueblo presentando una de sus deliciosas quiches como si la hubiera preparado yo, esto nunca habría sucedido.

Y entonces, por alguna razón, se cernió sobre ella la conmoción por la agresión de John Cartwright y se le llenaron los ojos de lágrimas.

—A ver, señora Raisin —dijo el señor Economides—. Le contaré un pequeño secreto. Yo también hago trampas.

Agatha se frotó los ojos.

—¿Usted? ¿Y cómo?

—Mire, tengo un cartel ahí que dice «Horneado en el local», pero muchos fines de semana visito a mi primo en Devon. Tiene una tienda de comida preparada, como yo. Y verá, los domingos por la noche después de visitarlo suelo llegar muy tarde y no me apetece levantarme temprano para hornear el lunes, así que me traigo una caja de las quiches de mi primo, si le han sobrado. Él hace lo mismo cuando viene a verme, porque su negocio, a diferencia de éste, funciona sobre todo los fines de semana, con los turistas, mientras que yo me gano la vida entre semana, con los oficinistas. Así que la que usted se llevó era una de las quiches de mi primo.

—¿Y se lo contó a la policía? —preguntó Agatha.

El griego pareció asustarse.

—No querría llevar a la policía hasta mi primo —dijo mirando a Agatha con seriedad.

Agatha le devolvió la mirada, desconcertada, hasta que se le encendió la lucecita:

—¿Lo que le da miedo es la policía de inmigración? Él asintió.

—El novio de la hija de mi primo entró con un visado de turista y se casaron en la iglesia ortodoxa, pero todavía no se han registrado ante las autoridades británicas y él está trabajando para su suegro sin papeles, y por eso... —dijo, y se encogió de hombros de manera expresiva.

Agatha no tenía ni idea de permisos de trabajo, pero sí sabía, por las experiencias que había tenido en la agencia con los modelos extranjeros, que tenían pánico a que los deportaran.

—Así que ha venido bien que la señora Cummings-Browne no lo demandara —dijo.

Una persiana cayó sobre los ojos del señor Economides. Entraron dos clientes en la tienda y él se despidió a toda prisa antes de escabullirse detrás del mostrador.

Agatha se acabó el café y salió a dar un paseo por sus antiguos dominios. Tomó una comida ligera en el Stock Pot y luego pensó que la mejor manera de pasar la tarde era meterse en un cine con aire acondicionado. Una vocecita en su interior le decía que, si de verdad estaba pensando en volver a Londres, debía empezar a buscar un piso en el que vivir y un local para instalar la oficina, pero se apartó la vocecita de la cabeza. Había tiempo de sobra y además hacía demasiado calor. Compró el *Evening Standard* y descubrió que en un cine de al lado de Leicester Square reponían *El libro de la selva* de Disney. Así que fue hasta allí, disfrutó de la película y salió con la agradable perspectiva de ver a Roy, convencida de que él la animaría para que emprendiera su nuevo negocio.

Era difícil, pensó al bajar al bar del hotel a las siete y media, acostumbrarse al nuevo Roy. Allí estaba, con su nuevo corte de pelo, casi al cero, a la última moda, un sobrio traje de ejecutivo y una corbata que imitaba las del ejército.

La saludó afectuosamente. Agatha lo invitó a una ginebra doble y le preguntó cómo iba el proyecto de los viveros, él le contó que de momento muy bien y que le habían nombrado ejecutivo júnior de la empresa, además de darle un despacho propio con secretaria de lo impresionados que se habían quedado al ver su foto en *The Sunday Times*.

—Tómate otra ginebra —dijo Agatha, deseando que Roy siguiera sintiéndose incómodo en Pedmans.

Roy sonrió.

—Te olvidas de que he visto a la vieja Aggie en acción. Atibórralos de priva y entra a saco con el café. Déjalo, Aggie. Suéltame ya lo que te ronda la cabeza.

—Muy bien. —Agatha miró a su alrededor; el bar se estaba llenando—. Llevémonos las bebidas a aquella mesa.

Cuando se hubieron acomodado, ella se inclinó hacia delante y lo miró fijamente.

—Iré directamente al grano, Roy. Vuelvo a Londres. Voy a empezar otra vez y quiero que seas mi socio.

—¿Por qué? Ya se ha acabado el lío ese. Tienes una casa preciosa en un pueblo precioso...

—Y me muero de aburrimiento.

—No le has dado tiempo, Aggie. Todavía no te has establecido.

—Bueno, si no te interesa —repuso Agatha enfurruñada.

—Aggie, Pedmans es grande, una de las más grandes. Eso ya lo sabes. Tengo un gran futuro por delante.

Ahora me lo estoy tomando en serio, en lugar de ir por ahí con unas cuantas bandas de pop. Quiero dejar lo de los grupos de música. Uno llega a las listas de ventas y a las dos semanas se han olvidado de él. ¿Sabes por qué? Porque el negocio de la música pop ahora no es más que la campaña publicitaria, sin sustancia detrás. Nada de canciones. Sólo pum, pum, pum para las discotecas. Las ventas son una mínima fracción de lo que eran. ¿Y sabes por qué quiero seguir en Pedmans? Porque voy ascendiendo, y rápido. Y tengo la intención de conseguir lo que tú ya tienes: una casa de campo en los Cotswolds —dijo Roy—. Mira, Aggie, ya nadie quiere vivir en ciudades. Las nuevas generaciones se están americanizando. Si te levantas lo bastante temprano, no te hace falta vivir en Londres. Además, estoy pensando en casarme.

—Venga ya —le soltó Agatha—. Me parece que no has salido con una sola chica en tu vida.

—Eso es lo que tú te crees. El caso es que el señor Wilson quiere que sus ejecutivos estén casados.

—¿Y quién es la afortunada?

—Todavía no la he encontrado. Aunque cualquier chica agradable y tranquila me servirá. Hay a montones. Alguien que me prepare la comida y me planche las camisas.

En realidad, pensó Agatha irritada, bajo el exterior de todo hombre afeminado late el corazón de un auténtico cerdo machista. Encontraría a una chica joven, dócil, manipulable y un poco vulgar para no sentirse inferior. De ella se esperaría que aprendiera a ser una buena anfitriona en las cenas y a no quejarse cuando su marido sólo regresara a casa los fines de semana. Aprenderían a jugar a golf. Roy iría engordando y volviéndose quisquilloso. Lo había visto antes.

—Pero como socio mío podrías ganar más —dijo.

—Has perdido a tus antiguos clientes, ahora los tiene Pedmans. Se tardaría siglos en recuperarlos. Eso lo sabes, Aggie. Tendrías que empezar de cero de nuevo e ir creciendo. ¿De verdad es eso lo que quieres? Vamos a cenar y seguimos hablando. Me muero de hambre.

Agatha optó por aparcar el asunto de momento y comenzó a contarle la agresión de John Cartwright y que había resultado ser un ladrón.

—Te lo digo sinceramente, Aggie, ¿no ves que Londres te parecería insulso en comparación? Además, un amigo me ha dicho que en el campo uno nunca está solo. A los vecinos les importa lo que te pasa.

—A menos que sean como la señora Barr —replicó Agatha con sequedad—. Va a vender la casa. Y el mal bicho tuvo la desfachatez de decir que yo la echaba de allí, pero la verdad es que una tía suya le había dejado en herencia una casa más grande en Ancombe.

—Creía que era de fuera —dijo Roy—. Y ahora me cuentas que tenía, al menos, un pariente que vivía cerca.

—Si no has nacido y te has criado en el mismo Carsely, créeme, te consideran forastera de por vida —le informó Agatha—. Ah, y otra cosa sobre la señora Barr.

Le contó a Roy lo de la obra de teatro, y él se partió de risa.

—Tuvo que ser un asesinato, Aggie —dijo con voz entrecortada.

—No, ya no creo que lo fuera, y tampoco me importa. Hoy he ido a ver a Economides y la razón por la que él se alegraba de que todo el asunto pasara cuanto antes es que la quiche que me vendió la habían preparado en realidad en el local de su primo en Devon. Y el primo en cuestión tiene un yerno que trabaja para él sin papeles.

—Ah, eso explica su reacción, y el robo de John Cartwright explica su comportamiento, pero ¿qué me dices de las mujeres con las que tonteaba Cummings-Browne? ¿Y de la loca de Maria?

—Me parece que está loca, sin más, y Barbara James es una chica dura, y Ella Cartwright es una furcia, y a la señora Barr también le falta un tornillo, pero no creo que ninguna de ellas asesinara a Cummings-Browne. Ya estoy otra vez. No fue un asesinato, Roy. Bill Wong tenía razón.

—Lo que nos deja a Vera Cummings-Browne.

—En cuanto a eso, estaba convencida de que lo había hecho ella, que era todo muy sencillo. Cuando presenté la quiche al concurso, se le ocurrió el asesinato. Fue a casa, tiró mi quiche a la basura y preparó otra.

—Brillante —dijo Roy—. ¡Y no la descubrieron porque Economides estaba tan asustado por lo del permiso de trabajo que ni se molestó en mirar la quiche que supuestamente era suya!

—Sí, era una buena teoría. Pero la policía la descartó. Revisaron todo lo que había en la cocina, las ollas, las sartenes, los alimentos, hasta los desagües. No había utilizado el horno ni cocinado nada el día del asesinato. Déjalo, Roy. Haces que lo llame «asesinato» cuando ya he decidido olvidarme de todo. Volviendo a cosas más interesantes... ¿Estás decidido a seguir en Pedmans?

—Me temo que sí, Aggie. Y en cierto modo es culpa tuya. Si no me hubieras hecho esa publicidad, no habría ascendido tan rápido. Pero te diré qué voy a hacer. Tú montas la empresa y te doy un toque en secreto cuando me entere de que algún cliente busca un cambio... no de los míos, claro. Pero no puedo hacer más.

Agatha se desinfló. La ambición que la había movido durante tanto tiempo parecía desvanecerse por momentos. Tras despedirse de Roy, salió y paseó inquieta por las calles nocturnas de Londres, como si buscara recuperar a la persona que había sido en el pasado. En Piccadilly Circus, un par de drogadictos de semblante pálido la miraron con ojos vacíos y un mendigo la amenazó. El calor todavía parecía alzarse vibrante de las aceras y salir de dentro de los edificios.

Durante el resto de la semana, paseó por los parques, navegó por el Támesis y fue al cine y el teatro, moviéndose por la ciudad bajo el agobiante calor como un fantasma, o como alguien que ha perdido sus documentos de identidad. Porque, durante mucho tiempo, su trabajo había sido su carácter, su personalidad, su identidad.

El viernes por la noche, la idea de la banda del pueblo empezó a proyectar una sombra cada vez más grande en sus pensamientos. Las mujeres de la Asociación de Damas de Carsely estarían allí, podía acercarse en unos pasos al Red Lion si se sentía sola, y tal vez podía hacer algo respecto a su jardín. ¡No era que abandonase la idea! Sólo que un jardín arreglado incrementaría el precio de venta de la casa.

Se levantó temprano por la mañana, pagó la cuenta y se dirigió a Paddington Station. Había dejado el coche en Oxford. Una vez más, regresaba.

—Oxford. Llegamos a Oxford —canturreó el jefe de tren.

Con la extraña sensación de estar en casa, salió del aparcamiento y condujo por Worcester Street, luego por Beaumont Street, Saint Giles, Woodstock Road, hasta la rotonda, donde cogió la circunvalación de la A-40 a Burford, subió por las colinas hacia Stow-on-the-Wold y luego siguió por la A-44 hasta entrar en Carsely.

Cuando conducía por Lilac Lane hacia su casa, frenó en seco delante de New Delhi. Sobre el cartel que había colocado la inmobiliaria destacaba una pegatina de ¡VENDIDA!

Me pregunto cuánto habrá sacado, pensó Agatha al ponerse de nuevo en movimiento. ¡Sí que ha sido rápido! Pero da igual, que se pudra esa mala pécora. Esperemos que se instale alguien agradable. Aunque tampoco es que me importe, porque yo también me voy, se recordó con rabia.

Apremiada por la sensación supersticiosa de que el pueblo echaba raíces a su alrededor y trataba de retenerla, dejó la maleta detrás de la puerta y fue en coche a las oficinas de la inmobiliaria en Chipping Campden, la misma que había vendido la casa de la señora Barr.

Se presentó y dijo que iba a poner su casa en venta. ¿Por cuánto? Bueno, seguramente le valdría la misma cantidad que había conseguido la señora Barr por la suya. El de la inmobiliaria le dijo que no estaba autorizado a revelar la cantidad por la que había vendido la señora Barr, si bien añadió con diplomacia que había pedido ciento cincuenta mil libras y que se había dado por satisfecha con las ofertas que había recibido.

—Pues yo quiero ciento setenta y cinco mil por la mía —dijo Agatha—. Tiene techo de paja, y seguro que está en mejor estado que la de esa bruja.

El agente parpadeó, pero una casa en venta era una casa en venta, de modo que Agatha y él entraron en los pormenores.

No tengo por qué vendérsela a cualquiera, pensó Agatha. Después de todo, les debo a la señora Bloxby y a las demás que se la quede alguien agradable.

La banda del pueblo estaba tocando fuera del salón de actos de la escuela. Antes de ir a escucharla, llevó el regalo que había comprado para Doris Simpson hasta las viviendas de protección oficial. Cuando empujó la puerta del jardín de Doris, la sorprendió ver que todos los gnomos habían desaparecido. Llamó al timbre, y en cuanto Doris abrió, le puso un gran paquete de papel de estraza en los brazos.

—Pasa —dijo Doris—. ¡Bert! Agatha ha vuelto de Londres y nos ha traído un regalo. Es muy amable por tu parte. No tendrías que haberte molestado, de verdad.

—Ábrelo, anda —dijo Bert cuando dejó el paquete encima de la mesita de café del salón.

Doris quitó el envoltorio y descubrió un gran gnomo con una túnica morada y un sombrero verde.

—No deberías haberte molestado —dijo Doris sentidamente—, de verdad que no.

—Te lo mereces —respondió Agatha—. No, no me quedaré al café. Voy a escuchar a la banda.

En el salón de actos de la escuela habían colocado unos puestos de venta. Agatha entró y se dio una vuelta, divertida al comprobar que algunos de los objetos de su subasta estaban siendo reciclados. Y entonces se detuvo en seco ante la parada de la señora Mason. Estaba atestada de gnomos de jardín.

—¿De dónde los ha sacado? —preguntó Agatha, presa de una terrible sospecha.

—Ah, eran de los Simpson —le explicó—. Los gnomos ya estaban en el jardín cuando se mudaron a la casa y llevaban siglos queriendo deshacerse de ellos. ¿Le interesaría alguno? ¿Qué le parece este pequeñuelo tan simpático con la caña de pescar? Animará su jardín.

—No, gracias —dijo Agatha, que se sentía una tonta, aunque, bien pensado, ¿cómo iba a saber ella que a los Simpson no les gustaban los gnomos?

Entró en el salón de té, que habían montado a un lado del salón principal, y allí encontró a la señora Bloxby ayudando a la señora Mason.

—¡Bienvenida! —exclamó la señora Bloxby—, ¿qué le sirvo?

—No he comido nada —dijo Agatha—, así que tomaré un par de esas empanadillas de Cornualles y una taza de té. Debe de haberse pasado toda la noche cocinando.

—Oh, no es todo mío, y cuando tenemos un gran acto como éste lo hacemos por partes. Cocinamos y congelamos en ese gran aparato de ahí, luego lo descongelamos en el microondas el día del acto.

Agatha cogió su plato de empanadillas y la taza de té, y se sentó a una de las largas mesas. Jimmy Page, el granjero, se sentó a su lado y le presentó a su esposa. Se acercaron más vecinos. Al poco Agatha estaba rodeada de un grupo de personas que charlaban sin parar.

—Pronto lo sabrán —dijo por fin—, pero he puesto mi casa en venta.

—Vaya, es una pena —contestó el señor Page—. ¿Se vuelve a Londres?

—Sí, voy a reemprender mi negocio.

—Supongo que para usted es distinto, señora Raisin —dijo la esposa del granjero—. Una vez fui allí y era muy solitario. Las ciudades son sitios solitarios. Claro que para usted es distinto. Debe de tener montones de amigos.

—Sí —mintió Agatha, pensando con tristeza que el único amigo que tenía era Roy y que sólo se habían hecho amigos desde que se había mudado a los Cotswolds.

Seguía haciendo un calor espantoso. Agatha se sentía demasiado perezosa para pensar siquiera qué iba a hacer a continuación, y de repente se dio cuenta de que había aceptado una invitación para ir a la granja de Jimmy Page con un grupo. Al llegar a la granja, que estaba en una colina por encima del pueblo, se sentaron en el exterior, bebieron sidra, hablaron despreocupadamente del calor que hacía y recordaron los veranos de antaño, hasta que el sol empezó a ponerse descendiendo por el cielo y alguien sugirió que fueran al Red Lion, que es lo que hicieron.

Más tarde, al volver caminando a casa un poco achispada, Agatha se quitó de la cabeza las dudas acerca de la venta de la casa. Cuando llegara el invierno, las cosas en Carsely serían distintas, más tristes, más cerradas. Había hecho lo correcto. Jimmy Page había comentado que la casa era del siglo XVII y que se conservaba intacta, aparte de la ampliación, claro.

Se quitó los zapatos y alargó la mano para encender la luz cuando las lámparas de seguridad se dispararon fuera de la casa, potentes y deslumbrantes. Se quedó paralizada. Se oyeron sonidos furtivos, como si alguien se apartara con sigilo de la puerta. Lo único que tenía que hacer era abrirla de golpe y ver quién era. Pero no podía moverse. Estaba convencida de que al otro lado había algo siniestro y tenebroso. No podían ser los niños. Los pequeños de Carsely se acostaban a horas anticuadas, incluso los festivos.

Permaneció sentada un buen rato antes de levantarse despacio y encender las luces de la casa; fue de habitación en habitación como había hecho otras veces cuando se había asustado.

Agatha se preguntó si debía llamar a la señora Bloxby. Probablemente habría sido uno de los chicos del pueblo o alguien que paseaba al perro. Poco a poco fue perdiendo el miedo, aunque se acostó y dejó todas las luces encendidas.

• • •

Por la mañana la animó ver la inmensa furgoneta de mudanzas delante de New Delhi y a los empleados en plena tarea. Era evidente que la señora Barr no veía nada malo en hacer la mudanza en Sabbath. Agatha se estaba planteando si ir a la iglesia cuando sonó el teléfono. Era Roy.

—Tengo una sorpresa para ti, querida.

Agatha sintió una repentina esperanza.

—¿Te has decidido a dejar Pedmans?

—No, me he comprado un coche, un Morris Minor. Casi regalado. Había pensado conducir hasta el pueblo y de paso presentarte a mi novia.

—¿Novia? Pero si no tienes.

—Ahora sí. ¿Podemos ir?

—Claro. ¿Cómo se llama?

—Tracy Butterworth.

—¿Y a qué se dedica?

—Es secretaria en Pedmans.

—¿A qué hora llegaréis?

—Salimos ahora. Dentro de una hora y media si no hay mucho tráfico. Puede que dos.

Después de colgar, miró en la nevera. No tenía ni leche. Fue a un supermercado que abría los domingos en Stow-on-the-Wold y compró leche, tomates y lechuga para una ensalada, carne picada y patatas para un pastel de carne, cebollas y zanahorias, guisantes, una tarta de manzana helada y un poco de nata.

No tenía que limpiar nada. Doris había pasado por allí mientras ella se encontraba en Londres y la casa estaba impecable. Al entrar en Carsely con la compra, se cruzó con la furgoneta de mudanzas, seguida por el coche de la señora Barr. Debían de haber empezado a trabajar a las seis de la mañana, pensó Agatha, y tomó nota mental del nombre de la empresa de mudanzas.

Una vez guardada la comida, cogió unas tijeras, pasó por el seto de la parte de atrás, entró en el jardín de la señora Barr y cortó ramos de flores para decorar su casa.

Tras colocar las flores, preparó el pastel de carne mientras pensaba en que debía ocuparse más del jardín. En primavera estaría espléndido si plantaba un montón de bulbos, aunque, claro, en primavera ya no estaría en Carsely.

Como todavía era una cocinera inexperta, un plato tan sencillo como el pastel de carne le llevó bastante tiempo. Cuando estaba a punto de meterlo en el horno, oyó que un coche se detenía frente a su puerta.

Tracy Butterworth era tal como Agatha había imaginado. Delgada, pálida, de cabello castaño y lacio. Llevaba un traje de algodón blanco, una blusa rosa con volantes y zapatos blancos de tacón muy alto. Le estrechó la mano sin fuerza.

—Encantada de conocerla —le dijo con un susurro tímido mientras miraba a Roy con devoción.

—He visto un camión de mudanzas delante de la casa de esa arpía —añadió Roy.

—¡Cómo! —Agatha lanzó una mirada de angustia a los jarrones de flores—. Creía que se había ido ya.

—Relájate. No se están yendo, sino que alguien se está instalando. Di algo, Tracy, Agatha no muerde.

—Tiene una casa preciosa —dijo Tracy y se dio unos toquecitos en la frente con un pañuelo con flecos de encaje.

—Hace demasiado calor para ir de etiqueta —soltó Agatha. Tracy esbozó una mueca, y Agatha añadió con más amabilidad—: No es que no estés preciosa y elegante, ¿eh? Pero ponte cómoda. Quítate los zapatos y la chaqueta.

Tracy miró a Roy con cierto nerviosismo.

—Haz lo que dice —le ordenó.

Tracy tenía unos pies muy largos y esbeltos, que movió con incomodidad tras quitarse los zapatos. Pobrecita, pensó Agatha. Él se casará con ella y la convertirá en la típica chica de Essex. Dos hijos llamados Nicholas y Daphne en escuelas privadas de segunda, casa en alguna urbanización cursi llamada Loam End o algo parecido, salvamanteles de la Costa Brava, cortinas fruncidas, jacuzzi, un televisor gigantesco, aburrimiento, salidas los sábados por la noche a uno de los hoteles típicos, con una cestita con pollo, *beaujolais nouveau* y tarta Selva Negra. Sí, Essex era y no era los Cotswolds. Roy sería más feliz con los de su clase. Él también cambiaría y empezaría a hacer pesas, a jugar a squash, daría paseos con un móvil pegado a la oreja y hablaría muy alto en los restaurantes.

—Vamos a tomar algo al pub —dijo Agatha después de que Roy estuviera hablando sobre los tiempos en que trabajaba para ella, alargándose en cada pequeño incidente para información de Tracy.

Agatha se preguntó si debía ofrecer un vestido suelto a la chica, pero al final decidió que no. Tracy podría tomárselo como una crítica a su atuendo.

En el pub, Agatha les presentó a sus nuevos amigos, y Tracy mejoró en compañía de gente tan poco exigente que sólo esperaba de ella que hablara del tiempo.

Hacía tanto calor que, la verdad, era un tema interesante. El sol caía de manera implacable en la calle. Un hombre comentó que habían alcanzado los cincuenta y tres grados en Cheltenham.

De vuelta en casa, Tracy la ayudó con la comida, y haciendo agujeritos en el linóleo de la cocina con los taconazos, hasta que Agatha le rogó que se los quitara. Después de comer, parte del jardín quedaba en sombra, así que salieron y tomaron allí el café mientras oían los ruidos del nuevo vecino que se estaba instalando.

—¿No te entran ganas de mirar por encima del seto o llevar un pastel o algo? —preguntó Roy—, ¿no sientes curiosidad?

Agatha negó con la cabeza.

—He ido a ver al agente inmobiliario, y esta casa sale a la venta la semana que viene.

—¿Va a vender? —Tracy la miró asombrada—. ¿Por qué?

—Vuelvo a Londres.

Tracy echó un vistazo al soleado jardín y luego a los montes Cotswolds, que se alzaban sobre el pueblo y centelleaban bajo la espesa calima. Perpleja, negó con la cabeza.

—¿Dejar todo esto? No había visto un sitio tan bonito en mi vida. —Volvió a mirar la casa y se esforzó por expresar lo que pensaba—: Es tan antigua, se ve tan bien asentada. Da paz, no sé si me entiende. Claro, supongo que para usted será distinto, señora Raisin. Seguramente habrá viajado y visto toda clase de lugares magníficos.

Sí, Carsely era bonito, pensó Agatha sin querer. El pueblo contaba con numerosos arroyos subterráneos, de ahí que, en medio de la sequía que lo rodeaba, todavía resplandeciera como una esmeralda.

—A ella no le gusta —gruñó Roy—, porque la gente no deja de intentar asesinarla.

Tracy suplicó que se lo contaran todo, de modo que Agatha empezó por el principio, hablando primero para Tracy y luego para sí misma, porque en el fondo algo aún la inquietaba.

Esa noche Roy las llevó a cenar a un restaurante pretencioso de Mircester. Tracy sólo bebió agua mineral, porque sería ella la que condujera de vuelta a casa. Pareció intimidada por el local, pero miraba con admiración a Roy, que chasqueaba los dedos para llamar a los camareros y, desde el punto de vista de Agatha, se comportaba como un imbécil de primera. Sí, pensó Agatha, Roy se casará con Tracy y ella seguramente creerá que es feliz, y Roy se acabará convirtiendo en alguien a quien no soportaré. Ojalá nunca le hubiera dado aquella publicidad.

Cuando se despidió de ellos, experimentó una sensación de alivio. Aunque se acercaba a pasos agigantados el momento en que Roy llamaría esperando una invitación y ella tendría que inventarse alguna excusa.

Pero, claro, no tenía por qué preocuparse. Porque ya estaría de vuelta en Londres.

11

El lunes por la mañana Agatha se levantó tarde y preguntándose por qué había dormido tanto. Le hubiera gustado haber madrugado un poco para aprovechar las horas de fresco del día. Se puso un vestido de algodón holgado sobre la ropa interior mínima, bajó y se tomó una taza de café en el jardín.

Había tenido pesadillas con Maria Borrow, Barbara James y Ella Cartwright, que se le habían aparecido como las tres brujas de *Macbeth*. «He convocado a los espíritus del mal para que te asesinen», había gruñido Maria Borrow.

Agatha suspiró, se acabó el café y salió a comprar a la carnicería de al lado de la vicaría. Habían quitado el cartel de NEW DELHI. No se veía al nuevo propietario, pero la señora Mason y otras dos mujeres estaban en el umbral, con pasteles de bienvenida para el recién llegado. Agatha pasó de largo, recordando que nadie había ido a visitarla cuando ella se había instalado.

Cuando estaba punto de entrar en la carnicería, se quedó helada. Un poco más adelante, estaba Vera Cummings-Browne hablando con Barbara James, que llevaba un terrier escocés con una correa. Agatha se apresuró a refugiarse en la tienda y poco faltó para que tropezara con la señora Bloxby.

—¿Ha visto ya a su nuevo vecino? —le preguntó la señora Bloxby.

—No, todavía no. —Agatha no quitaba ojo a la puerta, por si irrumpía Barbara y la atacaba—. ¿Quién es?

—Un coronel jubilado. El señor James Lacey. No utiliza su título. Un hombre encantador.

—Me da igual —le espetó Agatha.

La señora Bloxby la miró dolida y sorprendida. Agatha se ruborizó.

—Lo siento —farfulló—. Es que acabo de ver a Vera Cummings-Browne con Barbara James. La Barbara James que me atacó.

—Siempre tuvo un genio terrible —dijo la señora Bloxby amablemente—. La señora Cummings-Browne acaba de regresar de la Toscana. Está muy morena y en buena forma.

—Ni siquiera sabía que se hubiera ido —comentó Agatha—. No sé qué comprar. Mis habilidades culinarias todavía son muy limitadas.

—Coja algunas de esas chuletas de cordero —le aconsejó la esposa del vicario—, póngalas a la parrilla con una pizca de menta. Tengo menta fresca en mi jardín. Venga conmigo, tomaremos un café y le daré un poco. Sólo tiene que hacer las chuletas despacio por cada lado hasta que queden bien doradas. Es muy sencillo. Y también le daré un poco de mi salsa de menta.

Agatha compró obedientemente las chuletas, aunque vaciló en la puerta.

—¿Le importaría comprobar si hay moros en la costa?

La señora Bloxby se asomó.

—Las dos se han ido.

Frente a sendas tazas de café en el jardín de la vicaría, a la sombra de un ciprés, la señora Bloxby le preguntó:

—¿Sigue decidida a marcharse?

—Sí —respondió Agatha con tristeza, pensando que con su marcha recuperaría al menos parte de sus fuerzas y antigua ambición—. Los de la inmobiliaria pondrán el cartel de SE VENDE esta mañana.

La señora Bloxby la observó por encima del borde de la taza.

—Hay que ver cómo son las cosas. Creí que su presencia aquí tenía algo de Divina Providencia.

Agatha gruñó sorprendida.

—Primero creí que Dios la había traído aquí para su propio provecho. Daba la impresión de ser una mujer que no había conocido el verdadero amor ni el afecto en su vida. Parecía arrastrar consigo el peso de la soledad.

Agatha la miró profundamente incómoda.

—Luego, claro, está lo de la muerte del señor Cummings-Browne. Mi marido, como la policía, está convencido de que fue un accidente. Entonces pensé que Dios la había enviado para descubrir al culpable.

—¡Lo que significa que usted cree que fue un asesinato!

—He procurado convencerme de lo contrario. Es mucho más tranquilizador creer que fue un accidente y seguir con la vida de siempre. Pero se respira algo en el ambiente, algo que no encaja. Percibo el mal en este pueblo. Ahora que usted se va, ya nadie hará preguntas, a nadie le importará, y el mal continuará aquí. Pensará que soy tonta y supersticiosa, pero creo que quitar una vida humana es un pecado grave que debería ser castigado por la ley. —Se le escapó una risita—. Así que rezaré para que, si ha sido un asesinato, descubran al culpable.

—Pero no tiene ninguna pista concreta para seguir investigando, ¿verdad? —preguntó Agatha.

Negó con la cabeza.

—Es sólo una sensación. Aunque usted se va, así que ya no hay nada que hacer. Creo que Bill Wong comparte mis dudas.

—Pero si ha sido él el que me ha apremiado a que me olvide de todo.

—Eso es porque la aprecia y no quiere que le hagan daño.

Agatha dio vueltas a la conversación. Ya habían colocado el cartel de SE VENDE, lo que le produjo una sensación de provisionalidad, como si ya se hubiera marchado del pueblo. Sacó un cuaderno grande y un bolígrafo, se sentó a la mesa de la cocina y empezó a escribir todo lo que le había sucedido desde que llegó al pueblo. El largo y caluroso día fue pasando mientras escribía afanosamente, volviendo una y otra vez sobre sus notas, buscando alguna pista. Entonces dio unos golpecitos con el bolígrafo sobre el papel. Para empezar, había un pequeño detalle: el cadáver había sido encontrado el domingo. El martes —tuvo que ser martes, porque el miércoles la policía le había dicho que la señora Cummings-Browne no iba a demandar a The Quicherie— la afligida viuda había acudido a Chelsea en persona. Agatha se recostó en la silla y mordisqueó la punta del bolígrafo. A ver, ¿no era una reacción extraña? Si tu marido acaba de ser asesinado y tú vas por el pueblo deshecha de dolor y todo el mundo habla de lo afectada que estás, ¿de dónde extraes la energía suficiente para ir a Londres? Era mucho más fácil llamar por teléfono. ¿Por qué fue? Agatha miró el reloj de la cocina. ¿Qué le había dicho exactamente Vera Cummings-Browne al señor Economides? Se acercó al teléfono y levantó el auricular, pero volvió a colgar. A pesar de haberle confesado lo de su pariente sin papeles, el griego le había parecido todavía a la defensiva. La tienda no cerraba hasta las ocho. Agatha decidió ir en coche a Londres y abordarlo antes de que cerrara.

Acababa de cerrar la puerta cuando se dio la vuelta y vio a una familia formada por un marido con cara de hurón, una esposa regordeta y dos adolescentes con granos que la estaban mirando.

—Hemos venido a ver la casa —dijo el hombre.

—No es posible —dijo Agatha pasando al lado de la familia.

—Ahí dice «Se vende» —se quejó el hombre.

—Ya está vendida —mintió Agatha, que arrancó el cartel del suelo y lo dejó caer en la hierba, se subió al coche y se marchó. La familia se quedó pasmada.

A la mierda, pensó Agatha; tampoco iba a castigar al pueblo con esa pandilla.

Hizo el trayecto a Londres muy rápido, porque casi todo el tráfico iba en el otro sentido.

Aparcó delante de The Quicherie, en una zona con línea amarilla.

Entró en la tienda. El señor Economides estaba limpiando el refrigerador de las quiches para la noche. Miró a Agatha y una vez más apareció aquel recelo en sus ojos.

—Quiero hablar con usted —dijo Agatha con brusquedad—. No se preocupe —mintió—, tengo amigos en el Ministerio del Interior. No le perjudicará en absoluto.

Él se quitó el delantal y dio la vuelta al mostrador. Los dos se sentaron a una de las mesitas. No la invitó a café. Sus ojos oscuros la examinaban con tristeza.

—A ver, cuénteme qué sucedió exactamente entre la señora Cummings-Browne y usted cuando acudió a verlo.

—¿No podemos olvidarnos de todo? —le suplicó—. Todo acabó bien. No salió ninguna publicidad negativa en los periódicos de Londres.

—Un hombre fue envenenado —contestó Agatha—. No se preocupe por lo de Inmigración. Yo le evitaré cualquier problema al respecto. Pero cuénteme lo demás.

—Muy bien. Vino por la mañana. He olvidado qué día fue. Pero era media mañana. Se puso a gritar que yo había envenenado a su marido y que me demandaría para sacarme hasta el último penique. Me contó lo de la quiche que usted había comprado. Yo me eché a llorar y le dije que era inocente. Le supliqué clemencia. Le conté que la quiche no era mía, que procedía de Devon. Le dije que mi primo cultivaba todas las verduras para su tienda en su propio huerto. Era posible que parte de aquella cicuta se hubiera mezclado con las espinacas. Le conté lo del yerno de mi primo. Ella se quedó callada. Dijo que estaba muy crispada. Dijo que ni siquiera sabía muy bien lo que decía. En ese momento parecía una mujer distinta, calmada y triste. No tomaría ninguna medida contra mí ni contra mi primo, dijo. Aunque volvió al día siguiente.

—¡Qué!

Agatha se inclinó hacia delante, apretando los puños de la emoción.

—Vino y me dijo que si alguna vez le contaba a alguien que la quiche procedía de Devon, cambiaría de

opinión, me demandaría e informaría sobre mi pariente al Ministerio del Interior, que lo deportaría.

—¡Dios bendito! —dijo Agatha mirándolo asombrada—. Debe de estar loca.

Entraron dos personas en la tienda y el señor Economides se levantó.

—No lo contará, ¿verdad? Sólo se lo he explicado
porque creía que todo había acabado.

—No, no —farfulló Agatha.

Salió al calor de la calle, se subió al coche y se encaminó mecánicamente hacia los Cotswolds, con la cabeza hecha un lío. Vera Cummings-Browne no quería que
la policía supiera que la quiche procedía de Devon, ¿por
qué?

Y entonces se le encendió la luz. Le vino a la cabeza
una frase del libro de plantas venenosas: «La cicuta se
encuentra en zonas pantanosas de Gran Bretaña... East
Anglia, las Midlands Occidentales y el sur de Escocia.»
Pero no en Devon.

No obstante... un momento. La policía había sido
minuciosa; había registrado a fondo la cocina y hasta
los desagües buscando restos de cicuta, y había concluí-
do que Vera Cummings-Browne no distinguiría una
planta de cicuta de una palmera. Pero ¿no podría haberla buscado en un libro, igual que ella, Agatha, había
hecho? Si era así, no tan sólo sabría qué aspecto tenía y
dónde conseguirla, sino también que no crecía en Devon.

Cuando llegó a casa, Agatha se preguntó si debía llamar a Bill Wong, pero prefirió no hacerlo. Él tendría respuestas para todo. No había rastro de cicuta en la casa
de Vera. Había perdido la cabeza de forma momentá-
nea a raíz de la muerte de su marido y por eso había ido
a ver a Economides.

Volvió a colocar el cartel del agente inmobiliario en su sitio y luego intentó dormir, pero tantos días seguidos de calor habían convertido las viejas paredes de piedra de su casa en un horno abrasador.

Agatha se despertó, cansada y sin fuerzas, pero diligentemente sacó sus notas y añadió lo que había descubierto.

Cicuta. ¿Y si buscaba en la biblioteca local?, se le ocurrió de pronto. ¿Sabrían allí si Vera Cummings-Browne había sacado algún libro sobre plantas venenosas? ¿Habría algún tipo de registro? ¡Claro que tenía que haberlo! ¿Cómo si no escribirían a la gente que no devolvía los libros?

Mientras caminaba de forma fatigosa hacia la biblioteca, Agatha reflexionó sobre su criterio de elegancia, que a todas luces estaba decayendo. En Londres, su referente siempre había sido Margaret Thatcher, por delante de Joan Collins o cualquier otra beldad típicamente británica, con sus vestidos formales y sus trajes de ejecutiva. En este momento, llevaba un holgado vestido estampado, que le aleteaba alrededor del cuerpo, y unas sandalias.

La biblioteca era un edificio bajo de piedra. Una placa encima de la puerta recordaba que originalmente había sido el asilo de pobres del pueblo. Agatha abrió la puerta y entró. Reconoció a la mujer sentada a la mesa de recepción como la señora Josephs, miembro de la Asociación de Damas de Carsely.

La señora Josephs esbozó una sonrisa risueña.

—¿Buscaba algo en concreto, señora Raisin? Tenemos lo último de Dick Francis.

Agatha fue directamente al grano.

—Me afectó mucho la muerte del señor Cummings-Browne —dijo.

—Como a todos —respondió en voz baja la señora Josephs.

—Me moriría si un error como ése se repitiera de nuevo —añadió Agatha—, ¿tiene algún libro sobre plantas venenosas?

—Déjeme ver. —La señora Josephs sacó con nerviosismo una microficha de una pila y la introdujo en la pantalla del lector—. Sí, uno de Jerome titulado *Plantas venenosas de las islas británicas*. Número K-543. A su izquierda, junto a la ventana, señora Raisin.

Agatha revisó las estanterías hasta que dio con el libro. Lo abrió por delante y examinó las fechas selladas. La última vez que lo habían sacado era diez días antes del asesinato. Aun así...

—¿Podría decirme quién fue el último que sacó el libro, señora Josephs?

—¿Por qué? —replicó la bibliotecaria con tono de agobio—. Espero que no fuera la señora Boggle. Deja las páginas pegadas con mermelada.

—Estaba pensando en organizar una charla sobre plantas venenosas de la zona —dijo Agatha, improvisando—. Quien fuera que sacó el libro podría estar interesado —añadió mirando las ilustraciones mientras hablaba.

—Ah, bien, déjeme ver. Todavía funcionamos con un anticuado sistema de fichas. —Abrió unos largos cajones y hojeó las fichas hasta que extrajo una sobre plantas venenosas—. El último que sacó este ejemplar fue el dueño del carnet número 27. No tenemos muchos miembros. Me temo que éste es un pueblo de postal. Déjeme ver. Número 27. Vaya, ¡es la señora Cummings-Browne!

La señora Josephs se quedó boquiabierta mirando fijamente a Agatha con sus gafas. Y en ese preciso momento se abrió la puerta de la biblioteca y entró Vera Cummings-Browne. Agatha cogió el libro, lo devolvió a las estanterías y luego le dijo animadamente a la señora Josephs:

—Ya le diré algo sobre Dick Francis.

—Primero tiene que hacerse socia de la biblioteca, señora Raisin. ¿Quiere un carnet?

—En otro momento —murmuró Agatha, y miró por encima del hombro a Vera, que se mantenía a cierta distancia, hojeando los libros devueltos—. Ni una palabra —susurró, y salió a toda prisa.

De modo que aquella mujer sí estaba informada sobre la cicuta, pensó con aire triunfal. Y sin duda sabía qué aspecto tenía. Agatha visualizó con claridad la ilustración a todo color del libro. Luego se paró en medio de la calle principal, demasiado confundida para darse cuenta de que un atractivo hombre de mediana edad había salido de la carnicería y la observaba con curiosidad.

Ella había visto cicuta hacía poco, pero en blanco y negro. ¿Cómo?, ¿dónde? Reanudó el camino a casa, dándole vueltas y más vueltas.

Y entonces, justo ante la puerta de su jardín, se acordó. En el pase de diapositivas que había hecho el señor Jones. La señora Cummings-Browne recibía el premio al mejor arreglo floral, un pretencioso ramo de flores silvestres y de jardín, ¡con un trozo de cicuta justo en medio! ¡Menuda víbora!

El atractivo hombre de mediana edad estaba abriendo la puerta de la casa que hasta hacía poco había sido de la señora Barr. Era el nuevo propietario, James Lacey.

—Tengo que encontrar a Jones —dijo Agatha en voz alta—. Tengo que encontrar a Jones.

Una chiflada, pensó James Lacey. Menuda gracia tener a una vecina así.

Agatha fue a Harvey's.

—¿Dónde puedo encontrar al señor Jones, el que hace las fotografías?

—Vive en la segunda casa de Mill Pond Edge —dijo la mujer que estaba detrás de la caja registradora—. Hace un calor espantoso, señora Raisin.

—¡Que le den al tiempo! —replicó Agatha con furia—. ¿Dónde está Mill Pond Edge?

—Es la segunda calle a la derecha, tal como sale por la puerta.

Más tarde, la dependienta de Harvey's le contó a la señora Cummings-Browne:

—Ya sé que el calor nos altera a todos, pero la señora Raisin no tenía por qué ser tan maleducada. Sólo intentaba explicarle dónde vive el señor Jones.

Agatha tuvo suerte de encontrar al señor Jones en casa, porque también era un entusiasta de la jardinería y se pasaba buena parte del día visitando los viveros locales. Tenía todas sus fotografías archivadas de forma ordenada, y encontró la que le pidió Agatha sin ningún problema.

Ella miró con ansiedad el arreglo floral.

—¿Le importa si me la quedo unos días?

—No, en absoluto —dijo el señor Jones.

Agatha salió a toda prisa sin avisarle de que no le contara nada a la señora Cummings-Browne.

Fue al Red Lion, sin soltar la foto que llevaba en un sobre de manila, con la cabeza a punto de explotar.

Pidió un gin-tonic doble.

—Alguien ha dicho que ha visto a ese detective, el chino, camino de su casa con un cesto —le dijo el dueño.

Agatha frunció el ceño. No quería contarle nada a Bill. Todavía no. No hasta que lo hubiera aclarado todo.

. . .

Bill Wong, decepcionado, se alejaba de casa de Agatha. Miró de mala gana el cartel de SE VENDE. Estaba convencido de que ella cometía un error. Del cesto escapó un débil maullido.

—Chist —dijo con suavidad.

Le había llevado un gato. La gata de su madre había tenido una camada, y Bill, como siempre, no podía soportar que ahogaran a las criaturas, así que había empezado a regalárselas a sus amigos.

Pasaba por delante de la casa de al lado y vio a James Lacey.

—Buenos días —saludó Bill.

Miró al recién llegado a Carsely con suspicacia y se preguntó qué pensaría Agatha de él. James Lacey era lo bastante atractivo como para que cualquier mujer madura se quedara colgada de él. Medía más de metro ochenta, tenía facciones marcadas y piel bronceada, con los ojos de un azul vivo. Su tupido pelo negro, cortado a la moda, sólo mostraba leves trazos de gris.

—Estaba buscando a su vecina, la señora Raisin.

—Me parece que el calor la ha afectado un poco —dijo James con un nítido acento de clase alta—. Ha pasado por delante de mí murmurando «Señor Jones, señor Jones». Sea quien sea el señor Jones, lo lamento por él.

—Le he traído este gato —dijo Bill—, es un regalo, y una pequeña caja de arena. Está domesticado. ¿Sería usted tan amable de dárselo cuando vuelva? Me llamo Bill Wong.

—De acuerdo. ¿Sabe cuándo volverá?

—No debería tardar mucho —respondió Bill—. Tiene el coche ahí delante.

Le pasó al gato en el transportín y la caja de arena. Se fue pensando en el nombre de Jones: ¿qué se traerá entre manos ahora Agatha?

Entró en Harvey's a comprar una chocolatina y le preguntó a la mujer de la caja.

—¿Quién es el señor Jones?

—No me venga usted también con las mismas —dijo ella irritada—. La señora Raisin se ha pasado por aquí para preguntar por él y ha sido muy maleducada. A todos nos altera el calor, pero no es motivo suficiente para comportarse así.

Bill esperó con paciencia hasta que acabó de quejarse y entonces se informó acerca del señor Jones. En realidad no sabía por qué se preocupaba, salvo porque Agatha tenía un don especial para meterse en líos.

Agatha volvió andando a casa bastante deprimida. Pensaba que había resuelto el caso, como había empezado a denominarlo para sus adentros, pero, mientras estaba en el pub, había vuelto a interponerse en sus elucubraciones el obstáculo de siempre: no había forma de que Vera Cummings-Browne hubiera preparado una quiche envenenada en su cocina sin que el equipo forense de la policía encontrara luego el menor rastro.

Entró cansinamente en su calurosa casa. Más le valía olvidarse del asunto durante un tiempo e ir a Moreton a comprar algún ventilador.

Llamaron a la puerta. Miró a través de la nueva mirilla que le habían instalado los de la empresa de seguridad y vio el centro de la camisa a cuadros de un hombre. Abrió la puerta con la cadena puesta.

—Señora Raisin —dijo el hombre—. Soy su nuevo vecino, me llamo James Lacey.

—Oh. —Agatha contempló a James Lacey en todo su esplendor y se quedó boquiabierta.

—Ha venido un tal señor Wong mientras estaba usted fuera.

—¿Y qué quiere ahora la policía? —preguntó Agatha con irritación.

—No sabía que era policía. Vestía de paisano. Me pidió que le diera este gato.

—¿Un gato? —repitió Agatha asombrada.

—Sí, un gato —dijo él con paciencia, pensando: «Sí que está chiflada.»

Agatha retiró la cadena de la puerta y abrió.

—Pase —le indicó, repentinamente consciente del holgado vestido estampado y de sus piernas descubiertas y sin depilar.

Fueron a la cocina. Agatha se arrodilló y abrió el cesto. Salió un gatito atigrado, miró a su alrededor y bostezó.

—Es un animalito encantador —dijo él, que ya se encaminaba hacia la puerta—. Bueno, si me disculpa, señora Raisin...

—¿No se queda? ¿Le apetece tomar un café?

—No, de verdad, tengo que irme. Ah, hay alguien en su puerta.

—¿Puede esperar sólo un momento y vigilar al gatito mientras veo quién es? —preguntó Agatha.

Salió de la cocina antes de que él pudiera responder. Abrió la puerta. Había una mujer, con un aspecto tan lozano como un día de primavera a pesar del calor. Llevaba un vestido de algodón blanco con un cinturón de cuero rojo alrededor de la fina cintura. Tenía las piernas bronceadas y sin vello. Su pelo rubio, teñido con productos caros, brillaba a la luz del sol. Rondaba los cuarenta años, su cara era inteligente, y sus ojos, de color avellana. Era justo el tipo de mujer, pensó Agatha, que llamaría la atención de su glamuroso nuevo vecino.

—¿Qué quiere? —preguntó Agatha.

—He venido a ver la casa.

—Ya está vendida. Adiós —Y cerró la puerta de golpe.

—Si ha vendido la casa —dijo James Lacey cuando ella volvió a la cocina sintiéndose más fea que nunca—, debería avisar a los de la inmobiliaria para que pongan el cartel de VENDIDA.

—No me gustaba su aspecto —murmuró Agatha.

—No me diga. A mí me ha parecido muy agradable.

Agatha se fijó en la puerta de la cocina, abierta de par en par, que ofrecía una vista perfecta de quienquiera que estuviera en la puerta de la calle, y se ruborizó.

—Ahora sí debe disculparme —le dijo él, que se escapó antes de que Agatha pudiera replicar.

El gato emitió un leve maullido suplicante.

—¿Qué voy a hacer contigo? —se preguntó Agatha, exasperada—. ¿En qué está pensando Bill Wong?

Sirvió un poco de leche en un platillo al gato y se quedó mirando cómo se la bebía a lengüetazos. Bueno, tendría que alimentarlo hasta que decidiera cómo deshacerse de él. Volvió al calor. Su vecino estaba trabajando en el jardín delantero. La vio acercarse, sonrió vagamente y entró en casa.

Maldita sea, pensó Agatha irritada. No era de extrañar que todas aquellas mujeres se arrastraran hasta su umbral con regalos. Fue a Harvey's, donde la mujer de la caja registradora le clavó una mirada dolida, y compró comida para gatos, más leche y arena para la caja del animal.

Volvió a casa, dio de comer al gato y luego salió con una taza de café al jardín. Su apuesto vecino le había borrado de la cabeza cualquier idea relacionada con el asesinato. Ojalá hubiera ido vestida de forma apropiada. Ojalá no la hubiera escuchado tratar con tanta grosería a la mujer que quería ver la casa.

El gatito jugaba al sol. Agatha lo contempló de mal humor. Ella también podría haberse presentado con un pastel. En realidad, todavía podía. Metió al gato dentro de casa y volvió a Harvey's, sólo para descubrir que era el día que cerraba temprano.

Podía ir hasta Moreton y comprar un pastel. Aunque, en realidad, en estos casos lo que se suele hacer es llevar algo preparado en casa. Entonces se acordó del congelador del salón de actos de la escuela. Ahí era donde las señoras de Carsely almacenaban lo que habían preparado en sus casas para futuros banquetes. No hacía daño a nadie si tomaba uno prestado. Después iría a casa a ponerse algo realmente bonito y le llevaría el pastel.

Por suerte, el salón de actos de la escuela estaba vacío. Fue a la cocina y, con cautela, levantó la tapa del congelador. Había mucha comida y toda tenía muy buena pinta: tartas, pasteles de ángel, de chocolate, bizcochos y —se estremeció— varias quiches.

Sacó un gran pastel de chocolate, sintiéndose una ladrona redomada, y miró a su alrededor, esperando que la descubrieran en cualquier momento. Bajó la tapa del congelador con cuidado y metió el pastel congelado en una bolsa de plástico que había llevado con ese propósito. Volvió a casa.

Se dio una ducha y se lavó la cabeza, se secó bien el pelo y se lo cepilló hasta sacarle brillo. Se puso un vestido de lino rojo con el cuello blanco y unas sandalias marrones de tacón. Dio un poco más de leche al gatito y descongeló el pastel en el microondas, después de sacarlo de su envoltura de celofán. Lo colocó en una bandeja y se encaminó a casa de James Lacey.

—Vaya, señora Raisin —dijo él al abrir la puerta y aceptar el pastel con reticencias—. Qué amable por su parte. ¿Quiere pasar, o tal vez está demasiado ocupada? —añadió esperanzado.

—No, en absoluto —le respondió Agatha alegremente.

Él la condujo hasta el salón, y los curiosos ojos de Agatha lo recorrieron veloces de arriba abajo. Había libros por todas partes, algunos colocados en estanterías, otros en cajas abiertas por el suelo.

—Es como una biblioteca —dijo Agatha—. Tenía entendido que era usted militar.

—Ex. Me he jubilado, ahora voy a dedicarme a escribir libros de historia militar. —Señaló con la mano una mesa en el rincón sobre la que había una máquina de escribir—. Si me perdona un momento, prepararé un poco de café para acompañar este delicioso pastel. Son ustedes ciertamente unas pasteleras estupendas.

Agatha se acomodó con cuidado en un ajado sofá de cuero, subiéndose ligeramente la falda para enseñar las piernas de forma favorecedora.

Hacía años que Agatha Raisin no se interesaba por ningún hombre. En realidad, hasta que había visto a James Lacey, habría jurado que todas sus hormonas habían caducado y habían pasado a mejor vida. Se sentía tan nerviosa como una colegiala en su primera cita.

Esperaba que el pastel fuera bueno. Qué suerte que se hubiera acordado de la cocina del salón de actos de la escuela.

Y entonces se quedó paralizada y aferró con fuerza los brazos de cuero del sofá. La cocina. ¿Había fogones? Sí había un microondas, porque en él descongelaban los platos que servían en sus innumerables actos de beneficencia.

Tenía que volver allí. Se levantó de un salto y salió corriendo por la puerta justo cuando James Lacey entraba en el salón con una bandeja con una cafetera y dos tazas. Con cuidado, el ex coronel dejó la bandeja, se acercó a la puerta de la calle y la cerró.

Agatha Raisin, con las faldas levantadas, corría por Lilac Lane como si la persiguieran hordas de demonios.

Podría deberse a la endogamia, pensó James Lacey. Se sentó y cortó una porción del pastel.

Agatha irrumpió corriendo en la cocina del salón de actos y miró frenéticamente a su alrededor. Ahí estaba lo que había esperado encontrar: una gran cocina de gas. Abrió los cajones bajos que había junto al fregadero. Estaban llenos de tazas, platillos, cuencos grandes, bandejas para pasteles, ollas y sartenes.

Se sentó. Así era como podrían haberlo hecho. Así era como debían de haberlo hecho. Hizo memoria: la señora Mason, por ejemplo, había estado en la cocina el día de la subasta, batiendo una nueva hornada de pasteles. La cocina se utilizaba también para cocinar. Pero ¿alguien se acordaría de si Vera Cummings-Browne había estado allí preparando una quiche el día del concurso?

Aunque tampoco le hacía falta, pensó Agatha. Sólo tenía que prepararla con la antelación que quisiera y luego congelarla, y estar atenta para asegurarse de que no se utilizaba hasta que a ella le conviniera. Los restos de su quiche, de la de Agatha, debían de haber ido a parar a la basura con todos los demás desperdicios del salón de té. Lo único que tuvo que hacer Vera era sacar de allí su quiche envenenada, llevársela a casa, meterla en el microondas, cortar una porción que coincidiera con la porción perdida que se había utilizado en el concurso, envolverla, llevársela cuando saliera y tirarla en cualquier parte. Agatha estaba segura de que los del equipo forense no habían revisado la ropa de la viuda en busca de migas envenenadas.

¿Cómo podía demostrarlo?

La confrontaré con ello, pensó Agatha, y llevaré un micrófono para grabarla. La acorralaré para que confiese.

12

El señor James Lacey miraba con inquietud por la ventana. Ahí estaba la tal Agatha Raisin, corriendo de vuelta a casa. Parecía estar hablando sola. Él retrocedió detrás de las cortinas, pero por suerte ella pasó de largo y al poco rato oyó un portazo.

Temía que su vecina volviera a llamar a su puerta, pero el día fue pasando y la mujer no dio señales de vida. A primera hora de la tarde, oyó que arrancaba el coche y luego la vio marcharse. Ni lo miró ni le saludó.

Él siguió trabajando tranquilamente en el jardín, y sólo se irguió cuando oyó a alguien que se acercaba a toda prisa por la calle. Miró por encima del seto. Y ahí estaba Agatha, que iba a pie. El ex coronel se agazapó tras el seto. La mujer pasó de largo y luego oyó cerrarse su puerta de golpe.

Una hora más tarde, justo cuando ya se disponía a retirarse dentro, un coche de policía pasó por delante a toda velocidad y se detuvo ante la casa de Agatha. Se apearon tres hombres —él reconoció a Bill Wong— y llamaron ruidosamente a la puerta, pero, por alguna razón misteriosa, la señora Raisin no respondió. James Lacey oyó que Bill Wong decía: «No está el coche. A lo mejor se ha ido a Londres.»

Qué raro era todo aquello. Se preguntó si buscaban a Agatha por algún delito, o si simplemente acababan de descubrir que se había escapado de un manicomio.

Mientras tanto, Agatha permaneció oculta dentro de su casa hasta que se marchó el coche de policía. Había aparcado su coche en una de las calles laterales colina arriba, en las afueras de Carsely, por si Bill Wong iba a hacerle una visita. No tenía la menor intención de verlo hasta conseguir todas las pruebas que demostrasen que Vera Cummings-Browne era una asesina. Se sorprendió un tanto cuando se asomó por la ventana del dormitorio y vio que acudían tres policías, aunque supuso que se debía a que habían detenido a John Cartwright. Pero todo lo demás podía esperar. Agatha Raisin, la detective, estaba dispuesta a resolver «El misterio de la quiche letal» ella sola.

A la mañana siguiente, James Lacey se convenció de que su jardín delantero necesitaba más atención, pese a que ya había arrancado todas y cada una de las malas hierbas. Sin embargo, le pareció que la pequeña parcela de césped necesitaba otro repaso y sacó las herramientas que le hacían falta, sin dejar de observar con curiosidad la casa de al lado.

No tardó en verse recompensado. Agatha había salido de casa y avanzaba por la calle. Esta vez él se asomó por encima de la puerta del jardín.

—Buenos días, señora Raisin —la saludó.

Agatha lo miró, le devolvió un breve «Buenos días» y siguió su camino. El amor podía esperar, pensó Agatha.

Recogió su coche y condujo hasta Oxford pasando por Moreton-in-Marsh, Chipping Norton y Woodstock bajo un sol de justicia. Aparcó en Saint Giles, recorrió Cornmarket Street y luego el Westgate Shopping Centre hasta dar con la tienda que buscaba. Compró una carísima y diminuta grabadora que se podía llevar sujeta al cuerpo y poner en marcha con unos interruptores ocultos en los bolsillos. Luego se compró una cazadora masculina holgada con bolsillos interiores.

—Y ahora, a por todas —murmuró mientras regresaba en coche a Carsely—. Espero que la muy zorra no haya vuelto a la Toscana.

Desde la carretera, al descender la colina que dejaba atrás Chipping Norton, vio que se estaban formando nubes negras en el horizonte. Decidió conducir directamente a casa, a pesar de que corría el riesgo de que la visitara la policía.

Cuando entró en su casa, el gatito la recibió dando saltitos a su alrededor, y Agatha se dio cuenta de que estaba retrasando de manera intencionada los preparativos para deshacerse del animal, al que dio leche y comida y luego dejó salir al jardín para que jugase al sol. Se sujetó la grabadora al cuerpo con cinta adhesiva, se colocó los interruptores en los bolsillos y luego probó el aparato para asegurarse de que funcionaba. Y ahora, ¡a por Vera Cummings-Browne!

Fue un chasco llamar a la puerta de casa de Vera y no obtener respuesta. Preguntó en Harvey's si alguien la había visto, y una mujer le contó que la señora Cummings-Browne había dicho que iba a salir del pueblo para hacer unas compras. Agatha gruñó. No le quedaba otra que esperar.

En la comisaría de policía de Mircester, el inspector jefe Wilkes se inclinó sobre la mesa de Bill Wong.

—¿Has llamado a tu amiga, la señora Raisin, para decirle que hemos detenido a John Cartwright?

—Se me olvidó —le dijo Bill—. Me interesaba más esto.

Sostenía en alto una fotografía en blanco y negro de Vera Cummings-Browne recibiendo el primer premio por su arreglo floral.

—¿Qué es?

—Esto es lo que la señora Raisin buscaba ayer. Me enteré de que había visitado a un tal señor Jones y se me ocurrió visitarlo también, para averiguar si ella había hecho de las suyas. Pero sólo le había pedido una fotografía, y me dio el negativo. Acabo de hacer una copia. Y esto —Bill dio unos golpecitos con un dedo regordete en medio del ramo de flores— tiene toda la pinta de ser cicuta, la planta de la que la señora Cummings-Browne aseguró no saber nada. La señora Raisin ha dado con algo. Más vale que me acerque.

¿Cuántas veces había ido caminando con este agobiante calor hasta la casa de Vera y se la había encontrado cerrada y silenciosa?, se preguntaba Agatha. Aquella cazadora la estaba haciendo sudar demasiado.

Por fin vio el Range Rover de Vera aparcado en los adoquines delante de su casa. Con emoción desbocada, Agatha llamó a la puerta. Hubo un largo silencio puntuado por un rumor de truenos desde las alturas. Agatha llamó otra vez. Se movió una cortina en una ventana lateral y a continuación se abrió la puerta.

—Vaya, señora Raisin —dijo la señora Cummings-Browne con voz afable—, iba a salir ahora mismo.

—Quiero hablar con usted —respondió Agatha con tono agresivo.

—Bien, espere un momento mientras aparco el coche en el garaje. Parece que por fin va a llover.

Una punzada de duda asaltó a Agatha: Vera parecía muy tranquila. Pero, bien pensado, ella no sabía por qué la visitaba. Para asegurarse, la siguió y la vio guardar el coche en un garaje situado al final de la hilera de casas.

Vera volvió con paso ágil.

—Sólo tengo tiempo para una taza de té, señora Raisin, luego tendré que irme. Estoy organizando un concurso de arreglos florales en Ancombe y alguien tiene que enseñar a esas tontas pueblerinas cómo se hace.

Entró a toda prisa en la cocina para preparar el té.

—Siéntese en la salita, señora Raisin. No tardaré nada.

Agatha se sentó en la pequeña sala y miró a su alrededor. Ahí era donde había ocurrido todo. El destello brillante de un relámpago iluminó la sala en penumbra y se oyó un trueno tremendo.

—¡Qué oscuro está esto! —exclamó Vera, que llevaba una bandeja con el té que depositó en una mesita baja—. ¿Leche y azúcar, señora Raisin?

—Ni lo uno ni lo otro —le dijo Agatha con sequedad—. Té solo.

Ahora que había llegado el momento, sentía cierta vergüenza y no sabía cómo empezar. Había algo tan normal en la forma en que Vera servía el té, desde su cabello bien peinado hasta su vestido con estampado Liberty...

—Y bien, señora Raisin —dijo Vera con aire despreocupado—, ¿qué la ha traído hasta aquí? ¿Está organizando otra subasta? Vaya, parece que refresca. Ya tengo la chimenea preparada, sólo hay que acercarle una cerilla. En realidad, la chimenea lleva semanas preparada. ¿No cree que ha hecho un tiempo terrible? Aunque ahora ya ha acabado, a Dios gracias. Escuche la tormenta.

Agatha dio un sorbo nervioso al té y deseó que Vera se acomodara para acabar de una vez por todas con aquel desagradable asunto. Le resbalaban gotas de sudor por debajo de la ropa. ¿Cómo era posible que a Vera le pareciera que hacía frío? El fuego crepitó al cobrar vida.

Vera se sentó, cruzó las piernas y miró con viva curiosidad a Agatha.

—Señora Cummings-Browne —dijo Agatha—, sé que usted asesinó a su marido.

—¿No me diga? —Vera pareció divertida—. ¿Y cómo se supone que lo hice?

—Debió de planearlo hace tiempo —contestó Agatha con seguridad—. Ya tenía preparada una quiche envenenada y la guardó en el congelador del salón de actos de la escuela, entre los platos que preparan las mujeres para cuando abren el salón de té. Estaba esperando que se presentara una buena ocasión para utilizarla. Yo le di esa oportunidad. Como es lógico, usted no quería que su marido muriera después de parecer que comía una de sus propias quiches. Cuando les dije que iba a presentar la mía, vio la oportunidad y la aprovechó. Se deshizo de mi quiche con el resto de la basura después del concurso. Trajo la que había preparado usted misma a casa, la descongeló y dejó dos porciones para la cena de su marido. No sé si, cuando regresó a casa, llegó a comprobar si había muerto.

»Entonces se enteró de que yo en realidad había comprado esa quiche en Londres. Es una mujer avariciosa, lo sé por el modo en que me engañaron para que los invitara a aquella cena cara en un restaurante malísimo del que usted es copropietaria. Vio la ocasión de sacar dinero al pobre señor Economides, así que fue directamente a Londres para decirle que iba a demandarlo. ¿Quién sabe? Es probable que creyera que él preferiría llegar a un acuerdo extrajudicial. Pero el hombre le confesó que la quiche procedía de la tienda de su primo en Devon. Su primo cultivaba sus propias verduras, y en Devon no crece la cicuta. Así que contó a la policía que había decidido perdonarlo y no presentar cargos. Usted también dijo que no sabía ni qué aspecto tenía la cicuta. Pero pidió prestado un libro sobre plantas venenosas en la biblioteca y, por si fuera poco, en una fotografía que me dio el señor Jones descubrí que ya la había utilizado en uno de sus arreglos florales. ¡Así fue como lo hizo!

Agatha apuró su taza de té con aire triunfal y miró desafiante a Vera.

Para su sorpresa, la única reacción de ésta fue levantarse y añadir carbón a la leña que ardía en la chimenea.

Volvió a sentarse. Miró a Agatha.

—A decir verdad, se aproxima bastante, señora Raisin —dijo alzando la voz para que se la oyera por encima del ruido de los truenos—. Usted no tenía otra cosa que hacer que apuntarse y hacer trampas en el concurso, ¿no es verdad, estúpida furcia? Así que se me ocurrió que podía sacar algún partido económico de su mentira, y, sí, esperaba que ese griego se ofreciera a llegar a un acuerdo extrajudicial. Pero entonces soltó lo de Devon. Pero al menos lo había asustado tanto que ni siquiera examinó bien su supuesta quiche. Pasé un mal rato pensando que lo haría y que diría que no era suya. Pero todo parecía controlado. Estaba harta de los coqueteos de Reg, pero me hice la tonta hasta que esa Maria Borrow apareció en escena. Se presentó aquí un día y me dijo que Reg iba a casarse con ella. ¡Con ella! Patética y vieja loca. Aquello era vergonzoso, se había pasado de la raya. Aunque yo sabía que él no tenía la menor intención de divorciarse de mí, tarde o temprano esa bruja de Borrow les contaría a todos que iba a hacerlo, y eso no podía permitirlo. ¿Sabe que pensé que no había funcionado? Volví a casa, vi las luces encendidas y la televisión puesta, pero ni rastro de Reg. Me sentí un poco aliviada. Pensé que mi marido había salido y que se lo había dejado todo encendido. Así que me fui a la cama sin más. Cuando por la mañana me dijeron que había muerto, no podía creerme que fuera obra mía. Solía soñar con que me libraba de él, así que casi creí que lo de preparar aquella quiche envenenada y sustituirla por la suya no habían sido más que imaginaciones mías y que me dirían que había muerto de un ataque al corazón. ¿Qué le ocurre, señora Raisin? ¿Tiene sueño?

Agatha sintió que le daba vueltas la cabeza.

—El té —dijo con voz ronca.

—Sí, el té, señora Raisin. Se cree muy lista, ¿verdad? Pues sólo una completa estúpida se bebería el té de la persona a la que está acusando de envenenadora.

—Cicuta —jadeó Agatha.

—No, querida. Sólo pastillas para dormir. Jones me contó lo que había estado preguntando, y también la mujer de la biblioteca. La seguí hasta Oxford. Anoche vi su coche aparcado en una de las calles de arriba. La esperé hasta que fue a buscarlo. Así que también fui a Oxford, a un médico del que me habían hablado, uno privado que da cualquier clase de pastillas. Le dije que era Agatha Raisin y que no podía dormir. Éstas son las pastillas. Y llevan su nombre —dijo Vera metiéndose la mano en un bolsillo del vestido y sacando un frasco de farmacia.

Luego se levantó.

—Y ahora voy a esparcir unos cuantos folletos de estos que anuncian el concurso de arreglos florales por el suelo y dejaré que un trozo de carbón encendido salte de la chimenea y caiga encima. Contaré a todos que le dije que se pusiera cómoda y esperase a que volviera. Un lamentable accidente. Todo está seco como la yesca con este calor. Tendrá una hermosa pira funeraria. Echaré las pastillas para dormir que quedan en su bolso y lo dejaré en la cocina, junto a la ventana. Con un poco de suerte saldrá intacto del incendio.

Era como estar viviendo la peor pesadilla, pensó Agatha. No podía moverse. Pero sí veía... lo justo. Vera esparció los folletos por todas partes, frunció el ceño, entró en la cocina y volvió con una botella de aceite. Roció un poco por encima y luego devolvió la botella a la cocina.

—Menos mal que esta casa tiene un buen seguro —comentó.

Cogió unas brasas de la chimenea con las tenazas de latón, las dejó caer sobre los folletos y esperó pacientemente a que se consumieran en el suelo. Con un chasquido de irritación, encendió una cerilla y la arrojó a los folletos, que prendieron rápidamente. Se encaminó hacia la puerta. Había una pila de revistas en un estante junto a la chimenea. Las llamas las alcanzaron. Entonces cerró las ventanas del salón. Esbozó una leve sonrisa y anunció:

—Adiós, señora Raisin.

Y salió de la casa. Se dirigió al garaje, mirando por encima del hombro. Había tomado la precaución de correr las cortinas. Tanto daba, tendría que alejarse muy deprisa.

Con un esfuerzo sobrehumano, Agatha se metió un dedo hasta la garganta y vomitó violentamente. Se cayó de la silla a la alfombra en llamas. Gimoteando y sollozando, se alejó a rastras del fuego y llegó a la cocina. Vera había cerrado la puerta principal. Era inútil intentarlo por ahí. Agatha cerró con una débil patada la puerta de la cocina. El ruido era ensordecedor. La tormenta rugía en el exterior, el fuego bramaba dentro.

Agatha consiguió agarrarse al borde del fregadero de la cocina. Los fregaderos tenían agua y detrás del fregadero estaba la ventana, que tal vez se le hubiera olvidado cerrar a aquella arpía.

Pese a que había vomitado, Agatha había tragado una gran cantidad de pastillas para dormir, o lo que fuera que Vera le había echado al té. La oscuridad se estaba adueñando de ella. Con las últimas fuerzas que le quedaban, logró mirar por la ventana y vocalizar un mudo «Socorro», antes de desplomarse inconsciente en el suelo de la cocina.

—No entiendo por qué estamos haciendo horas extras por esa Raisin, Bill —gruñó el inspector jefe—. El hecho de que hubiera cicuta en el arreglo floral de la señora Cummings-Browne podría ser una mera coincidencia.

—Yo siempre he estado convencido de que lo hizo ella —dijo Bill—. Le pedí a la señora Raisin que se ocupara de sus asuntos porque no quería que le hicieran daño. Tenemos que preguntar a Vera Cummings-Browne por esa fotografía. ¡Menuda tormenta está cayendo!

El coche de policía avanzaba despacio por la calle principal de Carsely. Bill miraba por el parabrisas. El destello de un relámpago iluminó la calle, iluminó el Range Rover que se acercaba y también la cara de sorpresa de Vera al volante. Casi sin pensárselo, Bill giró el volante y bloqueó la calzada.

—¡Qué coño haces! —gritó Wilkes.

Vera se bajó del coche de un salto y huyó a la carrera por una de las calles que desembocaban en la principal.

—Es la señora Cummings-Browne... ¡A por ella! —gritó Bill.

Wilkes y el sargento Friend se apearon con dificultad del coche, pero Bill fue corriendo bajo la lluvia martilleante hacia la casa de Vera, maldiciendo para sus adentros al ver el rabioso resplandor rojizo de un incendio tras las cortinas corridas del salón.

La ventana de la cocina quedaba a la izquierda de la puerta. Corrió hacia ella para intentar entrar por la fuerza y llegó a tiempo de ver la cara blanca y espantada de Agatha Raisin asomando por encima del fregadero. Unos segundos, luego desapareció.

Delante de la casa había una estrecha franja de parterres bordeados de cantos rodados de mármol. Bill cogió uno y lo arrojó a la ventana, pero la piedra atravesó el cristal de forma limpia, dejando sólo un agujero dentado. Por lo visto sólo en las películas se resquebrajaban enteros los cristales, pensó él frenéticamente.

Cogió otra y martilleó con furia el cristal hasta que abrió un hueco lo bastante grande para pasar. Agatha estaba tirada en el suelo de la cocina. Trató de levantarla. Al principio le pareció demasiado pesada. El fragor del fuego en la otra sala era terrible. Puso a Agatha de pie y metió su cabeza en el fregadero. Luego la cogió por los tobillos y la levantó, de manera que los talones le pasaron por encima de la cabeza y quedaron fuera de la ventana. La agarró por el pelo y, jadeando, la empujó por el agujero del cristal roto hasta los adoquines de fuera, y luego saltó él justo en el momento en que la puerta de la cocina se venía abajo y voraces lenguas de fuego lo arrasaban todo.

Se quedó un instante tumbado encima de Agatha mientras la lluvia les tamborileaba encima. Las puertas de otras casas se abrían, la gente acudía corriendo. Oyó a una mujer:

—¡He llamado a los bomberos!

A Bill le sangraban las manos y la cara de Agatha estaba llena de cortes, por haber pasado a través del cristal roto. Pero respiraba profundamente. Estaba viva.

Agatha recobró la consciencia en el hospital y miró mareada a su alrededor. Le dio la impresión de que había flores por todas partes. Sus ojos se centraron en los rasgos asiáticos de Bill Wong, sentado con aire paciente al lado de la cama.

Entonces Agatha recordó el horror del incendio.

—¿Qué ha pasado? —preguntó con voz débil.

Desde el otro lado de la cama, llegó la voz severa del inspector jefe Wilkes.

—Casi consigue que la frían viva, eso es lo que ha pasado —dijo—, y frita estaría si Bill no le hubiera salvado la vida.

—Tiene que adelgazar, señora Raisin —agregó Bill con una sonrisa—. Pesa mucho. Pero le alegrará saber que Vera Cummings-Browne está detenida, aunque no está tan claro que llegue a ser juzgada. Se ha vuelto loca. De todas maneras, lo que hizo usted fue estúpido y peligroso, señora Raisin. Intuyo que fue a acusarla de asesinato y se tomó sin pensarlo la taza de té que le preparó ella.

Agatha se incorporó forcejeando con las almohadas.

—Si la han detenido es gracias a mí. Supongo que encontrarían su confesión grabada en la cinta pegada a mi cuerpo.

—Lo que encontramos fue una cinta virgen —dijo Bill—. Se le olvidó poner en marcha el maldito aparato.

Agatha refunfuñó.

—¿Y cómo consiguieron que confesara? —preguntó.

—Se lo contaré —dijo Bill—. Me preguntaba por qué habría ido a ver al señor Jones. Averigüé lo de la fotografía que se había llevado y Jones me dio el negativo; hice que lo revelaran y vi la cicuta en el ramo. Nos dirigíamos a la casa de la señora Cummings-Browne para hacerle unas preguntas cuando nos cruzamos con su coche. Bloqueé la calle. Ella saltó del vehículo y se dio a la fuga, pero el señor Wilkes la alcanzó, entonces se vino abajo y confesó. Dijo que todo habría merecido la pena si usted moría en el incendio. Pero pude sacarla a tiempo.

—¿Qué pista la puso sobre ella? —preguntó Wilkes con tono irritado—. ¿No sería la fotografía del ramo con cicuta?

Agatha pensó deprisa. No había encendido la grabadora. No hacía falta que se enteraran de que la quiche procedía de Devon ni de nada acerca del primo del señor Economides. Así que prefirió contarles lo de la cocina del salón de actos y lo del libro de la biblioteca.

—Debería habernos informado inmediatamente de esas cosas —le dijo Wilkes igual de irritado—. Bill tiene graves cortes en las manos, y usted estuvo a punto de morir. Por última vez, deje las investigaciones en manos de la policía.

—La próxima vez no seré tan chapucera —afirmó Agatha con tono ofendido.

—¡¿Próxima vez?! —rugió Wilkes—. No habrá ninguna próxima vez.

—Lo que no logro entender —continuó Agatha— es cómo no noté el sabor de las pastillas para dormir en el té. Si las había molido, como mínimo debería de haberlo notado arenoso.

—Tenía cápsulas de Dormaron, un somnífero muy potente, que había conseguido de un medicucho de Oxford al que estamos interrogando. La sustancia es insípida. Sólo tuvo que abrir las cápsulas y echar el líquido en el té —explicó Wilkes—. Volveré a visitarla cuando esté en casa para hacerle más preguntas, señora Raisin, pero ni se le ocurra jugar de nuevo a los detectives. A propósito, hemos detenido a John Cartwright. Estaba trabajando en una obra en Londres.

Wilkes salió disparado.

—Más vale que me vaya yo también —dijo Bill.

Por primera vez, Agatha le vio las manos vendadas.

—Gracias por salvarme la vida —dijo—. Lamento lo de sus manos.

—Y yo lo de su cara. —Agatha se llevó las manos a la cara y notó las tiritas—. Tiene un par de puntos de sutura en un corte de la mejilla. Pero la única forma de sacarla de allí era empujarla por la ventana, y me temo que también le arranqué un mechón de pelo.

—Da igual, he dejado de preocuparme por mi aspecto —dijo Agatha—. Oh, mi gatito. ¿Cuánto tiempo llevo aquí?

—Sólo esta noche. Pero fui a ver a su vecino, el señor Lacey, y se ofreció a cuidarle el gato hasta que vuelva.

—Ha sido una buena idea. ¿El señor Lacey? ¿Sabe lo que ha pasado?

—No tuve tiempo de explicárselo. Sólo le pasé el gato y le dije que usted había tenido un accidente.

Agatha se tocó la cara otra vez.

—¿Debo estar espantosa, verdad? ¿Me arrancó mucho pelo? ¿Hay algún espejo por aquí?

—Creía que ya no le preocupaba su aspecto.

—¿Y todas esas flores? ¿Quién las ha enviado?

—El ramo grande es de la Asociación de Damas de Carsely, las rosas son de Doris y Bert Simpson, el elegante ramo de gladiolos es de la señora Bloxby, el gigante es del dueño del Red Lion y sus parroquianos, y el que parece de malas hierbas es mío.

—Muchas gracias, de verdad, Bill. Eh... ¿y ninguno es del señor Lacey?

—¿Y por qué iba a mandarle nada? Apenas conoce a ese hombre.

—¿Está por aquí mi bolso? Debo parecer una bruja. Necesito maquillaje, lápiz de labios y un peine, y también un perfume francés.

—Relájese. Mañana le darán el alta y podrá pintarse la cara a gusto. Y no se olvide de la invitación a cenar.

—Ah, ¿cómo? Ah, sí, ya. Claro, tiene que venir. La semana próxima. A lo mejor podría ayudarle en algún caso.

—No —respondió Bill con firmeza—. Ni se le ocurra intentar resolver un crimen de nuevo. —Pero se aplacó al instante—. Aunque he de reconocer que me ha hecho un favor.

—¿En qué sentido?

—Le confieso que la he estado siguiendo durante mi tiempo libre y que el policía local me iba informando de todo. Como usted, nunca llegué a creerme que se tratara de un accidente. Pero Wilkes me está atribuyendo, a su manera, la resolución del caso porque se moriría antes de admitir que un civil nos ha hecho un favor. Bien, ¿para cuándo esa cena?

—¿El miércoles que viene? Pongamos... ¿a las siete y media?

—Estupendo. Y ahora duérmase. Nos vemos.

—¿Estoy en Moreton-in-Marsh?

—No, en el hospital general de Mircester.

Cuando se hubo ido, Agatha rebuscó en el armario que había al lado de su cama y encontró su bolso. Se fijó en que habían quitado las pastillas. Abrió la polvera, se miró en el espejito y dejó escapar un grito de consternación. Estaba hecha un desastre.

—¡Eh! —Agatha miró a la cama de al lado, ocupada por una anciana que se parecía llamativamente a la señora Boggle—. ¿Qué ha hecho? —preguntó con curiosidad—. Qué hacían esos policías aquí.

—Resolví un caso para ellos —afirmó Agatha con grandilocuencia.

—Ya —dijo la vieja bruja—. La última que estuvo en esa cama creía que era María, la reina de Escocia.

—Cállese —le espetó Agatha, mirándose en el espejo y preguntándose si las tiritas no le daban un aspecto de... bueno, de heroína.

El día transcurrió muy lentamente. Por la televisión, instalada delante de las camas, fueron pasando un culebrón tras otro. Nadie más la visitó. Ni siquiera la señora Bloxby.

Bien, esto es todo, pensó Agatha con tristeza. ¿Por qué se molestaron en mandar flores? Seguramente pensaron que me había muerto.

13

Al día siguiente informaron a Agatha de que una ambulancia la llevaría a casa a mediodía. Se alegró. Su regreso a casa en ambulancia haría que todo el pueblo se fijara en ella y la tomara en serio.

Quitó las tarjetas de los ramos de flores para conservar un recuerdo del tiempo que había pasado en los Cotswolds. Era un poco raro que se hubiera ofrecido a ayudar a Bill con sus casos, como si pretendiera quedarse. Pidió a una enfermera que llevara las flores al pabellón infantil, luego se vistió y bajó a esperar la ambulancia. Había una tienda en el vestíbulo donde vendían periódicos. Compró un montón de prensa local, pero no había ninguna mención a la detención de Vera Cummings-Browne. Aunque tal vez la noticia se conoció demasiado tarde para que pudieran publicarla.

Para su consternación, la ambulancia resultó ser un minibús que llevaba a varios pacientes geriátricos de vuelta a sus pueblos. ¿Por qué la visión de ancianos quebradizos hace que afloren en mí la crueldad y la impaciencia?, pensó Agatha, mientras los veía subir a trompicones al vehículo. Muy pronto también yo seré vieja. Se obligó a levantarse para ayudar a un anciano que intentaba subir al minibús. Él la miró con desprecio.

—Aparte esas manos de mí —le dijo—. Conozco muy bien a las de su clase.

El resto de los pasajeros eran ancianas y todas rompieron a reír:

—¡Menudo estás hecho, Arnie!

Siguieron más comentarios por el estilo, lo que dejaba claro que todos se conocían bien.

Era un día tranquilo y fresco, con grandes nubes esponjosas flotando por un cielo azul claro. La anciana que iba sentada al lado de Agatha le clavó con saña la punta del bastón en el pie para llamar su atención.

—¿Y qué le ha pasado a usted? —preguntó mirando la cara cubierta de tiritas de Agatha—. Le ha dado una paliza, ¿verdad?

—No —contestó Agatha con tono gélido—. Resolví un caso de asesinato para la policía.

—Es por la bebida —dijo la anciana—. El mío volvía a casa del pub y me trataba fatal. Está muerto. Si algo puede decirse a favor de los hombres es que se mueren antes que nosotras.

—Menos yo —dijo Arnie—. Tengo setenta y ocho, y todavía estoy fuerte.

Más risas. La declaración de Agatha de que había resuelto un caso de asesinato no había sido recibida como esperaba. El minibús avanzó con pereza hasta detenerse en un pueblecito y la mujer que estaba a su lado se apeó. Miró a Agatha y, como despedida, le dijo:

—No se invente historias para protegerlo. Yo lo hice. Las cosas han cambiado. Si él le pega, vaya a la policía.

Las demás mujeres emitieron un murmullo de aprobación.

El minibús arrancó. Hizo un tour completo de los pueblos de los Cotswolds, dejando ir a un anciano tras otro.

Agatha era la última pasajera. Se sentía sucia y cansada cuando el minibús entró en Carsely.

—¿Adónde? —gritó el conductor.

—Aquí a la izquierda —contestó Agatha—. Es la tercera casa de la izquierda.

—Está pasando algo —le dijo el conductor—. Una gran bienvenida. ¿Es que vuelve de la guerra o qué?

La ambulancia se detuvo delante de la casa de Agatha. Se oyeron muchos vítores. La banda empezó a tocar *Hello, Dolly!* Todos estaban allí, el pueblo entero, y una pancarta que se tambaleaba como un borracho sobre el umbral rezaba: BIENVENIDA A CASA.

La señora Bloxby fue la primera en abrazarla. Luego vinieron los abrazos de sus compañeras de la Asociación de Damas de Carsely. Y siguieron los del dueño del Red Lion, Joe Fletcher, y sus parroquianos.

Los fotógrafos de la prensa local se afanaban en disparar con sus cámaras y los reporteros permanecían a la espera.

—Pasad adentro —les dijo Agatha—, y os lo contaré todo.

Pronto el salón de su casa se había quedado pequeño y la corriente de gente se desbordaba hasta el comedor y la cocina mientras ella contaba a una audiencia embelesada cómo había resuelto «El caso de la quiche letal». Lo adornó bastante. Describió en un esplendoroso verbo tecnicolor cómo el valeroso Bill Wong la había rescatado de la casa ardiendo, el detective «tenía la ropa en llamas y las manos hechas jirones».

—Tal demostración de valor —dijo Agatha— es un ejemplo de los magníficos hombres que componen las fuerzas de policía británicas.

Algunos reporteros garabateaban con fervor, y otros, los más modernos, sostenían grabadoras. Agatha estaba a punto de salir en los periódicos nacionales, o, mejor dicho, era Bill Wong el que saldría. Hacía poco se habían publicado dos noticias desagradables sobre policías corruptos, pero los periódicos sabían que nada gustaba más a los británicos que leer historias sobre policías valientes.

En el jardín de la casa de al lado, James Lacey se moría de curiosidad. La visita de Agatha había sido la gota que había colmado el vaso, así que se había plantado en la vicaría y le había dicho a la señora Bloxby con toda seriedad que, si bien agradecía la bienvenida que le habían dado en el pueblo, quería que lo dejaran en paz. Disfrutaba de la soledad y se había mudado al campo buscando silencio y tranquilidad. La señora Bloxby había cumplido el encargo. Así que, aunque él había visto los preparativos para el recibimiento de Agatha, no sabía lo que había hecho ni de qué iba todo aquello. Quería acercarse y preguntar, pero se sentía cohibido después de haber dicho que quería que lo dejaran en paz. Además recordó que había añadido que no tenía el menor interés por lo que pasaba en el pueblo ni por sus vecinos.

Uno por uno, los miembros del club de fans de Agatha se fueron marchando. Doris Simpson fue de las últimas. Entregó a Agatha un gran paquete envuelto en papel de estraza.

—Vaya, ¿qué es, Doris? —preguntó Agatha.

—Bert y yo hemos estado hablando del gnomo que nos regalaste —dijo Doris con firmeza—. Estas cosas son caras y, la verdad, a nosotros no nos preocupa mucho nuestro jardín, en cambio a ti sí debía de gustarte porque lo compraste. Así que hemos decidido devolvértelo.

—No podría aceptarlo —dijo Agatha.

—Pues debes. No nos parece bien quedárnoslo.

Agatha, que desde hacía tiempo sospechaba que su mujer de la limpieza tenía una voluntad de hierro, dijo con una vocecita:

—Gracias.

—¿Necesita algo más? —le preguntó Joe Fletcher desde el umbral.

Agatha tomó una decisión en ese momento.

—Sí, una cosa —contestó—. Quite ese cartel de SE VENDE.

Por fin se fueron todos. Agatha se sentó y empezó a estremecerse al cobrar consciencia del horror de lo que le había ocurrido en casa de Vera. Fue a la planta de arriba, se dio un baño caliente y se puso un camisón y una vieja y desgastada bata de lana azul. Se miró en el espejo del baño. Tenía una calva rojiza e irritada en la parte de delante del pelo, por donde le había estirado Bill. Conectó la calefacción central y luego echó unos leños a la chimenea, pero al encender la cerilla se estremeció y la apagó de un soplido. Tardaría un tiempo en soportar la visión de un fuego encendido.

Llamaron a la puerta con indecisión. Temblando todavía y ciñéndose la bata en torno al cuerpo, fue a abrir. Allí estaba James Lacey, con el gatito en su cesto y la caja de arena.

—Bill Wong me pidió que le cuidara el gato —dijo, mirándola con incertidumbre—. Puedo cuidarlo un día más si no se ve con fuerzas.

—No, no —balbuceó Agatha—. Pase. No sé cómo lo hizo Bill para sacar el gato. Claro que, ahora que lo pienso, pudo cogerme las llaves del bolso en el hospital. Ha sido muy amable por su parte.

Agatha se entrevió en el espejo del recibidor. ¡Qué aspecto más espantoso tenía, y sin una pizca de maquillaje siquiera!

Llevó al gato al salón, se agachó para dejarlo salir del cesto y luego puso la caja en la cocina. Cuando volvió, James Lacey estaba sentado en una de las sillas observando con aire pensativo el enorme gnomo que Doris le había devuelto y al que Agatha ya había quitado el envoltorio. Se encontraba encima de la mesita del café, sonriendo de un modo horrible, como el viejo Arnie del minibús.

—¿No querría un gnomo? —preguntó Agatha.

—No, gracias. Es un adorno poco habitual en un salón.

—A decir verdad, no es mío. Lo que pasa es que...

Aporrearon la puerta. Agatha maldijo en voz baja y fue a abrir. Eran Midlands Television y la BBC.

—¿No pueden volver más tarde? —suplicó Agatha, lanzando una mirada anhelante hacia el salón. Pero entonces vio que se acercaba también el coche de policía. Había llamado el inspector jefe Wilkes.

Los periodistas de la televisión recibieron una versión más moderada de la historia de Agatha que la que había contado a sus vecinos. El inspector jefe Wilkes declaró con seriedad que la gente debía dejar las cuestiones policiales en manos de la policía, pues la señora Raisin había estado a punto de ser asesinada y poco había faltado para que él perdiera a uno de sus mejores oficiales. Agatha supuso con malicia que, cuando esas declaraciones llegaran a las pantallas, los comentarios del inspector habrían quedado reducidos a que casi había perdido a uno de sus mejores oficiales. Todo el mundo quería un héroe, y Bill Wong sería ese héroe. Sin que se diera cuenta, en medio de todo aquel lío, James Lacey se había marchado. Los equipos de televisión corrieron a buscar a Bill Wong a Mircester, una policía bajó con una grabadora del coche patrulla, y Wilkes emprendió un interrogatorio exhaustivo.

Por fin se marcharon, pero el teléfono no paraba de sonar. Los periódicos nacionales llamaban para completar las historias que les habían mandado sus corresponsales locales. A eso de las once, el teléfono enmudeció. Agatha dio de comer al gato y luego se lo llevó a la cama. El animal se tumbó a sus pies, ronroneando con suavidad. Más vale que le ponga algún nombre, pensó medio adormilada.

El teléfono sonó en la planta baja.

—¿Y ahora qué pasa? —gruñó Agatha en voz alta mientras se apartaba el gato con gentileza de los pies y se preguntaba por qué no se había molestado en poner una extensión del teléfono en el dormitorio.

Bajó y descolgó.

—¡Aggie! —Era Roy, con voz estridente a causa de la emoción—. Creía que nunca tendría línea. Te he visto en la tele.

—Ah, eso —dijo Agatha y se estremeció—. ¿Te importa si te llamo mañana, Roy?

—Mira, cariño, ese pueblecito nos está dando más publicidad que todas las calles de Londres juntas. La idea es ésta: a lo mejor la tele vuelve para hacer un seguimiento, así que mañana me pasaré por ahí y así puedes contarles cómo te ayudé a resolver el misterio. He llamado al señor Wilson a su casa y le ha parecido una idea genial.

—Roy, la historia se habrá olvidado mañana. Tú lo sabes, y yo también lo sé. Déjame volver a la cama. No estaré para recibir visitas durante un tiempo.

—Bueno, tengo que decirte que esperaba que me citaras —se quejó Roy—. ¿Quién fue contigo a Ancombe? He llamado a todos los periódicos, pero los redactores nocturnos dicen que si tú quieres añadir algo sobre mí, perfecto, pero que no les interesa mi opinión, así que sé buena y llámalos, anda, por favor.

—Me voy a la cama, Roy, y ya está bien. Se acabó.

—¿No te estás portando como una bruja egoísta, acaparando toda la atención?

—Buenas noches, Roy —dijo Agatha, y colgó.

Se dio la vuelta y lo dejó descolgado.

—Bueno, quiero conocer a la tal señora Raisin —dijo la hermana de James Lacey, la señora Harriet Camberwell, una semana más tarde—. Ya sé que quieres que te dejen en paz, pero me muero de curiosidad. Le están dando mucha publicidad a ese detective, Wong, pero el caso lo resolvió ella, ¿no?

—Sí, supongo que fue así, Harriet. Pero es muy rara. ¿Sabes que tiene un gnomo de jardín de adorno en la mesita de café? Y va por la calle murmurando y hablando sola.

—Qué encanto. Sólo quiero conocerla. Anda, acércate e invítala a tomar una taza de té.

—Si lo hago, ¿volverás con tu marido y me dejarás tranquilo?

—Claro. Anda, ve a buscarla y yo preparo té y unos sándwiches.

Agatha seguía recuperándose de la conmoción por haber estado a punto de morir carbonizada. No se había molestado en intentar volver a ver a James, esperando a que cicatrizaran los cortes y le creciera el pelo. Cuando se hubiera recobrado, pensaba, ya planearía una campaña.

El tiempo se había vuelto agradablemente cálido, ya no era el horno de los días que habían precedido a la tormenta. Tenía las puertas y las ventanas abiertas, y estaba tumbada en el suelo de la cocina con su viejo vestido holgado de algodón, lanzando al aire bolas de papel de plata para entretener al gatito, cuando entró James.

—Debería haber llamado —dijo él con torpeza—, pero la puerta estaba abierta. —Agatha se levantó rápidamente—. Me preguntaba si le apetecería acompañarme a tomar una taza de té.

—Tengo que cambiarme —dijo Agatha apresuradamente.

—Está claro que vengo en mal momento. Tal vez otro día.

—¡No! Voy ahora mismo —replicó Agatha, temerosa de que se le escapara.

Caminaron hasta su casa. En cuanto se sentó, Agatha se puso a admirar su atractivo perfil, que estaba vuelto hacia la puerta de la cocina. Una mujer elegante entró con una bandeja de té en las manos.

—Señora Raisin, ésta es la señora Camberwell. Harriet, querida, te presento a la señora Raisin. Harriet se muere de ganas por escuchar sus aventuras, señora Raisin.

Agatha se sintió sucia e insignificante. Aunque, pensándolo bien, las mujeres como Harriet Camberwell siempre la hacían sentirse sucia e insignificante. Era una mujer muy alta, casi tanto como James, delgada, de pecho plano, hombros cuadrados y marcados, cara inteligente de clase alta, corte de pelo caro, vestido de algodón a medida, ojos fríos y divertidos.

Agatha empezó a hablar. Los vecinos se habrían sorprendido ante el apático relato de sus aventuras. Sólo hizo un breve repaso de su historia, se bebió la taza de té, se comió un sándwich y luego se fue sin más dilación.

Al menos Bill Wong iba a cenar esa noche. Agradece las pequeñas cosas buenas de la vida, Agatha, se dijo con severidad. Pero había estado pensando mucho en James Lacey, y gracias a eso sus días habían recuperado la vida y el color. Aun así, no había necesidad de parecer una desastrada sólo porque su invitado fuera Bill.

Se cambió, se arregló el pelo, se maquilló y se puso el vestido que había llevado en la subasta. La cena —esta vez la había instruido la señora Bloxby— sería sencilla: bistecs a la parrilla, patatas al horno, espárragos frescos, ensalada de fruta y nata. Y champán para celebrar que habían ascendido a sargento a Bill Wong.

El que entró por la puerta a las siete en punto era un Bill nuevo, más delgado. Se había puesto a dieta desde que había visto sus rasgos tirando a regordetes por televisión.

Habló de esto y aquello, fijándose en que los pequeños ojos de oso de Agatha estaban tristes y que había perdido parte de su vivacidad. Pensó que el intento de asesinato la había afectado más de lo que habría imaginado.

Ella no participaba demasiado en la conversación, así que él buscó otro tema que la entretuviera.

—Ah, a propósito —le dijo mientras ella ponía los bistecs en la parrilla—, su vecino ha estado rompiendo corazones por el pueblo. Le dijo a la señora Bloxby que quería que lo dejaran en paz y se mostró bastante contundente al respecto. Y cuando las damas de Carsely se retiraron, empezó a visitarlo una mujer elegante a la que presentó a todos en Harvey's como la señora Camberwell. La llama «querida». Hacen una buena pareja. He oído que la señora Mason, bastante irritada con el asunto, ha dicho que siembre le había parecido un hombre raro y que tan sólo le había llevado el pastel para ser amable. ¿Y sabe qué?

—¿Qué? —dijo Agatha enojada.

—Su vieja pesadilla, la señora Boggle, va un día y le pregunta a bocajarro, en medio de Harvey's, si tiene la intención de casarse con la señora Camberwell, a la que todo el mundo creía viuda. Y él responde sorprendido: «¿Y por qué iba a casarme con mi hermana?» Así que supongo que las damas de Carsely están ahora pensando que, aunque no pueden visitarlo después de lo que le dijo a la señora Bloxby, tal vez sí puedan organizar una pequeña fiesta o una cena y engatusarlo para que vaya a casa de alguna.

Bill se reía de buena gana.

Agatha se dio la vuelta, con el semblante repentinamente iluminado.

—¡Todavía no hemos abierto el champán y tenemos mucho que celebrar!

—¿Qué hay que celebrar? —preguntó Bill con suspicacia.

—Vaya, su ascenso. La cena no tardará.

Bill descorchó el champán y sirvió una copa para cada uno.

—¿Quiere que haga algo antes, señora Raisin? ¿Pongo la mesa?

—No, eso ya está hecho. Pero podemos empezar a tutearnos, y otra cosa, hay un cartel en el jardín y un mazo al lado. ¿Podrías clavármelo en el suelo?

—Claro. No irás a poner la casa en venta otra vez, ¿verdad?

—No, voy a bautizarla. Estoy harta de que todo el mundo la llame aún la casa de Budgen. Ahora es mía.

Bill salió al jardín, cogió el cartel, clavó el poste en el suelo y se apartó un poco para ver cómo quedaba.

Letras marrones sobre fondo blanco proclamaban a los cuatro vientos: RAISIN'S COTTAGE.

Bill sonrió. Agatha había ido a Carsely para quedarse.